BIEN À VOUS

VI KEELAND
PENELOPE WARD

Bien à vous
Traduit de l'anglais par Jennifer Spinninger
Mannequin de couverture : Dusan Susnjar
Photographe : Tijana Vukovic
Conception de la couverture : Eileen Carey

BIEN À VOUS

À Kimberley, pour avoir trouvé le foyer
parfait pour Reed et Charlotte.

CHAPITRE 1

CHARLOTTE

ON NE M'AURAIT PAS surprise ici un an plus tôt. Ne prenez pas ça dans le mauvais sens, je ne suis pas snob. Quand j'étais petite, ma mère et moi passions des heures à parcourir les rayons des friperies. Ça remontait à l'époque où les magasins d'occasion s'appelaient Goodwill, et où ils étaient situés principalement dans les quartiers ouvriers. De nos jours, les articles de seconde main étaient qualifiés de vintages, et ils étaient vendus dans l'Upper East Side pour une petite fortune.

J'avais porté des vêtements d'occasion bien avant l'embourgeoisement de Brooklyn.

Je n'avais aucun problème avec ça. Ce qui me gênait dans les robes de mariées de seconde main, c'était que j'imaginais les histoires qui allaient avec chacune d'elles.

Pourquoi sont-elles ici ?

Je sortis du rayon une robe Vera Wang au décolleté cache-cœur, avec un bustier croisé et une jupe cascade en tulle. *Elle s'attendait au conte de fées et a divorcé au bout de six mois*, décidai-je. Une robe sirène délicate en dentelle signée Monique Lhuillier – *le fiancé est mort dans un horrible accident de voiture*. La future mariée dévastée l'avait donnée à l'église lors du vide-grenier annuel. Une acheteuse avertie se l'était procurée pour trois fois rien et avait triplé son investissement en la revendant.

Chaque robe déjà portée avait une histoire, et la mienne appartenait au rayon « il se révéla être un enfoiré infidèle ». Je soupirai et rejoignis les deux femmes en train de se chamailler en russe au comptoir.

— Elle fait bien partie de la collection de l'année prochaine, n'est-ce pas? me demanda la plus grande, celle qui avait des sourcils bizarres et asymétriques.

Je tentai de ne pas les fixer, sans succès.

— C'est ça. C'est une robe Marchesa de la collection printemps.

Les femmes feuilletaient des catalogues, alors même que je leur avais dit en arrivant, vingt minutes plus tôt, que ce modèle provenait d'une future collection pas encore publiée. Je présume qu'elles voulaient se faire une idée des prix habituels du créateur.

— Je pense que vous ne la trouverez pas encore là-dedans. Ma future belle-mère...

Je me corrigeai.

— Mon *ex*-future belle-mère est de la famille d'un des créateurs ou quelque chose comme ça, marmonnai-je.

Les deux vendeuses m'observèrent un instant, avant de se remettre à se disputer.

Bon, très bien.

— Je suppose que vous avez besoin d'un peu plus de temps, murmurai-je.

Vers l'arrière du magasin, je trouvai un rayon étiqueté FAIS SUR MESURE. Je souris. La mère de Todd aurait eu une crise cardiaque si je l'avais emmenée dans un endroit où les affiches étaient mal orthographiées. Elle avait été horrifiée lorsque j'étais allée essayer une robe dans un magasin qui ne lui avait pas servi de champagne pendant que j'étais dans la cabine d'essayage. Bon sang, je m'étais vraiment fait endoctriner et j'avais failli me transformer en l'une de ces pimbêches prétentieuses.

Je passai mes doigts sur les modèles faits sur mesure, et soupirai. Des histoires encore plus intéressantes devaient se cacher derrière ces robes. Des mariées éclectiques trop libres d'esprit pour leurs petits amis ou maris barbants. Il s'agissait de femmes déterminées allant à contre-courant, de femmes qui défilaient lors de rassemblements politiques, de femmes qui savaient ce qu'elles voulaient.

Je m'arrêtai devant une robe trapèze blanche ornée de roses rouge sang. Les armatures du corset étaient rehaussées d'un liseré rouge. *Elle a quitté son petit ami banquier pour l'artiste français d'à côté, et c'est la robe qu'elle a portée lors de son mariage avec Pierre.*

Aucune robe de créateur n'aurait pu convenir à ces femmes, car elles savaient exactement ce qu'elles voulaient et n'avaient pas peur de le dire. Elles suivaient leur cœur. Je les enviais. Il fut un temps où *j'étais* l'une d'entre elles.

Au fond de moi, j'étais aussi faite pour le *fais sur mesure* – faute d'orthographe incluse. Quand m'étais-je égarée et étais-je devenue une conformiste ? Je n'avais pas eu le courage d'avouer ce que je ressentais à la mère de Todd, ce qui expliquait pourquoi je m'étais retrouvée avec une robe de mariée sophistiquée et ennuyeuse.

Lorsque j'atteignis la dernière robe sur le portant FAIS SUR MESURE, je dus m'arrêter un instant.

Des plumes !

C'étaient les plus jolies plumes que j'avais jamais vues. Et cette robe n'était pas blanche, mais d'une teinte rosée. Elle était *parfaite*. C'était exactement ce que j'aurais choisi si j'avais pu créer une robe *fais sur mesure*. Ce n'était pas une simple robe. C'était LA robe. Le bustier était légèrement incurvé et des petites plumes vaporeuses sortaient du décolleté. Des couches de dentelle recouvraient tout le corset, qui menait à une magnifique jupe trompette qui se terminait par une cascade de plumes. Cette robe me *parlait*. C'était magique.

L'une des femmes à l'avant me vit lorgner dessus.

— Est-ce que je peux l'essayer ?

Elle acquiesça d'un signe de tête et me conduisit à une cabine d'essayage, à l'arrière.

Je me déshabillai et enfilai prudemment la tenue. Malheureusement, la robe de mes rêves était une taille trop petite. Toute la nourriture que j'avais mangée ces derniers temps pour compenser le stress m'avait rattrapée.

Alors, je laissai le dos ouvert et m'émerveillai devant mon reflet dans le miroir. *Cette fille.* Elle ne ressemblait pas à la femme de vingt-sept ans qui venait juste de larguer son fiancé infidèle. Elle ne ressemblait pas à quelqu'un qui avait besoin de vendre sa robe de mariée pour pouvoir manger autre chose que des nouilles chinoises deux fois par jour.

Cette robe me faisait ressembler à quelqu'un qui n'avait aucun souci. Je n'avais pas envie de la retirer, mais honnêtement, je suais et je ne voulais pas l'abîmer.

Avant de l'enlever, je m'observai une dernière fois dans le miroir et me présentai à la personne imaginaire qui admirait la nouvelle moi.

— Bonjour, je m'appelle Charlotte Darling, déclarai-je, les mains posées sur les hanches avec assurance.

Je me mis à rire, car j'avais parlé à la manière d'une journaliste.

Après que j'avais retiré la tenue, une tache bleue attira mon attention. C'était un petit feuillet cousu à la doublure intérieure.

Quelque chose de vieux, quelque chose de neuf, quelque chose d'emprunté et quelque chose de bleu. C'était la tradition, non ? Ou alors, c'était l'inverse ?

Je me dis que c'était peut-être le fameux « quelque chose de bleu ».

J'approchai le tissu et plissai les yeux pour lire le message. *Bureau de Reed Eastwood* apparaissait en relief tout en haut. Je passai mon doigt sur chaque lettre, tout en lisant.

Allison,

« — Pardonne-moi d'être une rêveuse, lui souffla-t-elle.

— *Pardonne-moi de ne pas avoir été là plus tôt*

*pour rêver avec toi, répondit-il en la prenant
par la main. »*
J. Iron Word

*Merci d'avoir réalisé tous mes rêves.
Ton amour,
Reed*

Mon cœur se mit à battre la chamade. Ce devait être la chose la plus romantique que j'avais jamais lue. Je n'arrivais pas à imaginer de quelle façon cette robe était arrivée ici. Comment une femme saine d'esprit aurait-elle pu renoncer à un sentiment aussi puissant ? Je pensais déjà que cette tenue était parfaite avant… mais à présent, elle l'était *vraiment*.

Reed Eastwood l'avait aimée. *Oh, non.* J'espérais qu'Allison n'était pas morte. Car un homme qui écrivait ce genre de mots ne pouvait pas simplement arrêter d'être amoureux.

— Tout va bien ? me demanda la vendeuse.

J'ouvris le rideau.

— Oui… Oui. En fait, on dirait que je suis tombée amoureuse de cette robe. Avez-vous calculé combien vous pourriez me donner pour ma Marchesa ?

Elle secoua la tête.

— Nous ne donnons pas d'argent, mais des avoirs.

Mince.

J'avais vraiment besoin de liquidités.

— Combien coûte celle-ci ? l'interrogeai-je en désignant la robe rose à plumes.

— Nous pouvons vous l'échanger contre la vôtre.

C'était tentant. Cette robe me représentait totalement, et j'avais l'impression que le mot aurait pu avoir été écrit à mon attention par mon fiancé parfait imaginaire. Je ne voulais pas deviner l'histoire cachée derrière cette tenue. Je voulais la *vivre*, créer ma propre histoire avec elle. Peut-être pas aujourd'hui, mais plus tard. Je voulais un homme qui m'appréciait, qui voulait partager mes rêves, et qui m'aimait de manière inconditionnelle. Je voulais un homme qui pourrait me laisser des mots comme celui-ci.

Cette robe devait être accrochée dans ma penderie, pour me rappeler chaque jour que le vrai amour existe.

Je répondis avant de changer d'avis.

— Je la prends.

CHAPITRE 2

CHARLOTTE

Deux mois plus tard

MON CV AVAIT BESOIN d'être amélioré. Après avoir passé deux heures à éplucher les petites annonces en ligne, je m'étais rendu compte que j'allais devoir enrichir un peu mes compétences.

Le travail à durée déterminée merdique que j'avais terminé aujourd'hui pouvait enjoliver mon expérience administrative. Au moins, ça ferait bien sur le papier. J'ouvris mon maigre CV sur Word et y ajoutai mon dernier poste en tant qu'assistante juridique.

Verman et Associés. Voilà un nom qui collait bien. David *Ver*man, l'avocat pour lequel je venais de finir un contrat de trente jours, était réellement moitié vermine, moitié homme. Après avoir entré les dates et l'adresse, je m'adossai à ma chaise et réfléchis à ce que je pourrais citer comme expérience acquise en travaillant pour ce crétin.

Voyons voir. Je tapotai mon menton. *Qu'ai-je fait pour la vermine cette semaine ? Euh...* Hier, j'avais retiré sa main de mes fesses, tout en le menaçant de déposer une plainte auprès des ressources humaines. Oui, il fallait que j'ajoute ça. Je tapai :

Douée pour effectuer plusieurs tâches à la fois, même sous pression.

Mardi, la vermine m'avait appris comment antidater la machine à timbre, pour que le fisc pense que son chèque des impôts envoyé en retard avait été posté en temps voulu et ne lui fasse pas payer de pénalités. *Encore une chose intéressante.* Ça aussi, je devais l'ajouter.

Respecte parfaitement les échéances données.

La semaine dernière, il m'avait envoyée à La Perla pour y acheter deux cadeaux : quelque chose de sympa pour l'anniversaire de sa femme, et quelque chose de sexy pour une « amie spéciale ». Il se pourrait que j'aie ajouté quelque chose pour moi sur la note de cet imbécile. Dieu sait que je n'avais pas les moyens de m'offrir un string à trente-huit dollars, ces derniers temps.

Fait preuve d'une excellente éthique de travail et d'implication dans les projets spéciaux.

Après avoir ajouté un peu plus de baratin et d'autres talents bien tournés, j'envoyai mon CV à une dizaine de nouvelles agences intérim, puis me récompensai d'un verre de vin rempli à ras bord.

Quelle vie excitante je menais. *Célibataire de vingt-sept ans, un vendredi soir à New York, en jogging et T-shirt à à peine vingt heures.* Cependant, je n'avais aucune envie de sortir. Aucune envie d'aller boire des martinis à seize dollars dans des bars chics, où des hommes comme Todd portaient des costumes hors de prix pour dissimuler leur loup intérieur. Au lieu de ça, je cliquai sur Facebook et décidai de jeter un coup d'œil à la vie des autres, du moins celle qu'ils exposaient.

Mon fil d'actualités regorgeait de publications typiques d'un vendredi soir, comme des sourires pendant l'*happy hour*, des photos de plats, et les bébés que certains de mes amis commençaient déjà à avoir. Je fis défiler l'écran machinalement pendant un moment en sirotant mon vin… jusqu'à arriver à une photo qui me fit m'arrêter subitement. Todd avait partagé un cliché posté par quelqu'un d'autre. Il y apparaissait au bras d'une femme qui me ressemblait beaucoup. Elle aurait pu passer pour ma sœur. Des cheveux blonds, de grands yeux bleus, la peau claire, des lèvres pulpeuses, et le regard bêtement adorateur que je posais également sur lui, à une époque. Vu la façon dont ils étaient habillés, je pensai qu'ils se rendaient peut-être à un mariage. Puis je lus la légende en dessous :

Todd Roth et Madeline Elgin annoncent leurs fiançailles.

Leurs fiançailles ?

Soixante-dix-sept jours plus tôt – non pas que je compte –, *nos* fiançailles avaient pris fin. Et il avait déjà demandé quelqu'un d'autre en mariage ? Bon sang, ce n'était même pas la femme avec qui je l'avais surpris en train de me tromper.

Ça devait être une erreur. Ma main trembla de colère, tandis que je bougeais la souris pour cliquer sur la page d'accueil de Todd. Mais évidemment, ce n'en était pas une. Il y avait des dizaines de messages de félicitations, et il avait même répondu à quelques-uns d'entre eux. Il avait également posté une photo de leurs mains jointes, mettant ainsi en valeur la bague de fiançailles à son doigt. *Ma. Foutue. Bague. De. Fiançailles.* Mon ex très raffiné n'avait même pas pris la peine de faire changer les dimensions de la bague après que je la lui avais envoyée en pleine tête, alors qu'il était en train de remonter son pantalon. J'étais certaine qu'il n'avait pas changé non plus le matelas dans lequel nous avions dormi ensemble pendant deux ans, avant que je ne déménage. En fait, *Madeline* devait probablement déjà être responsable des achats pour la chaîne de grands magasins des Roth, assise à mon ancien bureau, à faire le travail que j'avais quitté pour ne pas avoir à croiser son visage de type infidèle tous les jours.

Je me sentais... Je ne savais pas vraiment. Mal. Abattue. Lésée. *Remplaçable.*

Bizarrement, je ne me sentais pas jalouse de voir que l'homme que je pensais avoir aimé avait tourné la page. Ça faisait juste mal d'avoir été aussi facilement remplacée. Ça confirmait que ce que nous partagions n'avait absolument rien de spécial. Lorsque j'avais rompu avec lui, il avait juré qu'il allait me reconquérir en me disant que j'étais l'amour de sa vie et que rien ne l'empêcherait de me prouver que nous étions faits pour être ensemble. Les fleurs et les cadeaux avaient cessé d'arriver après deux semaines. Maintenant, je savais pourquoi. Il avait trouvé l'amour de sa vie, *encore une fois*.

Je ne pleurai pas, ce qui me choqua. Je me sentis seulement triste. Très triste. En plus de ma vie, mon appartement, mon travail et ma dignité, Todd m'avait volé l'idéal auquel j'avais toujours cru : le grand amour.

Je m'adossai à ma chaise et fermai les yeux, avant de prendre plusieurs grandes inspirations. Puis je décidai de ne pas rester là à rien faire après avoir appris cette nouvelle. Alors, je fis ce que toute fille venant de Brooklyn aurait fait après avoir découvert que son ex-fiancé n'avait pas attendu que le lit refroidisse avant de ramener une autre femme chez lui.

Je vidai la bouteille de vin.

***

Ouais. J'étais saoule.

Même si je ne parlais pas d'une voix traînante, le fait d'être assise là, vêtue d'une robe de mariée à plumes ouverte dans le dos, tout en buvant directement au goulot d'une bouteille de vin, était assez éloquent. Je penchai la tête en arrière d'une manière peu féminine et bus les dernières gouttes, avant de reposer brusquement la bouteille sur la table. Mon ordinateur portable rebondit légèrement, ce qui désactiva le mode veille. Le couple heureux me salua.

— Il va te faire la même chose, déclarai-en en remuant mon doigt devant l'écran. Tu sais pourquoi ? Car infidèle un jour, infidèle toujours.

Les fichues plumes sur la robe me chatouillèrent de nouveau la cuisse. C'était déjà arrivé une dizaine de fois en une heure, et pourtant, j'avais à chaque fois l'impression qu'un insecte escaladait ma jambe. Lorsque je passai ma main sur l'endroit en question, elle effleura quelque chose, et je me rendis compte de ce que c'était. *Le mot bleu.*

Je relevai l'ourlet, retournai la robe, et le lus de nouveau.

Allison,

« — Pardonne-moi d'être une rêveuse, lui souffla-t-elle.
— Pardonne-moi de ne pas avoir été là plus tôt pour rêver avec toi, répondit-il en la prenant par la main. »
J. Iron Word

Merci d'avoir réalisé tous mes rêves.
Ton amour,
Reed

Mon cœur laissa échapper un soupir envieux. *Tellement beau. Tellement romantique.* Qu'était-il arrivé à ce couple pour que cette robe si spéciale se retrouve portée par une fille complètement ivre, au lieu d'être choyée et transmise à leurs filles ? J'avais peu de chance de réussir, mais de toute façon, je ne pouvais plus supporter de voir la tête de Todd. Alors je tapai sur Facebook : *Reed Eastwood*.

Imaginez ma surprise quand deux résultats apparurent à New York. Le premier type devait probablement avoir la soixantaine. Même si la robe était un peu trop sexy pour une mariée de cet âge, je jetai un coup d'œil juste pour être sûre. Reed Eastwood était marié à Madge, et avait un golden retriever nommé Clint. Il avait aussi trois filles, et avait pleuré en menant l'une d'entre elles à l'autel l'année dernière.

Même si une partie de moi mourait d'envie d'aller espionner les photos de mariage de la fille de Reed pour me torturer un peu plus, je passai au Reed Eastwood suivant.

Les battements de mon cœur me dégrisèrent quand la photo de son profil s'afficha à l'écran. *Ce* Reed Eastwood était à tomber. En fait, il était tellement beau que je me dis que ça pourrait être une photo de mannequin utilisée par quelqu'un pour rigoler ou pour arnaquer les gens. Toutefois, lorsque je cliquai sur les photos, j'en vis d'autres du même homme. Chacune était plus magnifique que la précédente. Il n'en avait pas tant que ça, mais la dernière sur laquelle je cliquai le montrait en compagnie d'une femme, et avait été prise quelques années plus tôt. C'était une photo de fiançailles : Reed Eastwood et *Allison* Baker.

J'avais trouvé l'auteur du mot bleu et sa fiancée.

***

Mon téléphone était en train de remuer comme un pois

sauteur du Mexique sur la table de nuit. Je l'attrapai juste au moment où la boîte vocale prit le relai. Onze heures et demie. Bon sang, j'étais vraiment K.-O. J'essayai d'avaler ma salive, mais ma bouche était plus sèche que le désert. J'avais besoin d'un grand verre d'eau, d'ibuprofène, d'aller aux toilettes, et de baisser les stores de la chambre pour empêcher les horribles rayons du soleil aveuglants de passer.

Je traînai ma gueule de bois jusqu'à la cuisine et me forçai à m'hydrater, même si boire me donnait la nausée. Il était fort possible que l'eau et les médicaments fassent demi-tour dans peu de temps. Il fallait que je m'allonge. En retournant dans ma chambre, je passai devant mon ordinateur portable sur la table de la cuisine. C'était un rappel douloureux de la soirée confuse de la veille, et de la raison pour laquelle j'avais bu toute une bouteille de vin.

Todd est fiancé.

J'étais en colère contre lui, car je me sentais mal aujourd'hui, et je m'en voulais encore plus de l'avoir laissé gâcher une autre journée de ma vie.

Argh.

Mes souvenirs étaient un peu flous, mais la photo du couple heureux était parfaitement nette, bien entendu. La panique m'envahit soudain. *Mince, j'espère que je n'ai pas fait quelque chose de stupide dont je ne me souviens pas.* Je tentai d'ignorer cette idée et me poussai même à rejoindre ma chambre, mais je savais que je ne pourrais pas me reposer tant que je ne me serais pas débarrassée de ce sentiment perturbant. Je retournai à la table, allumai mon ordinateur, et vérifiai aussitôt mes messages. Je poussai un soupir de soulagement en voyant que je n'avais pas écrit à Todd, puis me remis au lit.

En début d'après-midi, je commençai enfin à me sentir humaine et je pris une douche. Ensuite, je retirai le chargeur de mon téléphone et m'assis sur mon lit pour lire mes messages, les cheveux enroulés dans une serviette. J'avais oublié que mon portable m'avait réveillée tout à l'heure, jusqu'à ce que je me rende compte que j'avais un nouveau message vocal. Sûrement une nouvelle agence intérim qui désirait organiser un entretien alors qu'ils n'avaient aucune mission à me proposer. J'appuyai sur « lecture » et attrapai ma brosse pour coiffer mes cheveux en écoutant.

— *Bonjour, mademoiselle Darling. Ici Rebecca Shelton d'Eastwood Properties. Je vous appelle concernant votre demande de visite du penthouse de la Millennium Tower. Nous en avons déjà prévu une aujourd'hui à seize heures. Monsieur Eastwood sera sur place si vous voulez visiter les lieux ensuite, peut-être vers dix-sept heures, cet après-midi ? Pouvez-vous nous rappeler pour nous confirmer si cela vous convient ? Vous pouvez nous contacter au...*

Je ne retins pas le numéro qu'elle avait laissé, puisque j'avais laissé tomber le téléphone sur le lit. *Oh, bon sang.* J'avais complètement oublié que j'avais espionné le type des mots bleus. Des bribes de souvenirs me revinrent à travers le brouillard. Ce visage. *Ce superbe visage.* Comment avais-je pu l'oublier ? Je me rappelai avoir cliqué sur ses photos... puis sa biographie... ce qui m'avait menée au site Internet d'Eastwood Properties. Mais après, je ne me souvenais plus de rien.

Je saisis mon ordinateur pour vérifier mon historique, et sélectionnai le dernier site visité.

Eastwood Properties est l'une des plus grandes sociétés de courtage indépendantes du monde. Nous trouvons des acheteurs éligibles pour les propriétés les plus prestigieuses et exclusives, assurant ainsi une confidentialité maximale pour les deux parties. Que vous soyez à la recherche d'un penthouse luxueux avec vue sur Central Park à New York, d'une propriété au bord de l'eau dans les Hamptons, d'un superbe château isolé dans les montagnes, ou si vous êtes prêt à acquérir une île privée, Eastwood est l'endroit où vos rêves commencent.

Il y avait un lien pour rechercher des biens, alors je tapai le nom du lieu qu'avait mentionné la femme dans le message vocal : la Millennium Tower. Sans surprise, le penthouse en vente apparut. Pour seulement douze millions de dollars, je pouvais devenir propriétaire d'un appartement sur Colombus Avenue, avec une vue panoramique sur Central Park. *Laissez-moi vous faire un chèque tout de suite.*

Après avoir bavé devant une vidéo et une vingtaine de photos, je cliquai sur le bouton permettant de prendre rendez-vous pour une visite. Un formulaire apparut, sur lequel il était écrit : *Pour protéger la vie privée et la sécurité de nos vendeurs, tout acheteur potentiel est tenu de remplir un formulaire pour visiter les biens. Seuls les acheteurs répondant à nos critères de sélection stricts seront contactés.*

Je ricanai. *Quels superbes critères de sélection, Eastwood.* Je n'étais même pas sûre d'avoir suffisamment d'argent pour prendre le métro jusqu'à cet endroit huppé, et encore moins pour l'acheter. Allez savoir ce que j'avais écrit pour être retenue.

Je fermai le site, et j'étais sur le point d'en faire autant avec mon ordinateur pour retourner au lit, lorsque je décidai de jeter un dernier petit coup d'œil à Monsieur Romantique sur Facebook.

Bon sang, il était magnifique.

Et si...

Je ne devrais pas.

Il ne sortait jamais rien de bon des idées formulées en étant ivre.

Je ne pouvais pas.

Mais...

Ce visage...

Et ce mot.

Tellement romantique. Tellement beau.

Et puis... je n'avais jamais vu l'intérieur d'un penthouse à douze millions de dollars.

Je ne devrais vraiment pas.

Cela dit... j'avais passé les deux dernières années à faire ce que je *devais* faire. Et où est-ce que ça m'avait menée?

Juste ici. Ça m'avait menée ici, avec une gueule de bois et sans emploi, assise dans cet appartement miteux. Il était peut-être temps que je fasse ce que je ne devrais *pas* faire, pour changer. Je repris mon téléphone et laissai mon doigt planer au-dessus du bouton rappel pendant un instant.

Et puis mince.

Personne n'en saurait rien. Ça pourrait être amusant de me pomponner et de jouer le rôle d'une riche habitante de l'Upper East Side, tout en satisfaisant ma curiosité à propos de cet homme. Quel mal y avait-il là-dedans ?

Aucun qui ne me vienne en tête. *Pourtant, tu sais ce qu'on dit à propos de la curiosité...*

J'appuyai sur le bouton d'appel.

— Bonjour, ici Charlotte Darling. Je vous appelle pour confirmer un rendez-vous avec Reed Eastwood.

CHAPITRE 3

CHARLOTTE

Deux mois plus tard

— N'HÉSITEZ PAS À commencer à jeter un coup d'œil, ou vous pouvez rester ici dans l'entrée, comme vous préférez. Monsieur Eastwood termine juste avec son rendez-vous précédent, il ne devrait pas tarder à vous rejoindre.

Apparemment, faire visiter un penthouse nécessitait la présence de plus d'une personne. Non seulement Reed Eastwood était quelque part dans le coin, mais une hôtesse était également chargée de m'accueillir et de me donner une brochure contenant des informations sur la propriété.

— Merci, répondis-je avant qu'elle ne disparaisse.

Je restai dans l'entrée en m'agrippant au sac à main Kate Spade vert pomme que j'avais déniché au rayon déstockage d'un grand magasin, tout en me disant que j'avais peut-être fait une très grosse erreur.

Je dus me rappeler *pourquoi* j'étais là. Qu'avais-je à perdre ? Absolument rien. Ma vie était un désastre, alors je pouvais au moins satisfaire ma curiosité concernant l'auteur du mot bleu et classer toute cette affaire. J'avais juste besoin de savoir ce qu'il était devenu, ce qu'*ils* étaient devenus, avant de continuer mon petit bonhomme de chemin.

Trente minutes plus tard, j'attendais toujours. Je pouvais entendre des voix étouffées de l'autre côté, mais je n'avais encore vu personne.

Puis, des bruits de pas résonnèrent sur le sol en marbre.

Mon cœur se mit à battre plus rapidement, mais il se calma de nouveau en voyant l'hôtesse raccompagner un couple visiblement riche dans l'entrée, puis vers la sortie. Aucun signe de Reed Eastwood.

La femme, qui portait un chien blanc minuscule, me sourit, avant qu'ils ne disparaissent tous les trois dans l'ascenseur.

Où est-il?

Pendant un instant, je me demandai s'il m'avait oubliée. C'était tellement silencieux. Y avait-il une sortie de secours? Même si j'aurais probablement dû rester dans l'entrée, je décidai de me promener un peu et pénétrai dans une grande bibliothèque.

Dans cet espace décoré de bois sombre et viril, des étagères ouvertes couvraient chaque mur du sol au plafond. Le tapis persan sous mes pieds devait coûter plus cher que ce que je pouvais me faire en un an.

L'odeur des vieux livres était enivrante. J'avançai vers l'une des étagères et saisis le premier ouvrage qui attira mon regard : *Les Aventures de Huckleberry Finn*, de Mark Twain. Je me rappelais avoir entendu parler de ce livre des années plus tôt, à l'école, mais impossible de me souvenir de quoi il parlait.

— Le premier grand roman américain, selon certains.

Sa voix grave et pénétrante secoua mon corps. C'était le genre de voix qui s'insinuait en vous.

Je me tournai, la main posée sur la poitrine.

— Vous m'avez fait peur.

— Vous pensiez être seule ?

Je me figeai – complètement – en le voyant. Reed Eastwood était tout aussi sombre et intimidant que cette pièce. Il me suffit d'un regard pour que mes genoux se mettent à trembler. Il était encore plus grand que ce que j'avais imaginé, et il portait ce qui était sans aucun doute une chemise faite sur mesure. Elle épousait les formes de son torse comme un gant. Il portait également un nœud papillon et des bretelles, ce qui aurait pu paraître ringard sur n'importe qui d'autre. Cependant, sur cet homme – sur ce torse musclé –, c'était incroyablement sexy.

Il resta sur le seuil à m'observer, un dossier à la main. Je trouvais ça un peu impoli, mais honnêtement, je n'avais aucune expérience dans ce domaine. Un agent immobilier ne serre-t-il pas la main de ses clients, généralement ? Ne s'excuse-t-il pas pour son retard ?

— L'avez-vous lu ?

Sa voix résonna de nouveau en moi.

— Pardon ?

— Le livre que vous tenez. *Les Aventures de Huckleberry Finn.*

— Oh. Euh... oui. Je crois... Au lycée, il y a des années.

Je fus parcourue de frissons lorsqu'il s'approcha en me lançant un regard sceptique, comme s'il n'était pas dupe de ma réponse. Ça me mit vraiment mal à l'aise. Ses yeux étaient de la même couleur que le chocolat noir, la teinte la plus foncée de marron. Quand ils me balayèrent de haut en bas, mes tétons se dressèrent.

— Pourquoi avoir choisi ce livre en particulier ?

— Le dos, répondis-je sincèrement.

— Le dos ?

— Oui. Il est noir et rouge, et il s'accorde parfaitement à la pièce. Il m'a sauté... Il a retenu mon attention.

Ses lèvres s'étirèrent en un petit sourire cynique, mais il ne rit pas. Il semblait en train de m'étudier, et l'intensité de son regard me donnait envie de partir en courant pour oublier cette idée folle. Il n'était pas du tout comme je l'avais imaginé en me basant sur la douceur de ce mot bleu.

Ce n'était *pas* ce pour quoi j'avais signé.

— Au moins, je suppose que vous êtes honnête, ajouta-t-il en penchant la tête. N'est-ce pas ?

Je transpirais.

— Comment ?

— Vous êtes honnête.

Il l'avait dit comme s'il me mettait au défi.

Je me raclai la gorge.

— Oui.

Il avança encore et me prit le livre des mains, ses doigts effleurant les miens. Ce contact furtif fut électrisant. Je ne pus m'empêcher de vérifier s'il avait une alliance à la main gauche, et je n'en vis aucune.

— C'était un livre controversé à sa sortie, reprit-il.

— Pourquoi, déjà ?

Déjà. Comme si je l'avais su un jour.

En attendant sa réponse, j'inspirai l'odeur brute de son parfum.

Reed passa ses doigts sur les autres livres de l'étagère, et me répondit sans me regarder.

— C'est un récit satirique de l'atmosphère sociale du sud du pays, juste avant le début du vingtième siècle, mais le point de vue de l'auteur sur le racisme et l'esclavagisme est interprété différemment par beaucoup. D'où la controverse.

Il finit par se tourner vers moi.

— On a sûrement dû vous apprendre ça à l'école quand vous n'écoutiez pas.

Je déglutis.

Première découverte à propos de Reed Eastwood : c'était un enfoiré condescendant.

Un enfoiré condescendant qui avait raison. Je n'avais pas écouté.

Il reposa le livre sur l'étagère et me regarda.

— Est-ce que vous lisez ?

Il posait toutes ses questions d'un air défiant.

— Non. Je... lisais des romans d'amour. Mais j'ai fini par arrêter.

Il haussa un sourcil moqueur.

— Des romans d'amour ?

— Oui.

— Alors dites-moi, mademoiselle Darling, comment quelqu'un qui ne lit pas, mis à part des romans d'amour de temps en temps, en vient à être intéressé par un penthouse possédant une bibliothèque qui occupe vingt-cinq pour cent de la totalité de la surface ?

Je répondis la première chose qui me passa par la tête, tant que ça pouvait éviter un silence gênant avec cet homme.

— Je trouve que la bibliothèque ajoute du caractère. Être entourée de livres est très sexy… chaleureux… je ne sais pas. Il y a quelque chose d'intrigant là-dedans.

Bon sang, quelle réponse stupide.

Il continua à m'observer avec curiosité, comme s'il en attendait plus. Son regard me mettait vraiment mal à l'aise, non seulement parce qu'il avait l'air très sérieux, mais aussi car il était terriblement séduisant. Il avait une raie sur le côté, et contrairement à tout le reste, ses cheveux foncés n'étaient pas parfaitement coiffés. Une légère barbe couvrait également son menton. Reed dégageait une énergie dangereuse qui était en contradiction avec la tenue qu'il portait. Quelque chose dans ses yeux me disait qu'il pourrait facilement me pencher en avant et me fesser si fort que je m'en souviendrais pendant des jours. Du moins, c'était ce que j'imaginais.

Me trouver dans cette bibliothèque, soumise au pouvoir de son regard, me rendait nerveuse.

— Voulez-vous continuer la visite ? demanda-t-il enfin.

— Oui… s'il vous plaît. C'est pour ça que je suis là.

— C'est vrai, murmura-t-il.

Je poussai un soupir de soulagement, ravie de pouvoir changer d'environnement. La bibliothèque commençait à ressembler à un donjon.

Reed était tout aussi impressionnant vu de derrière. J'observai la courbe de ses fesses bouger contre son pantalon droit, et tentai de repousser les pensées sexuelles qui me traversaient l'esprit.

Il me conduisit à l'impressionnante cuisine.

— Le parquet est en acajou. Comme vous pouvez le voir, tout est digne d'une cuisine de chef et a été conçu en gardant cette idée en tête. La rénovation est récente. Les plans de travail sont en granite, l'îlot central en marbre, et les appareils électroménagers de marque Bosch sont en acier inoxydable. Tout est haut de gamme. Les placards ont été laqués en blanc. Est-ce que vous cuisinez, mademoiselle Darling ?

— À l'occasion, oui, répondis-je en lissant ma robe fourreau noire.

— Parfait. Eh bien, n'hésitez pas à jeter un coup d'œil. Faites-moi savoir si vous avez des questions.

Commençait-il à agir normalement avec moi ? Mon rythme cardiaque ralentit légèrement.

Je flânai dans la cuisine immense, mes talons claquant dans la pièce. Il appuya ses avant-bras musclés sur l'îlot central et resta immobile, tout en me suivant des yeux. Visiblement, le répit était de courte durée, et son intensité était de retour.

Je me forçai à détourner le regard et hochai la tête.

— Superbe.

— Des questions ?

— Non.

— Prête à continuer ?

— Oui.

Le prochain arrêt était la suite parentale. La pièce était sombre, mais la grande fenêtre qui offrait une vue spectaculaire sur la ville compensait largement ce détail.

— Voici la suite principale. Prenez un instant pour observer le grand dressing. La salle de bain attenante dispose d'une douche à vapeur, d'un jacuzzi et d'un sol en marbre. Comme vous pouvez le voir, cette pièce possède la meilleure vue de tout l'appartement.

Je pris le temps de tout observer dans un ultime effort pour paraître sérieuse. Il me suivit de près, ce qui mit mon corps en alerte. J'étais très sensible à son sex-appeal et je n'aimais pas ça. Cet homme n'était pas gentil. Il n'était pas Reed, ou du moins pas le Reed que j'avais imaginé. Mon Reed était censé me redonner espoir, alors que celui-ci était lentement en train de me tuer.

Après que nous fûmes revenus dans l'espace principal de la chambre, il me regarda.

— Des questions ? Des commentaires ?

Il fallait que je mette fin à tout ça. *Dis quelque chose.*

— Je pense que... euh... Il se peut que ce soit trop grand pour moi.

Il s'assit sur le lit et croisa les bras, sans jamais lâcher le dossier dans sa main.

— Trop grand...

— Oui. Je pense que ça va faire beaucoup pour moi toute seule. Je... travaille beaucoup, et... je n'aurai pas le temps d'en profiter.

Il me fusilla du regard. Un vrai regard noir.

— Oh, c'est vrai. Les cours de surf pour chiens.

Les quoi ?

— Pardon ?

Il tapota son index sur son dossier.

— Votre profession. Vous avez rempli le formulaire en fournissant toutes vos informations. Ce travail semble très prenant. *Le surf pour chiens.* Comment apprend-on ce métier ?

Et merde.

Dans quoi je me suis embarquée ?

À ce stade, mentir était plus simple que d'expliquer la vérité.

Je me mis à parler comme une folle.

— Comme vous l'avez dit... c'est très... prenant. Ça demande... beaucoup d'études. Beaucoup d'entraînement.

— Comment ça fonctionne exactement ?

Comment fonctionne le surf pour chiens ? Aucune idée.

— On se tient à l'arrière de la planche et... le chien est installé devant... et, euh... il...

Je perdis le fil de mes pensées.

— Surfe ? proposa-t-il en riant.

— Oui.

Reed se leva du lit et s'approcha de moi.

— Alors, ça paie bien ?

Je déglutis en secouant la tête.

— Pas vraiment, non.

Il enchaîna les questions.

— Alors, vous venez d'une famille riche ?

— Non.

— Si votre métier ne vous permet pas d'acheter un endroit comme celui-ci, comment prévoyez-vous de le payer?

— J'ai d'autres moyens...

Son regard devint glacial.

— Ah oui? Parce que votre rapport de solvabilité indique que vous n'avez *pas* les moyens. En fait, il dit même que vous n'avez plus un sou en poche, *Charlotte.*

Son nom roula sur sa langue comme une obscénité.

Il sortit une feuille du dossier et me la mit devant les yeux.

— Où avez-vous eu ça? lançai-je en la lui arrachant des mains. Vous avez fait des recherches sur moi?

— Pensez-vous vraiment que je ferais visiter un appartement de douze millions de dollars à quelqu'un sans avoir vérifié ses antécédents? rétorqua-t-il d'un ton énervé. Vous ne pouvez pas être aussi naïve.

L'humiliation me submergea.

— Mais vous ne pouvez pas le faire sans ma permission.

Il plissa les yeux.

— Vous me l'avez donnée en cochant la case correspondante. Je suis surpris que ça vous ait échappé.

Je baissai ma garde en signe de défaite.

— Alors vous le saviez depuis le début?

— Bien sûr que je le savais, répondit-il sèchement. Voyons voir ce que vous avez renseigné dans votre formulaire et dont vous ne semblez pas vous souvenir.

Oh, non.

Reed ouvrit le dossier.

— Profession : monitrice de surf pour chiens. Loisirs et intérêts : les chiens et le surf. Dernier emploi : veilleuse de nuit chez Deez Nuts[1].

Il jeta le dossier sur le côté – enfin, il le fit plutôt voler à travers la pièce, et tout son contenu s'en échappa.

— Pourquoi êtes-vous là, mademoiselle Darling ?

Je me fis un peu pipi dessus. Au sens propre.

— Je voulais juste voir...

— *Voir*...

Il avait parlé en serrant ses dents bien blanches.

— Oui, je suis venue pour voir...

Reed Eastwood.

— Et je ne m'attendais pas à ce que vous soyez si méchant.

Son rire se fit furieux.

— Méchant ? Vous n'accordez aucune valeur au temps qu'une personne peut vous consacrer, vous montrez un profond irrespect en venant ici avec un profil totalement faux, et c'est *moi* qui suis méchant ? Je pense que vous devriez vous regarder dans un miroir, mademoiselle Darling. Curieusement, il semblerait que ce soit votre *vrai* nom. Le fait que vous ayez menti à propos de tout le reste et que vous ayez donné votre vraie identité me dépasse, sans compter que c'est stupide. Alors, non. Si j'étais méchant, j'appellerais la sécurité sur-le-champ.

La sécurité ?

Je sortis de mes gonds.

Comment osait-il dire ça ? J'étais seulement venue le voir *lui*, pour m'assurer qu'il allait bien, qu'ils

---

1 « Deez Nuts » peut se traduire par « mes couilles » (NdT).

allaient bien *tous les deux*. Et même si j'avais du mal à l'admettre, le fait qu'il devienne si désagréable avait vraiment déclenché quelque chose en moi.

— Très bien. Vous voulez connaître la vérité ? J'étais curieuse. Curieuse à propos de cet endroit... Curieuse à propos de ce qui semblait être le parfait opposé de la vie que je mène ces derniers temps. Je voulais du changement. J'ai déprimé pendant des semaines, alors j'ai un peu bu, juste une soirée. J'ai cherché sur Internet et j'ai trouvé cette annonce. Je vous ai trouvé vous. Je voulais venir voir, non pas pour des raisons malveillantes ni pour vous faire perdre votre temps. Je voulais juste un peu d'espoir pour croire que les choses pourraient changer un jour. Peut-être que je voulais faire comme si tout n'allait pas si mal que ça. Je ne me rappelle même pas avoir écrit ces informations ridicules, d'accord ? Tout ce que je sais, c'est que j'ai reçu un appel pour confirmer ce rendez-vous et que j'ai accepté, en me disant que c'était peut-être le destin, que je devrais venir et faire quelque chose qui sort de l'ordinaire.

Reed resta silencieux, alors je continuai :

— Et je lis *vraiment, Reed.* J'étais gênée de vous avouer la vérité. Je lis toujours de la romance, mais seulement celle qui contient des scènes de sexe torrides, puisque c'est le désert de ce côté-là pour moi en ce moment. Je ne laisse plus personne m'approcher depuis que mon fiancé m'a trompée. Alors, oui... je lis, Reed. Je lis beaucoup. Et je ferais bon usage de cette bibliothèque. Seulement, les livres sur mes étagères ne seraient pas présentables à vos potentiels acheteurs guindés.

Ses lèvres s'étirèrent légèrement.

— Et je sais cuisiner tout ce qui se fait à l'autocuiseur, mais je n'aurais jamais utilité de cette cuisine. C'est beaucoup trop. En revanche, cette chambre ? Absolument. Ce serait un rêve. Tout comme cette expérience. Ce n'est qu'un rêve et je ne le vivrai jamais. Alors poursuivez-moi en justice parce que je suis une *rêveuse*, Eastwood.

Je sortis précipitamment, non sans me prendre les pieds dans le tapis en partant.

CHAPITRE 4
CHARLOTTE

— BON SANG !

Je parvins à retenir mes larmes jusqu'à trouver des toilettes dans le hall d'entrée de la Millennium Tower. Je parvins même à les maîtriser le temps d'entrer dans l'un des grands cabinets pour faire pipi. Mais ensuite, je me rendis compte qu'il n'y avait pas de papier, alors j'ouvris mon sac à main à la recherche d'un mouchoir, tandis que j'étais toujours en équilibre au-dessus des toilettes. Mes mains n'avaient pas cessé de trembler suite à la prise de tête qui venait d'avoir lieu, alors telle une empotée, je finis par renverser le contenu de mon sac par terre. Et... mon téléphone se fissura en s'écrasant sur le carrelage luxueux. C'est à ce moment-là que je craquai et me mis à pleurer.

Me fichant à présent totalement des germes, je m'assis sur la cuvette et laissai toutes mes émotions sortir. Je ne pleurais pas seulement pour ce qu'il s'était passé en haut. C'étaient des pleurs qui me pendaient au nez depuis longtemps, de vrais gros sanglots. Si mes émotions jouaient aux montagnes russes, ces derniers temps, c'était certainement la partie du manège où on levait les mains et chutait à cent kilomètres-heure. J'étais contente que les toilettes soient vides, puisque j'avais la très mauvaise habitude de parler toute seule quand j'étais bouleversée.

— Mais à quoi je pensais ? Du surf pour chiens ? Bon sang, quelle idiote je suis. Je n'aurais pas pu au moins me ridiculiser devant un homme un peu moins intimidant ? Peut-être devant quelqu'un qui n'est pas un grand apollon ténébreux, sûr de lui, avec du tempérament ? En parlant d'hommes, pourquoi les plus mignons sont toujours des crétins ?

Je ne m'attendais pas à avoir une réponse, mais j'en eus une quand même.

Une voix de femme m'expliqua, de l'autre côté de la porte :

— Quand Dieu a créé le moule pour les hommes séduisants, il a demandé à l'une de ses anges ce qu'il devrait ajouter pour qu'un homme soit encore plus beau à ses yeux. L'ange ne voulait pas être irrespectueuse en utilisant des grossièretés, alors elle a simplement répondu « donnez-lui un gros bâton ». Malheureusement, la pièce ne fut pas ajoutée du bon côté, et maintenant, tous les hommes séduisants naissent avec un gros bâton dans le derrière.

Je ris, tout en reniflant de façon pas très distinguée.

— Je n'ai pas de papier toilette. Est-ce que vous pourriez m'en donner ?

Une main apparut sous la porte du cabinet pour me tendre un tas de mouchoirs.

— Tenez.

— Merci.

Après avoir utilisé la moitié pour me moucher et m'essuyer le visage, puis l'autre moitié pour m'essuyer, je pris une grande inspiration et commençai à ramasser le contenu de mon sac à main.

— Vous êtes toujours là ? demandai-je.

— Oui. Je me suis dit que j'allais attendre pour m'assurer que vous alliez bien. Je vous ai entendue pleurer.

— Merci, mais ça va aller.

La femme était assise sur un banc devant un miroir lorsque je me décidai enfin à sortir de ma cachette. Elle devait probablement avoir au moins soixante-dix ans, mais elle portait un costume et était tirée à quatre épingles.

— Tout va bien, trésor ? me demanda-t-elle.

— Oui, ça va.

— Ça n'a pas l'air. Pourquoi vous ne me dites pas ce qui vous met dans cet état ?

— Je ne veux pas vous embêter avec mes problèmes.

— Il est parfois plus facile de se confier à une inconnue.

Je suppose que c'est mieux que de parler toute seule.

— Honnêtement, je ne saurais même pas par où commencer.

La femme tapota la place à côté d'elle.

— Commencez par le début, ma chère.

Je ricanai.

— On y sera encore la semaine prochaine.

Elle m'offrit un sourire chaleureux.

— J'ai tout le temps qu'il faut.

— Vous êtes sûre ? Vous avez l'air d'être sur le point d'aller à un conseil d'administration ou d'être récompensée lors d'un gala de charité.

— C'est l'un des seuls avantages à être patronne. Vous fixez vos propres horaires. À présent, pourquoi ne pas commencer par me parler du surf pour chiens ? Ça existe vraiment ? Parce que j'ai un chien d'eau portugais qui serait peut-être intéressé.

***

— ... et ensuite, je me suis enfuie. Enfin, je n'en veux pas à ce type d'avoir été énervé parce que je lui ai fait perdre son temps. C'est juste que je me suis sentie bête juste parce que je me suis permis de rêver.

Cela faisait plus d'une heure que je discutais avec ma nouvelle amie, Iris. J'avais repris depuis le début, comme elle m'avait demandé de le faire. Nous avions parlé de mes fiançailles, de ma rupture, de mon travail, de la nouvelle fiancée de Todd, du formulaire que j'avais rempli en étant ivre, et du désastre qui s'en était suivi, avant que j'atterrisse en pleurs dans les toilettes. Pour une raison qui m'échappait, je lui avais même raconté que j'avais été adoptée et que je rêvais de pouvoir retrouver ma mère biologique un jour. Je ne pensais pas que ça avait quelque chose à voir avec tout ce qui me mettait dans cet état aujourd'hui, mais malgré tout, je me retrouvai à lui partager cette information en même temps que mon histoire pathétique.

Lorsque je finis enfin mon récit, elle se rassit.

— Vous me rappelez quelqu'un que j'ai connu il y a bien longtemps, Charlotte.

— Ah oui ? Alors je ne suis pas la première fille sans emploi, célibataire et brisée à s'être effondrée pendant que vous vous laviez les mains ?

Elle sourit.

— C'est à mon tour de vous raconter une histoire, si vous avez un peu de temps.

— Je n'ai littéralement plus que ça, du temps.

Iris commença :

— En 1950, une jeune fille de dix-sept ans venait de décrocher son bac et rêvait d'aller à l'université pour faire des études de commerce. À cette époque, peu de femmes allaient à la fac, et elles étaient encore moins nombreuses à étudier le commerce, qui était largement considéré comme un domaine réservé aux hommes. Un soir, peu après la remise des diplômes, la jeune femme rencontra un beau menuisier. Ils eurent tous les deux le coup de foudre, et la fille se retrouva vite immergée dans son monde à lui. Elle accepta un emploi de secrétaire où elle répondait au téléphone de l'entreprise familiale pour lequel le menuisier travaillait, et elle passait ses soirées à aider sa mère à s'occuper de leur maison, en laissant ses propres passions et ses rêves de côté. En 1951, l'homme lui demanda sa main le jour de Noël, et elle accepta. Elle pensait que dès l'année suivante, elle vivrait le rêve américain de la femme au foyer. Mais trois jours après Noël, le jeune homme fut enrôlé dans l'armée. Certains de leurs amis le furent également, et beaucoup d'entre eux épousèrent leurs bien-aimées avant de rejoindre leur affectation. Toutefois, le menuisier de cette femme ne voulut pas le faire. Alors, elle promit d'attendre son retour et elle passa les quelques années suivantes à travailler pour l'entreprise de menuiserie du père de celui-ci. Lorsque son soldat rentra enfin chez lui quatre ans plus tard, elle était prête à vivre son conte de fées. Seulement, le jour de son retour, il l'informa qu'il était tombé amoureux d'une secrétaire de la base militaire et qu'il rompait leurs fiançailles. Il eut même le culot de lui réclamer la bague qu'il lui avait offerte pour pouvoir l'offrir à sa nouvelle petite amie.

— Ouch, répliquai-je. Ai-je mentionné que la nouvelle fiancée de Todd porte ma bague de fiançailles ? J'aurais préféré ne pas la lui avoir envoyée au visage.

Iris poursuivit.

— J'aurais préféré pour vous aussi. C'est ce qu'a fait cette fille. Elle a refusé de rendre cette bague, en lui disant qu'elle la gardait comme compensation des quatre années de sa vie qu'elle avait perdues. Après avoir passé quelques jours à panser ses plaies, elle dépoussiéra sa dignité, releva la tête, et vendit rapidement la bague. Elle utilisa l'argent pour payer ses premiers cours de commerce à l'université.

— Waouh. C'est super.

— Et l'histoire ne s'arrête pas là. Elle acheva son parcours à la fac, mais elle eut beaucoup de mal à trouver un emploi. Personne ne voulait l'embaucher pour diriger une entreprise alors que sa seule expérience était d'avoir tenu le secrétariat de la menuiserie de son ex-fiancé. Elle a donc embelli un peu son CV. Au lieu de dire qu'elle avait été secrétaire pour la menuiserie, elle avait écrit qu'elle y était manager, et au lieu de dire que ses tâches consistaient à taper des devis et répondre au téléphone, elle avait noté qu'elle y préparait des appels d'offres et négociait des contrats. Son CV amélioré lui permit de décrocher un entretien dans l'une des plus grandes entreprises de gestion immobilière de New York.

— A-t-elle obtenu le poste ?

— Non. Il se trouve que le chef du personnel connaissait son ex-fiancé et savait qu'elle avait menti à propos de ses responsabilités au sein de la menuiserie, et il le lui a reproché pendant l'entretien.

— Oh, mon Dieu. Comme ce qu'il m'est arrivé aujourd'hui avec Monsieur Bâton-Dans-Le-Cul.

— Exactement.

— Alors, que s'est-il passé ?

— Le destin peut être étrange, parfois. Un an plus tard, elle avait gravi les échelons dans une plus petite entreprise rivale, et elle reçut un CV de la part de monsieur Locklear, l'homme qui l'avait réprimandée pendant son premier entretien. Il avait perdu son emploi suite à une réduction de postes et cherchait du travail. Alors, elle l'appela dans l'intention de lui rendre la monnaie de sa pièce, mais en fin de compte, elle suivit la voix de la noblesse et l'engagea, car il possédait les qualifications nécessaires, et après tout, elle avait menti sur son CV.

— Waouh. Est-ce que ce monsieur Locklear a fait l'affaire, au moins ?

Elle sourit.

— Oui. Après que la femme lui a retiré son bâton dans le derrière, ils ont bien travaillé ensemble. En fait, ils ont même fini par fonder leur propre entreprise de gestion immobilière, et elle est devenue l'une des plus grandes sociétés de l'État. Avant qu'il ne meure, ils avaient fêté leurs quarante ans de travail ensemble, dont trente-huit pendant lesquels ils avaient été mariés.

Je compris en voyant son sourire.

— Je suppose que vous vous appelez Iris *Locklear* ?

— C'est bien ça. Et le fait que ce soldat mette fin à nos fiançailles est l'une des meilleures choses qui me soient arrivées. Je n'ai jamais été faite pour être femme au foyer. J'avais complètement oublié mes rêves. Est-ce qu'être responsable des achats pour un grand magasin était votre carrière de rêve, Charlotte ?

Je secouai la tête.

— J'ai fait des études d'art. Je fais de la poterie.

— Quand en avez-vous fait pour la dernière fois ?

Mes épaules s'affaissèrent.

— Il y a quelques années.

— Vous devez vous y remettre.

— Ça ne paie pas vraiment les factures.

— Peut-être, mais vous devez apprendre à aimer la vie que vous avez, tout en travaillant sur la vie que vous voulez. Alors vous allez trouver un travail qui paie les factures, et vous pourrez faire de la poterie le soir et les week-ends.

Elle sourit.

— Ça vous empêchera de traîner sur Internet et de remplir de faux formulaires immobiliers.

— C'est vrai.

— Tout arrive pour une raison, Charlotte. Prenez ce temps pour reconsidérer votre vie et ce que vous désirez en faire. C'est ce que j'ai fait. Vous trouverez le vrai bonheur uniquement en vous-même, pas à travers les autres, peu importe à quel point vous tenez à eux. Soyez heureuse, le reste suivra. Je vous le promets.

Elle avait totalement raison. J'avais été tellement occupée à être triste et à bouder que j'avais oublié les choses qui me rendaient heureuse. Mes *propres* passions. La poterie, les voyages... J'eus l'étrange envie de rentrer chez moi en courant pour faire une liste des choses que je voulais faire.

— Merci beaucoup, Iris.

Je la pris dans mes bras, sans me préoccuper du fait qu'elle était une simple inconnue une heure plus tôt.

— Avec plaisir, ma chère.

Je me lavai les mains, et avec l'aide du miroir, je fis de mon mieux pour nettoyer mon maquillage qui avait coulé.

Iris se leva juste après que j'eus terminé.

— Je vous aime bien, Charlotte.

Je ricanai.

— Évidemment, je vous fais penser à *vous*.

Elle me tendit une carte de visite.

— Je cherche une assistante. Le poste est à vous si vous le voulez.

— Vraiment ?

— Vraiment. Lundi matin, neuf heures. L'adresse est sur ma carte.

Je restai bouche bée.

— Je ne sais pas quoi dire.

— Ne dites rien. Mais apportez-moi un objet en terre cuite que vous aurez fait ce week-end.

CHAPITRE 5
CHARLOTTE

CET ENDROIT FAISAIT passer mon ancien bureau pour une décharge.

J'avais compris par la tenue qu'elle portait, ainsi que par la carte de visite sophistiquée couleur crème à l'écriture dorée, qu'Iris Locklear gérait une entreprise prospère. Toutefois, je ne pensais pas qu'elle était *si* importante.

J'observai la réception avec émerveillement. Un immense lustre étincelant, des fenêtres allant du sol au plafond et surplombant Park Avenue, et cet espace, tant d'espace libre. Le hall d'entrée était plus grand que mon foutu appartement. Une jolie brune appela mon nom, alors que je regardais par la fenêtre d'un air ébahi. Je tentai de dissimuler le tremblement de mes mains en me dirigeant vers elle.

— Bonjour, Charlotte. Je suis Liz Talbot. Je suis responsable des ressources humaines. Madame Locklear m'a prévenue que vous viendriez ce matin. Elle est en réunion, mais elle devrait arriver d'ici une heure. Si vous voulez bien, je vais vous faire visiter et vous pourrez remplir les documents administratifs relatifs à votre poste par la même occasion.

— C'est parfait. Merci.

Locklear Properties occupait l'étage entier et employait plus de cent personnes, dont quarante gestionnaires de biens, trente agents immobiliers, un département marketing de dix personnes, et des dizaines d'autres membres du personnel. Iris ne plaisantait pas quand elle disait qu'elle avait gravi les échelons. Après avoir fait le grand tour, nous passâmes dans le bureau de Liz et elle me donna un tas de paperasse dans un dossier sur lequel était écrit mon nom.

— Je vous emmène à votre bureau et vous pourrez vous atteler à tout ça. Votre contrat de travail se trouve dedans, ainsi que des informations sur votre choix d'assurance maladie, vos options d'épargne retraite, votre formulaire de virement automatique, tout comme vos documents concernant les impôts et votre permis de travail, que nous devons remplir et renvoyer d'ici mercredi. La paie est versée le premier et le quinze du mois.

Elle tapota du doigt sur ses lèvres.

— J'ai l'impression d'oublier quelque chose, mais on est lundi, et je n'ai bu qu'une seule tasse de café pour l'instant, alors c'est fort probable.

Liz ouvrit un tiroir et en sortit un gros trousseau de clés, avant de me conduire à l'endroit où j'allais travailler. Elle déverrouilla la porte d'un bureau et alluma l'interrupteur.

— Nous y voilà. Je vais commander une plaque nominative pour la porte et faire faire un double des clés cet après-midi.

— Euh, je crois que vous êtes en train de me confondre avec quelqu'un d'autre.

Elle fronça les sourcils.

— Vous êtes Charlotte Darling, n'est-ce pas ?

— Oui, mais est-ce que je ne devrais pas plutôt être dans un simple box quelque part ? On dirait un bureau de direction. Il y a même un canapé ?

— Oh, répondit-elle en prenant un air compréhensif. Elle rit.

— Je travaille ici depuis si longtemps que j'oublie à quel point certaines choses peuvent paraître inhabituelles. L'assistante prend en charge tous les besoins de la famille Locklear. Vous allez avoir accès à des tas d'informations personnelles et confidentielles, et cette famille exige de la discrétion. Ils ne voudraient pas voir ces informations circuler dans un box où tout le monde pourrait les voir.

— Oh, d'accord. C'est logique.

Cependant, ça me semblait toujours être un trop grand espace pour une assistante. Mais qui étais-je pour me plaindre d'avoir un bureau privé et huppé donnant sur Park Avenue ? Tout avait presque l'air trop beau pour être vrai. Un emploi où je pourrais apprendre d'une femme comme Iris, un salaire régulier avec des avantages sociaux, et aucun membre de la famille Roth dans les parages. Même si j'avais aimé le travail que je faisais pour la famille de Todd, j'avais toujours eu l'impression que certaines personnes me regardaient comme si j'avais obtenu le poste grâce à l'homme avec qui je partageais mon lit. Iris m'avait offert bien plus qu'un travail quand je l'avais rencontrée, et j'étais déterminée à lui prouver qu'elle ne s'était pas trompée.

— Je vous laisse commencer. Vous savez où se trouve mon bureau si vous avez besoin de quoi que ce soit. Mon numéro de poste est le 109 si vous voulez me poser des questions par téléphone.

— 109. D'accord. Merci.

Liz me sourit et s'éloigna en direction de la porte. Elle s'arrêta en atteignant le canapé, et tapa d'une main sur le dossier.

— D'ailleurs, juste pour information, de femme à femme, Max est un vrai séducteur. Il va forcément finir allongé sur ce canapé à essayer de vous draguer avant la fin de la journée. Mais il est inoffensif, n'ayez pas peur.

— Max ?

— Le petit-fils de madame Locklear. Il ne vient pas souvent. Seulement les lundis, la plupart du temps. Je pense que ses week-ends commencent le mardi et finissent le dimanche. Son frère et lui gèrent la partie vente immobilière de l'entreprise. Enfin, surtout son frère. Madame Locklear s'occupe de la partie gestion immobilière. Ce sont des sociétés distinctes avec des noms différents, mais la plupart des employés, comme vous et moi, travaillent pour les deux.

— Oh, très bien. Et merci de m'avoir prévenue pour Max.

Ma tête tournait après le départ de Liz. Je m'accordai une minute pour prendre quelques profondes inspirations, puis m'attelai à ma paperasse.

Iris et moi n'avions même pas discuté du salaire, alors évidemment, j'étais curieuse de découvrir combien allait me rapporter mon nouvel emploi. Heureusement que j'étais assise en découvrant la réponse. *Soixante-quinze-mille dollars !* C'était plus que ce que je me faisais chez Roth. J'avais l'impression de rêver.

Presque une heure plus tard, la femme qui m'offrait une nouvelle vie frappa à la porte de mon nouveau bureau.

Je me levai.

— Iris. Euh... Madame Locklear.

J'avais remarqué que Liz ne l'appelait pas par son prénom.

— Appelez-moi Iris, ma chère. Comment allez-vous ce matin ?

Je me dis qu'elle avait peut-être peur que je sois instable sur le plan émotionnel.

— Je vais bien. Je ne pleurerai pas ici, je vous le promets. J'ai la tête sur les épaules en temps normal.

Elle afficha un sourire amusé.

— Je suis ravie de l'entendre. Est-ce que Liz vous a fait visiter ?

— Oui, les locaux sont magnifiques.

— Merci.

— Elle m'a aussi donné ces papiers. Je n'ai pas encore terminé, mais je pourrai finir ce soir.

— Prenez votre temps et venez à mon bureau quand vous aurez fini. Je dois passer quelques coups de fil, de toute façon. Nous pourrons passer en revue certaines de vos responsabilités. Avez-vous rencontré mes petits-fils ?

— Pas encore. Les portes de leurs bureaux étaient fermées lorsque nous sommes passées devant. Liz m'a dit qu'ils n'étaient pas encore arrivés, mais que ça ne saurait tarder.

— Très bien, alors. Nous irons vous présenter quand vous commencerez. À tout à l'heure.

Elle était à la porte lorsque je me souvins de quelque chose.

— Iris !

— Oui ? demanda-t-elle en se tournant.

J'ouvris le tiroir dans lequel j'avais rangé mon grand tote bag Michael Kors, puis en sortis le paquet de papier journal.

— Je vous ai fait ça ce week-end. Vous vous rappelez, vous m'avez dit de vous fabriquer un objet en terre cuite.

Iris revint à mon bureau, alors que je déballais le vase que j'avais fait. Étant donné que je n'avais pas utilisé un tour de potier depuis un moment, il m'avait fallu une dizaine d'essais pour obtenir la forme voulue. Mais en fin de compte, le résultat était encore plus beau que ce que j'avais espéré. J'avais passé tout le week-end au studio de poterie pour cuire et peindre le vase, mais il avait encore besoin d'être émaillé et de repasser au four.

— Il n'est pas terminé. Il manque des finitions et une cuisson, mais je voulais vous le montrer pour que vous sachiez que je l'ai fabriqué pour vous.

Iris me prit le vase des mains. J'avais peint des iris d'un violet vif dessus. J'étais contente de ce que j'avais fait, mais je me sentis soudain nerveuse à l'idée de le lui donner. Encore plus depuis que j'avais vu les superbes œuvres arborées dans les locaux.

— C'est magnifique. Vous avez vraiment fait ça vous-même ?

Elle fit tourner l'objet pour le regarder en entier.

— Oui. Ce n'est pas ce que j'ai fait de mieux. J'ai un peu perdu la main.

Elle leva les yeux vers moi.

— Alors j'ai hâte de voir vos plus belles œuvres, Charlotte. C'est superbe. Regardez les détails et le dégradé sur les fleurs, et la forme délicate de cette pièce. Vous ne faites pas de la poterie. Vous faites de l'art.

— Merci. Comme je l'ai dit, ce n'est pas encore terminé, mais je voulais que vous sachiez que j'ai tenu ma promesse et que je l'ai fait.

Elle me le rendit.

— Ça signifie beaucoup pour moi. Je suis mon instinct, et je ne me trompais pas sur vous. J'ai le sentiment que cette journée annonce le début de grandes choses pour vous.

Après son départ, j'avais l'impression d'être sur un petit nuage. Je finis de remplir tous les formulaires que Liz m'avait donnés, puis décidai d'aller chercher quelques mouchoirs pour emballer le vase, avant de le couvrir de papier journal. Puisqu'il n'était pas émaillé, le dessous laissait apparaître une petite tache d'encre qui devait venir du papier. Je ne voulais pas que d'autres viennent s'y ajouter, alors je pris le vase avec moi pour voir si je pouvais le nettoyer avant de le ranger.

Je sortis de mon bureau, puis tournai sur la gauche pour rejoindre la cuisine, avant de me rendre compte que j'étais partie dans la mauvaise direction. Je m'arrêtai et fis demi-tour. Seulement, je n'avais pas regardé devant moi, et au deuxième pas, je percutai quelqu'un.

Je manquai de faire tomber le vase en rebondissant contre un torse dur. Je faillis réussir, faillis me stabiliser pour éviter de lâcher le fruit du labeur de tout un week-end, mais je fis l'erreur de regarder la personne que j'avais heurtée. Le vase me glissa des mains, juste avant que je tombe sur les fesses.

Qu'est-ce que...

L'homme se baissa devant moi.

— Vous allez bien ?

Je ne pus que ciller en réponse, réduite au silence au milieu de morceaux de céramique brisée.

Il avait l'air si différent sans son air renfrogné que je me demandai si je me trompais. Peut-être que c'était un homme qui lui ressemblait beaucoup. *Jusqu'à ce qu'il me regarde vraiment.* Un sourire espiègle se dessina lentement sur son beau visage.

Il n'y avait aucune erreur possible. L'homme qui m'avait coupé le souffle une seconde fois... n'était autre que Reed Eastwood.

CHAPITRE 6

REED

J'EUS BEAU CLIGNER des yeux, ça ne fonctionnait pas. Elle était toujours là. Je n'hallucinais pas.

C'était bien elle.

Sur mon lieu de travail.

Ces cheveux blond platine.

Ces yeux bleu glacier.

La Barbie scandinave de l'autre jour – Charlotte Darling – se retrouva sur les fesses devant moi, l'air apeurée, comme si elle avait vu un fantôme. Je me redressai et lui tendis la main pour l'aider à se relever.

Si je lui fais peur à ce point, pourquoi continue-t-elle à me suivre partout ?

Je n'eus pas à réfléchir longtemps avant que les mots ne m'échappent.

— Est-ce que vous partez en tournée ? Je ne me rappelle pas avoir acheté des billets pour le Darling Show. Que faites-vous ici ?

— Je... euh...

Elle secoua la tête comme si elle sortait d'un état second, puis posa sa main sur sa poitrine.

— Reed... Eastwood. Qu'est-ce que *vous* faites ici ?

À qu*el jeu joue-t-elle ?*

— Vous me demandez à *moi* ce que *je* fais dans ma propre entreprise ? Qui vous a laissée entrer dans mes bureaux ?

— Je travaille ici, répliqua-t-elle, l'air déstabilisée, tout en baissant les yeux et en ajustant sa jupe.

Elle quoi ?

Mon sang battait dans mes tempes.

Même si je l'avais laissée venir à ce rendez-vous au penthouse pour lui reprocher de jouer à ce genre de jeux et de gâcher mon temps, j'avais regretté d'avoir agi si durement par la suite. Toutefois, elle était totalement en train de justifier mon comportement.

— Vous savez, j'ai eu un peu de peine pour vous en vous voyant quitter précipitamment la Millennium Tower l'autre jour. Mais vous dépassez les bornes en venant ici. Comment avez-vous pu passer la sécurité ?

M'entendre mentionner le mot commençant par S déclencha quelque chose en elle. La femme qui était prostrée quelques secondes plus tôt se redressa et me fusilla du regard. Vu ce qu'il s'était passé la dernière fois, j'aurais dû me souvenir que le meilleur moyen de la faire craquer était de parler du service de sécurité.

— Arrêtez de me menacer d'appeler vos agents, répliqua-t-elle en levant la voix et en se penchant vers moi. Vous ne m'avez pas entendue lorsque j'ai dit que je *travaille* ici ?

L'odeur sucrée de son haleine me fit perdre le fil de mes pensées pendant un court instant. *Un beignet au sucre, peut-être*. Je fus rapidement ramené à la réalité quand elle ferma les yeux et qu'elle se mit à bouger frénétiquement les doigts comme si elle était en train de... taper sur un clavier d'ordinateur. En fait, c'était exactement ce qu'elle faisait. Elle faisait mine de taper quelque chose.

Il fallait que je lui pose la question.

— Mais bon sang, qu'est-ce que vous faites ?

— Je tape toutes les choses que j'aimerais vous dire, histoire de pouvoir tout sortir sans avoir à le dire à voix haute, m'expliqua-t-elle sans s'arrêter de bouger. Croyez-moi, c'est ce qu'il y a de mieux pour nous deux.

Ses doigts continuaient leurs mouvements.

Je ne pus m'empêcher de rire doucement.

— Vous préférez avoir l'air d'une débile plutôt que de dire ce que vous pensez ?

Elle arrêta enfin de taper.

— Oui.

— Avez-vous bien appuyé sur le bouton d'envoi ? me moquai-je.

Charlotte ne trouva pas mon sarcasme amusant.

— Vous dire ce que je pensais n'aurait pas été professionnel. Je ne veux pas prendre le risque de perdre mon emploi dès le premier jour.

— Je vois que vous avez beaucoup appris sur le professionnalisme lors de votre passage chez Deez Nuts.

— Allez vous faire voir.

— Waouh, quelqu'un a besoin d'une touche « annuler ».

Mince. Voilà que j'appréciais vraiment de l'embêter et d'entrer dans son jeu. Il fallait que je me remémore qu'elle était entrée sans autorisation.

— Rappelez-moi comment vous êtes entrée, mademoiselle Darling ? Parce qu'il est certain que vous ne travaillez pas ici. C'est *mon* entreprise. Je peux vous assurer que je l'aurais remarqué si je vous avais embauchée.

— Techniquement, c'est *mon* entreprise, m'interrompit ma grand-mère en apparaissant soudain.

Elle se tourna vers Charlotte.

— Je m'excuse pour le comportement de mon petit-fils.

— Petit-fils ?

Charlotte nous pointa du doigt, tout en nous regardant tour à tour.

— C'est... votre petit-fils ? C'est... le type dont je vous ai parlé dans les toilettes la dernière fois. Cet abruti d'agent immobilier prétentieux !

— Je suis désolée, Charlotte. Visiblement, je n'avais pas fait le lien.

Malgré ce qu'elle venait de dire, ma grand-mère ne semblait pas vraiment surprise.

— Je n'aurais jamais imaginé que Reed était l'enfoiré condescendant que vous évoquiez.

— Les toilettes ? De quoi vous parlez ? demandai-je.

— Quand je vous ai quitté ce jour-là, je suis allée aux toilettes dans le hall d'entrée de la Millennium Tower, m'éclaira Charlotte. C'est là que j'ai croisé Iris. Évidemment, j'ignorais totalement que c'était votre grand-mère. Elle a vu que j'étais bouleversée. Je lui ai raconté tout ce qu'il s'était passé avec vous pendant la visite. Elle est restée avec moi un moment et nous avons parlé, nous avons tissé des liens, et c'est à ce moment-là qu'elle m'a proposé le poste d'assistante ici.

Oh, non.

Hors. De. Question. Cette femme était bonne à enfermer. Il n'était pas question qu'elle puisse avoir accès à mes opérations personnelles.

— Grand-mère, est-ce qu'on peut discuter un instant dans mon bureau, s'il te plaît ?

— Bien sûr.

Elle sourit, avant de se tourner vers Charlotte, qui s'était baissée pour ramasser les morceaux du vase brisé.

— Si vous voulez, vous pouvez retourner dans votre bureau pour vous familiariser avec la base de données de l'entreprise, Charlotte. J'ai demandé à Stan du service informatique de vous y rejoindre, afin que vous puissiez lui poser toutes vos questions. Je suis désolée que le magnifique vase que vous m'avez fabriqué soit cassé. Vous n'êtes pas obligée de nettoyer. J'enverrai quelqu'un pour le faire.

— Ce n'est rien. J'ai presque tout enlevé. Cependant, il faudra peut-être aspirer les éclats.

Elle se leva et jeta les débris dans une poubelle à proximité, avant de me fixer avec un regard noir.

— Peut-être que Stan pourrait essayer d'installer une puce de sensibilité dans votre petit-fils.

— Ils ont dû oublier de la remettre à sa place quand ils ont installé mon détecteur à conneries, rétorquai-je en claquant des doigts.

Il faut vraiment que j'arrête de prendre plaisir à ce petit jeu.

Les yeux de Charlotte s'attardèrent sur mon regard sévère, avant qu'elle ne fasse demi-tour. Un étrange sentiment bouillonna dans ma poitrine lorsque j'observai ses mèches blondes s'agiter pendant qu'elle s'éloignait. Je savais que c'était de la culpabilité. Compte tenu de sa folie, j'avais réagi de la seule manière sensée face à elle, mais curieusement, j'avais vraiment l'impression d'être une ordure.

Ma grand-mère me suivit sans un bruit jusqu'à mon bureau, et je fermai la porte derrière nous.

— Vous savez que votre journée se passe bien quand votre propre grand-mère vous traite d'enfoiré.

— Eh bien, parfois, tu agis comme tel.

Elle semblait amusée de me voir en colère.

— Elle est belle, n'est-ce pas ? ajouta-t-elle.

Bien sûr, si on considère comme « beaux » un regard expressif, des lèvres pulpeuses et un corps de pin-up des années cinquante. J'aurais plutôt qualifié ça de kryptonite.

La beauté physique de Charlotte était indéniable, mais il était totalement hors de question que je l'admette. La folie éclipse la beauté.

Je grimaçai.

— Grand-mère... que sous-entends-tu ?

— Qu'elle apporterait beaucoup à notre personnel.

— Cette femme ?! m'écriai-je en pointant du doigt en direction de la porte. Elle n'a aucune expérience. Sans parler du fait qu'elle est folle et que c'est une menteuse avérée. Tu aurais dû voir toutes ces choses ridicules qu'elle avait inscrites sur son formulaire pour visiter ce penthouse.

Elle sourit d'un air moqueur.

— Le surf pour chiens, oui, je sais.

— Tu es au courant et tu l'as quand même engagée ?

Je me mis à faire les cent pas en sentant ma tension monter.

— Je suis désolé, mais il faut que tu ailles consulter, repris-je. Comment peux-tu être d'accord pour lui confier certaines de nos affaires les plus sensibles et les plus personnelles ?

— Elle ne savait pas ce qu'elle faisait en remplissant ce formulaire, répondit ma grand-mère en s'asseyant sur le canapé face à mon bureau. Elle ne se rappelle même pas l'avoir fait. C'était un manque de bon sens dû à l'alcool. On a tous connu des soirées comme ça. En tout cas, moi, oui. Je ne vais pas te raconter tout ce qu'on s'est dit car c'est privé, mais elle avait une bonne raison de le faire. J'ai vu quelque chose en elle qui m'a fait penser à moi, plus jeune. Je pense qu'elle est déterminée, et que c'est le genre d'énergie éclatante dont on a besoin.

Elle plaisante ?

Éclatante.

Selon mon point de vue, Charlotte était comme la lumière du soleil aveuglante en plein visage après une cuite. Éclatante, mais surtout désagréable.

Ma grand-mère était une personne gentille et empathique, qui voyait le bon côté des gens. Je respectais ça, mais j'étais obligé de me demander si elle ne se faisait pas manipuler dans ce cas précis.

— C'est une menteuse, soulignai-je de nouveau.

— Elle a menti... mais ce n'est pas dans ses habitudes. Il y a une différence. Elle a fait une erreur. Charlotte s'est confiée à moi, une parfaite inconnue.

Elle n'avait pas à le faire. Elle est l'une des personnes les plus honnêtes qu'il m'ait été donné de rencontrer.

Je croisai les bras et secouai la tête d'un air incrédule.

— Je ne peux pas travailler avec elle.

— Son embauche n'est pas discutable, Reed. Tu as bien assez d'argent pour engager ta propre assistante si tu ne veux pas te servir de celle que nous partageons, mais je ne vais pas la renvoyer.

— Elle va avoir accès à toutes mes informations personnelles. Je n'ai pas mon mot à dire à ce sujet ?

— Pourquoi ? Tu as quelque chose à cacher ?

— Non, mais...

— Tu sais ce que je pense ?

— Quoi donc ? soufflai-je d'un ton fâché.

— Je ne t'ai pas vu t'emballer autant pour quelque chose depuis longtemps. En fait, la dernière fois, ça remonte au concert de Noël à Carnegie Hall.

Je grimaçai.

— Pourrais-tu ne pas me le rappeler ?

Elle adorait évoquer mon bref passage dans la chorale de garçons. Il fut un temps où je m'intéressais *vraiment* aux chansons pleines de verve, jusqu'à ce que je murisse et que je commence à considérer la chorale comme un passe-temps ringard. J'avais abandonné, et ma grand-mère ne cessait d'insister sur le fait que j'avais raté ma vocation.

— Que ce soit en bien ou en mal, cette fille a allumé un feu en toi, insista-t-elle.

Je jetai un coup d'œil à la circulation par la fenêtre, et refusai de reconnaître une part de vérité dans ce qu'elle venait de dire, alors que la chaleur m'envahissait.

— Ne sois pas ridicule...

Ma grand-mère avait touché un point sensible. Au fond de moi, je savais qu'elle avait raison. Charlotte avait *vraiment* déclenché quelque chose en moi. Vu de l'extérieur, ça se manifestait par de la colère, mais à l'intérieur, je ressentais comme une excitation indescriptible. Oui, elle m'avait énervé en me faisant perdre du temps pendant la visite de l'autre jour, mais au moment où elle s'en était prise à moi et où elle avait quitté précipitamment la chambre, elle m'avait déjà marqué d'une façon que je n'arrivais pas à expliquer. Je n'avais pas pu cesser de penser à elle durant toute la soirée. Je m'étais inquiété d'avoir été trop dur avec elle, de lui avoir involontairement provoqué une sorte de dépression nerveuse. Je l'avais imaginée errer dans tout Manhattan, le mascara coulant sur ses joues, peinant à marcher avec ses fichus talons. J'avais fini par passer à autre chose, et je n'avais plus pensé à elle jusqu'à ce qu'elle me rentre littéralement dedans quelques minutes plus tôt. Et d'un seul coup, toute cette énergie étrange avait refait surface, en s'exprimant de nouveau sous forme de colère envers elle. Mais pourquoi ? Pourquoi est-ce que je prenais assez tout ça à cœur pour la laisser m'atteindre ?

Ma grand-mère me sortit de mes pensées.

— Je sais que ce qu'il s'est passé entre Allison et toi t'a détruit. Mais il est temps d'avancer.

L'entendre parler d'Allison me donna mal au ventre. J'aurais préféré que ma grand-mère ne la mêle pas à tout ça.

— Tu as besoin d'un changement de décor, continua-t-elle. Et puisque tu ne vas nulle part, c'est moi qui te l'ai apporté en engageant Charlotte. Je préfère te voir te chamailler avec elle ici, plutôt que de te savoir seul dans ton bureau.

— On ne peut pas se chamailler avec quelqu'un dont le mode de communication est de faire semblant de taper ce qu'elle aimerait dire sur un clavier.

— Quoi ?

— Bon sang, tu ne l'as pas vue faire ça ?

Je ne pus m'empêcher de rire.

— Elle m'a dit qu'elle ne pouvait pas énoncer ce qu'elle pensait vraiment, de peur de perdre son travail, alors elle a fait mine de taper devant elle comme une folle pour chasser ça de son esprit. Voilà la détraquée que tu as engagée.

Ma grand-mère rit en penchant la tête en arrière.

— En réalité, c'est une très bonne idée. Certains politiciens devraient prendre exemple sur elle. On gagnerait tous à réfléchir avant de parler, même si ça signifie taper les mots plutôt que les prononcer à voix haute. C'est ce que j'aime chez elle. Elle est unique.

Je levai les yeux au ciel.

— Elle est unique, d'accord.

Son expression s'adoucit et elle posa une main sur mon épaule.

— Peux-tu me rendre service et au moins *essayer* de l'accueillir au mieux ?

— Ce n'est pas comme si j'avais le choix.

Je poussai un soupir exaspéré.

— Je prends ça pour un oui. Tu pourras t'entraîner demain dans les Hamptons. Elle va t'aider sur le domaine de Bridgehampton. Lorena ne sera pas là cette semaine. Comme d'habitude, l'assistante de l'entreprise prend le relai quand Lorena ne peut pas assister aux visites.

Génial. Toute une journée avec elle.

Elle se leva et se dirigea vers la porte, avant de se tourner une dernière fois.

— Charlotte s'y connaît en cœur brisé. Vous avez plus de choses en commun que ce que tu penses.

J'étais contrarié à chaque fois que ma grand-mère faisait allusion à ma rupture avec Allison. Non seulement ça n'avait pas sa place dans cette discussion, mais ça me forçait aussi à penser à des choses que j'essayais d'oublier. Je faisais vraiment de mon mieux pour passer outre la douleur qui accompagnait la fin de cette relation.

Je passai presque une demi-heure à regarder par la fenêtre, à me tourner les pouces, et à essayer de me faire à l'idée que Charlotte travaillait désormais pour nous. Le fait qu'elle atterrisse ici était une curieuse coïncidence. Il était juste impossible que je collabore avec elle tous les jours sans que nous nous prenions constamment la tête.

Je décidai d'aller à son bureau pour établir des règles de base et lui décrire ce que j'attendais d'elle lorsqu'elle travaillerait sous mes ordres le lendemain.

Sous mes ordres.

Je repoussai rapidement l'image de son corps menu à ma merci. C'était ça le plus drôle dans le fait de ressentir du mépris envers une personne physiquement attirante. C'était comme une bataille entre le corps et l'esprit, en sachant que dans des circonstances normales, le corps aurait gagné.

Toutefois, les circonstances n'étaient pas normales. Charlotte Darling était loin de l'être aussi et il fallait que je reste sur mes gardes.

Prêt à lui dire ce que je pensais, je traversai le couloir en prenant une grande inspiration, puis ouvris la porte de son bureau sans frapper.

Voir mon frère sur le canapé, les pieds relevés sur l'accoudoir, me déconcerta, même si je n'aurais pas dû être surpris qu'il se soit précipité pour faire bonne impression auprès de la nouvelle assistante séduisante. C'était Max dans toute sa splendeur.

— Que puis-je faire pour vous, monsieur Eastwood ? demanda-t-elle froidement.

Max sourit.

— Charlotte, je sais que vous avez déjà fait connaissance, mais laisse-moi te présenter officiellement mon grand frère, aussi connu sous le nom de grand seigneur maléfique.

Super.

Ken le queutard n'avait pas perdu de temps pour tenter sa chance avec la Barbie scandinave.

CHAPITRE 7

CHARLOTTE

L'AMBIANCE AVAIT complètement changé à la seconde où Reed était entré dans la pièce. Ça me rappelait un peu quand j'étais à l'école primaire et que le professeur éteignait brusquement les lumières pour faire cesser les bavardages. La fête était officiellement terminée.

Soudain, mes paumes redevinrent moites.

Je bus une gorgée du caramel macchiato que Max m'avait rapporté du Starbucks au coin de la rue, et tentai de me ressaisir, mais ça ne marchait pas. Tout m'intimidait chez Reed, que ce soit sa stature, son nœud papillon et ses bretelles, sa voix grave. Cependant, ce que je trouvais plus intimidant encore, c'était le fait que je le soupçonnais de me détester. Donc, voilà.

En revanche, Max, son frère, était tout le contraire : charmant et terre à terre. Si nous étions au lycée et non dans une grande entreprise américaine, Max serait le clown de la classe et Reed le prof grincheux.

Max était parvenu à me faire oublier brièvement l'attitude de son frère de tout à l'heure. Toutefois, le répit fut de courte durée.

Reed lança un regard mauvais à son cadet.

— Qu'est-ce que tu fais là ?

— À ton avis ? J'accueille notre nouvelle employée, ce qui n'est pas ton cas.

Reed le fusilla du regard. Il semblait encore plus troublé de savoir que j'avais raconté ce qu'il s'était passé à Max. Mais je n'avais pas pu m'en empêcher. Ce dernier m'avait demandé ce qui n'allait pas, et j'avais décidé d'être franche avec lui. Ce qui n'allait *vraiment* pas bien, c'était Reed Eastwood.

Le plus jeune Eastwood, pour sa part, m'avait dit de ne pas prendre personnellement ce que pouvait dire ou faire son grand frère, car celui-ci pouvait parfois être dur même envers lui. Max m'avait assuré que Reed n'était pas aussi méchant qu'il en avait l'air. Apparemment, il avait seulement eu une année compliquée. Il était très difficile d'imaginer que c'était lui qui avait rédigé ce mot bleu touchant. Ce qui me faisait me poser des questions sur Allison. L'avait-elle quitté à cause de son comportement ? Ce n'était vraiment pas impossible. Je ressentis un pincement de culpabilité d'être au courant pour son mariage raté, et qu'il ignorait qu'en réalité, j'étais venue pour le voir lui.

Reed fit un signe à son frère.

— Tu ne dois pas… je ne sais pas… aller te faire cirer les pompes ou un truc du genre, Max ?

L'intéressé croisa les bras.

— Non. D'ailleurs, tout va bien. Je n'ai pas d'autre rendez-vous prévu pour la journée.

— Quelle surprise.

— Arrête… Tu sais que je suis le président du comité d'accueil.

Max avala une gorgée de son café et s'installa encore plus confortablement sur le canapé en cuir noir.

— C'est bizarre comme ce comité a l'air d'être très sélectif. Je ne t'ai pas vu aller à la comptabilité pour accueillir la nouvelle comptable qui commence aujourd'hui.

— J'avais prévu d'y passer juste après.

— Évidemment, répliqua Reed en lançant un regard noir à son frère.

Ils étaient tous les deux similaires, mais différents. Même s'ils se ressemblaient et qu'ils étaient beaux et ténébreux, Max avait les cheveux plus longs et semblait plus sauvage et insouciant, avec son grand sourire. Reed était plus chic et constamment en colère. Ce dernier point n'aurait pas dû me faire autant d'effet, mais j'avais toujours été attirée par l'inaccessible. En flirtant lourdement, Max me faisait clairement comprendre que j'avais une chance avec lui si j'étais intéressée. Et à vrai dire, ça me refroidissait. Par ailleurs, je n'étais pas vraiment certaine que Reed me détestait, et pourtant, j'étais captivée par sa personnalité mystérieuse.

— Bon, il faut que je parle affaires avec Charlotte, déclara Reed. De vraies affaires, contrairement à ce que tu étais en train de faire à l'instant. Laisse-nous un peu seuls, s'il te plaît.

***

Je me redressai sur ma chaise, alors que Reed refermait la porte derrière son frère. Contrairement à Max, il ne s'installa pas sur le canapé. Non, ce frère-là préféra rester debout, les bras croisés, tout en me regardant de haut. Et je n'arrivais plus à le supporter. Je me levai, retirai mes talons et grimpai sur ma chaise.

— Que faites-vous ? demanda-t-il en plissant les yeux.

Je pris la même posture que lui, et le fusillai du regard en croisant les bras.

— *Je* vous regarde de haut.

— Descendez.

— Non.

— Mademoiselle Darling, descendez immédiatement avant de tomber et de vous faire mal. Je suis sûr que vos années passées à tenir en équilibre avec un chien sur votre planche de surf vous donnent l'impression d'être capable de monter sur une chaise à roulettes, mais je peux vous assurer que tomber et vous ouvrir le crâne sur le coin du bureau risque d'être douloureux.

Bon sang, cet homme était *tellement* arrogant.

— Si vous voulez que je descende, vous devrez vous asseoir pour me parler.

Il soupira.

— Très bien. Descendez.

Juste pour me marrer, je fis semblant de vaciller avant de lui obéir. Reed accourut à mes côtés pour me rattraper. *Eh bien, qui aurait cru que Monsieur Méchant avait un côté chevaleresque ?* Je ne pus dissimuler mon sourire.

— Vous l'avez fait exprès, lança-t-il en prenant un air renfrogné.

Je descendis en sautant, puis tendis la main en direction des chaises disposées de l'autre côté.

— Et si nous nous asseyions tous les deux, monsieur Eastwood ?

Il grommela quelque chose que je ne compris pas, mais obéit.

Je joignis les mains sur mon bureau et lui offris mon plus beau sourire.

— Alors, de quoi vouliez-vous discuter ?

— De notre voyage de demain.

Iris avait mentionné le fait que j'allais devoir assister une visite dans l'Est le lendemain, mais puisque j'ignorais qui était son petit-fils à ce moment-là, je n'avais pas fait le rapprochement. *Super, toute une journée avec l'homme qui me déteste.* Et moi qui pensais avoir droit à un nouveau départ grâce à ce poste parfait. Au lieu de ça, je me retrouvais avec un type qui avait hâte que je me plante et qui me surveillait de près constamment.

— Que souhaitez-vous me dire à propos de ce voyage ?

Je sortis un bloc-notes et préparai un stylo.

— Eh bien, pour commencer, nous partons à cinq heures trente précises.

— Du matin ?

— Oui, Charlotte. Les gens ont tendance à vouloir visiter les domaines de grande superficie pendant la journée.

— Inutile d'être aussi condescendant. Je suis nouvelle, vous savez.

— J'en suis douloureusement conscient, oui.

Je levai les yeux au ciel et écrivis cinq heures trente sur mon bloc-notes, en ajoutant PRÉCISES en majuscule et en soulignant deux fois, tandis qu'il m'observait.

— Cinq heures trente, alors, confirmai-je. Est-ce que je dois vous rejoindre à la gare?

— Nous ferons le trajet en voiture.

— D'accord.

— J'ai un rendez-vous téléphonique à sept heures avec un client à Londres. Quand Lorena et moi partons pour la journée, je conduis en général pendant la première heure. Lorsque nous atteignons la sortie de l'autoroute de Long Island, nous prenons un petit déjeuner, et elle conduit le reste du trajet pour que je puisse passer mes appels et travailler sur mes e-mails avant d'arriver sur la propriété.

— Euh, je ne conduis pas.

— Comment ça, vous ne conduisez pas?

— Je veux dire que je n'ai pas le permis de conduire, donc je ne pourrai pas prendre le relai.

— Je ne posais pas la question au sens propre. Je demandais comment il était possible qu'une femme ayant plus de la vingtaine n'ait pas encore son permis.

Je haussai les épaules.

— Je ne l'ai pas, c'est tout. Je ne suis pas la seule à vivre en ville et à ne pas conduire.

— Vous n'avez jamais essayé de le passer?

— C'est sur ma liste de choses à faire.

Reed laissa de nouveau échapper un grand soupir, puis secoua la tête.

— Très bien. Je conduirai pendant tout le trajet. Envoyez-moi votre adresse par e-mail et je passerai vous chercher. *Soyez prête.*

— Non.

— Non ? répéta-t-il en haussant les sourcils.

Je devinai que cet homme n'avait pas vraiment l'habitude d'entendre ce mot.

— Je vous rejoindrai au bureau.

— À cette heure-ci, il sera plus facile pour vous que je vienne vous chercher chez vous.

— Ça ira très bien. Je ne me sens pas à l'aise à l'idée que vous voyiez où j'habite.

Reed passa ses mains sur son visage.

— Vous savez que je peux aller dans la base de données des employés et trouver votre adresse à tout moment, n'est-ce pas ?

— Je le sais. Mais *savoir* où je vis et le *voir* sont deux choses différentes.

— Comment ça ?

— Eh bien...

Je m'adossai à ma chaise et lui indiquai ma tenue d'un geste de la main.

— Vous *savez* que je suis nue là-dessous. Mais ça ne veut pas dire que je suis obligée de vous *montrer* mes seins.

Ses lèvres charnues s'étirèrent en un sourire espiègle, alors que ses yeux se posaient sur le petit décolleté que ma chemise laissait apparaître.

— Je ne pense vraiment pas que ce soit la même chose, mais comme vous voulez.

Cet homme avait la capacité de m'énerver d'un seul regard. Je me redressai et approchai de nouveau mon stylo du bloc-notes.

— Quoi d'autre ?

— Nous allons faire visiter le domaine de Bridgehampton à deux familles. C'est une propriété valant sept millions de dollars, et nos clients exigent de la discrétion. Vous devrez vous placer au niveau de la porte d'entrée, de façon à ce que personne n'entre pendant la visite. Si la seconde famille arrive plus tôt que prévu, vous serez chargée de les inviter à rester dans le salon à l'avant de la maison, au bout du couloir.

— D'accord, je peux gérer ça.

— Faites installer le traiteur dans cette pièce pour pouvoir offrir quelque chose aux clients pendant leur attente. Évidemment, vous devrez proposer quelque chose aux deux familles à leur arrivée, mais c'est aussi un moyen discret de faire rejoindre une pièce aux acheteurs qui arrivent trop tôt, en attendant que je finisse une visite.

— Le traiteur ?

— Citarella. Ils sont dans le répertoire des fournisseurs. Vous devriez enregistrer leurs coordonnées dans votre téléphone au cas où il y aurait un problème.

J'inclinai la tête.

— Comment se fait-il que les acheteurs potentiels de Bridgehampton aient droit aux services d'un traiteur et moi non ? Mon penthouse valait bien plus que ça.

Reed afficha un sourire en coin.

— C'est parce que j'ai dit à Lorena de ne rien vous offrir puisque j'avais déjà deviné que vous aviez menti.

— Oh.

— Oui. *Oh.* Et habillez-vous en conséquence. Rien de trop moulant qui pourrait être distrayant.

Je pris mal ce commentaire. Je m'habillais toujours convenablement pour le travail.

— Distrayant ? Que voulez-vous dire par là ? Et… qui c'est qui serait distrait ?

Reed se racla la gorge.

— Laissez tomber. Contentez-vous de porter quelque chose comme vous portez aujourd'hui. C'est une journée de travail, pas un voyage de loisir dans les Hamptons. Et… c'est plutôt « qui ».

— Quoi ? Comment ça ?

— Vous avez dit « qui c'est qui serait distrait ». « Qui » aurait suffi.

Je levai les yeux au ciel.

— Vous êtes allé dans l'une de ces écoles privées pour garçons, n'est-ce pas ?

Reed ignora ma question.

— Vous trouverez un prospectus relatif au domaine dans le dossier. Vous devriez vous familiariser avec les lieux pour pouvoir répondre aux questions qu'on pourrait vous poser si je ne suis pas disponible.

Je pris note.

— D'accord. Autre chose ?

Il sortit son téléphone de sa poche.

— Enregistrez votre numéro, au cas où il y aurait un changement de programme.

Je me mis à taper.

Prénom : *Charlotte.*

Nom de famille : *Darling.*

Société : je souris intérieurement en hésitant à taper « Deez Nuts », mais me ravisai. Enfin, je *pensais* avoir souri intérieurement.

— Qu'est-ce que vous trafiquez ? demanda Reed, en penchant la tête pour jeter un coup d'œil à son portable.

— Rien du tout.

— Alors pourquoi ai-je aperçu un air diabolique sur votre visage l'espace d'un instant ?

Je lui tendis son téléphone.

— Ma grand-mère disait toujours qu'une femme sourit comme un ange et garde ses pensées diaboliques pour elle.

Il maugréa et se leva.

— Pas étonnant qu'Iris et vous ayez sympathisé si facilement.

Reed s'approcha de la porte, sans préciser que notre conversation était terminée.

— D'ailleurs, j'étais en train de regarder mon portable quand je vous ai percuté tout à l'heure. Ma grand-mère m'a appris que c'était le vase que vous teniez à la main qui s'était brisé. Apportez-moi le ticket de caisse et je vous rembourserai.

Je secouai la tête.

— Ce n'est pas nécessaire. Les matériaux ne m'ont coûté que quelques dollars. C'est moi qui l'ai fabriqué.

Il fronça les sourcils.

— Vous l'avez fabriqué ?

— Oui. Je fais de la sculpture et de la poterie. Enfin, j'en faisais autrefois. Quand Iris et moi nous sommes rencontrées dans les toilettes, je lui en ai parlé et je lui ai dit que ça me manquait. Elle m'a encouragée à recommencer à faire des choses qui me rendent heureuse, alors j'ai passé le week-end à le fabriquer sur mon tour de potier. Ça faisait quelques années que je n'y avais pas touché, et elle avait raison. Il faut que je me concentre sur des choses qui me font du bien, plutôt que de ressasser un passé que je ne peux plus changer. Réaliser ce vase était le premier pas dans la bonne direction pour moi.

Reed me fixa bizarrement pendant un long moment, puis se tourna et sortit sans un mot. *Quel enfoiré.* Un enfoiré arrogant et magnifique, qui était tout aussi beau vu de derrière que de devant.

***

Plus tard dans l'après-midi, je remarquai un morceau de papier bleu posé sur mon bureau. Je fus vraiment surprise, et je m'arrêtai un instant avant de m'en emparer. C'était exactement le même papier bleu que celui qui se trouvait à l'intérieur de la robe de mariée.

Des frissons me parcoururent. J'avais presque oublié ce mot magnifique et les émotions que j'avais ressenties lorsque je l'avais découvert pour la première fois. Je n'arrivais pas à imaginer que l'homme désagréable que je connaissais puisse être aussi romantique. Le Reed dont j'avais fait la connaissance était pragmatique et froid. Ça me rendait encore plus curieuse de savoir ce qui avait pu rendre aigri un homme qui était charmant, fut un temps.

Je soupirai.

Un mot bleu de la part de Reed.

Qui m'était destiné.

Ça me semblait surréaliste.

« Bureau de Reed Eastwood » apparaissait en relief tout en haut. Je pris une grande inspiration et lus la suite.

Charlotte,
Si vous avez d'autres questions à propos de Bridgehampton, n'hésitez pas à faire semblant de les taper à mon attention.
Reed

CHAPITRE 8
REED

JE M'ARRÊTAI AU feu au coin de la rue quinze minutes avant l'heure prévue. Charlotte était déjà là, à attendre devant l'immeuble. Puisque le feu était rouge, ça me laissait le temps de l'observer de loin. Elle regarda sa montre et jeta un coup d'œil autour d'elle, avant d'avancer vers une bouteille d'eau vide abandonnée sur le trottoir. Elle la ramassa, puis jeta un nouveau regard aux alentours.

Mais que faisait-elle? Est-ce qu'elle ramassait les bouteilles dans les rues de Manhattan pour les échanger contre une consigne de cinq cents? Cette femme était vraiment dérangée. Qui avait le temps de faire ça? Je l'observai s'approcher d'un autre objet, se pencher pour le ramasser, puis recommencer un peu plus loin. *Qu'est-ce que...*

Le feu passa au vert, alors je tournai à droite et empruntai la rue à sens unique devant notre immeuble. Charlotte recula prudemment d'un pas, puis se pencha pour voir qui conduisait. Elle ramassait des trésors infestés de microbes dans une rue de New York, mais elle s'inquiétait à l'idée que la Mercedes S 560 qui venait de s'arrêter à son niveau puisse lui attirer des ennuis.

— Vous êtes prête ? demandai-je après avoir baissé ma vitre teintée.

— Oh. Oui.

Elle regarda à droite, puis à gauche, avant de lever son index et de s'éloigner un peu plus.

— Une seconde.

Je la suivis des yeux lorsqu'elle s'approcha d'une poubelle et y jeta tous les déchets qu'elle avait ramassés. Génial. *Non seulement elle nettoie les rues à l'aube, mais cette jupe lui fait aussi un cul d'enfer.*

Elle ouvrit la portière passager et monta à bord.

— Bonjour.

Et en plus, elle est toute guillerette. Parfait.

— Les lingettes sont ici, indiquai-je en lui montrant la boîte à gants.

Elle fronça son petit nez, confuse.

Je soupirai.

— Pour nettoyer vos mains.

Ce sourire démoniaque était de retour. Charlotte leva les mains, les paumes vers moi, et les secoua devant mon visage pour me provoquer.

— Vous êtes germaphobe ?

— Contentez-vous de les nettoyer.

Cette journée allait être longue.

Je démarrai et me dirigeai vers le tunnel, alors qu'elle essuyait ses mains. Aucun de nous ne prononça un mot avant que nous soyons sortis de la ville, et que nous fassions la queue au péage à l'autre bout de Manhattan.

— Vous n'avez pas une carte d'abonnement? demanda-t-elle en observant le grand panneau au-dessus de nous, sur lequel était écrit « PAIEMENT EN ESPÈCES ».

— Un E-ZPass. Oui. Mais la dernière fois que je l'ai utilisé, c'était dans mon autre voiture, et je l'ai oublié dedans.

— Est-ce que votre autre voiture est une fourgonnette de travail ou quelque chose du genre?

— Non, c'est une Range Rover.

— Pourquoi avez-vous besoin de deux voitures?

— Pourquoi posez-vous autant de questions?

— Oh là, pas la peine d'être aussi désagréable. J'essayais juste de faire la conversation.

Elle regarda par la fenêtre.

La vérité, c'était que la Range Rover avait appartenu à Allison. Cependant, je n'allais pas ouvrir cette boîte de Pandore avec cette femme. Il restait deux voitures devant nous dans la file, alors je cherchai un billet de vingt dollars dans ma poche, avant de me rendre compte que j'avais rangé mon portefeuille dans la boîte à gants.

— Pourriez-vous sortir mon portefeuille de la boîte à gants?

— Que diriez-vous d'ajouter « s'il vous plaît »? répliqua-t-elle en continuant à regarder dehors.

Contrarié, et puisqu'il ne restait plus qu'une voiture entre l'employé du péage et moi, je me penchai pour attraper mon bien moi-même. Malheureusement, cette position m'offrait également une vue spectaculaire sur les jambes bronzées, musclées et bien galbées de Charlotte. Je refermai brusquement la boîte à gants.

Après avoir passé le péage et rejoint l'autoroute de Long Island, je décidai de vérifier la capacité de notre nouvelle assistante à suivre des instructions.

— Combien de chambres et de salles de bain comporte la propriété que nous faisons visiter aujourd'hui ?

— Cinq chambres et sept salles de bain. Même si j'ignore pourquoi quelqu'un en aurait besoin de sept.

— En quoi est faite la piscine ?

— Béton projeté. Chauffée. En forme d'un lac de montagne, avec un revêtement en marbre vieilli importé d'Italie et une cascade.

Elle avait fait ses devoirs... même si j'y étais allé doucement avec elle.

— Superficie ?

— 4 752 pour le bâtiment principal. 650 de plus pour le pool house, qui est aussi chauffé.

— Nombre de cheminées ?

— Quatre à l'intérieur, une à l'extérieur. Celles à l'intérieur sont au gaz, celle à l'extérieur au bois.

— L'électroménager ?

— Viking, Gaggenau et Sub-Zero. D'ailleurs, il y a un réfrigérateur et un congélateur séparés Sub-Zero de série Pro dans la cuisine principale, et un autre modèle combiné dans le pool house. Et au cas où vous vous poseriez la question, les trois réunis coûtent plus cher qu'une Prius neuve. J'ai vérifié.

Hmmm. Je voulais qu'elle se trompe au moins une fois, alors je lui posai une question dont la réponse ne se trouvait pas dans le prospectus.

— Et qui c'est qui s'est chargé de la décoration intérieure ?

— Carolyn Applegate de la société Applegate and Mason Interiors.

Une bataille étrange se livrait en moi. Même si j'avais envie de la désarçonner pour qu'elle se trompe, une partie de moi leva le poing intérieurement pour célébrer sa réussite.

— Et c'est plutôt « qui »… marmonna-t-elle.

— Pardon ?

— Vous avez dit « Et qui c'est qui s'est chargé de la décoration intérieure ? ». « Qui s'est chargé » aurait suffi.

Je dus faire semblant de tousser pour dissimuler mon sourire.

— Bien. Je suis content de voir que vous avez fait vos devoirs.

Nous arrivâmes au domaine de Bridgehampton une heure avant la première visite. L'équipe du traiteur était déjà occupée à tout installer. Je devais passer quelques appels et répondre à des e-mails, alors j'invitai Charlotte à faire le tour de la propriété pour se familiariser avec les lieux. Une demi-heure plus tard, je la retrouvai dans le grand salon, en train d'étudier un tableau.

J'arrivai derrière elle.

— La propriétaire est une artiste. Aucune œuvre n'est incluse dans la vente.

— Oui, j'ai lu ça. Elle est vraiment douée. Saviez-vous qu'elle fait le tour des maisons de retraite pour écouter comment les gens ont rencontré leurs partenaires, et qu'elle peint ensuite l'image qu'elle visualise en entendant leurs histoires d'amour ? Je me demande si c'est l'une d'elles. C'est tellement romantique.

La peinture représentait un couple lors d'une sortie au restaurant, mais la femme semblait regarder un autre homme, qui était assis à la table en face d'elle, en souriant en douce.

— Qu'est-ce qui est romantique ? Le fait que la femme reluque un autre homme que celui payant l'addition, ou le fait que le pauvre idiot qu'elle lorgne ne se rend pas compte qu'elle lui fera la même chose dans quelques mois ?

J'observai le tableau et me pris de sympathie pour l'imbécile qui ne se doutait de rien. *Crois-moi, mon pote, il vaut mieux que tu découvres maintenant qu'elle n'est pas fidèle.*

Charlotte se tourna pour me faire face.

— Waouh. Vous êtes une vraie bouffée d'air frais, hein ?

— Je suis réaliste.

— Oh, vraiment ? continua-t-elle en posant les mains sur ses hanches. Alors, pouvez-vous me dire une chose positive me concernant ? Une personne réaliste peut voir à la fois le positif et le négatif chez les gens. Tout ce que vous avez vu chez moi depuis que nous nous sommes rencontrés, c'est du négatif.

Charlotte était petite, même avec des talons. Et notre proximité m'offrait une vue plongeante sur son chemisier en soie. Je ne pensais pas qu'elle apprécierait le genre de pensées positives que j'avais à son égard à cet instant précis. Alors, je fis demi-tour et m'éloignai.

— Je serai dans la cuisine quand les premiers clients arriveront.

***

Même les salauds font des compliments à l'occasion quand c'est mérité. Et peut-être que j'avais été trop dur avec Charlotte. Toutefois, quelque chose m'agaçait chez elle. Je mourais d'envie de briser son innocence, et je ne savais pas vraiment pourquoi.

— Vous avez fait du bon travail aujourd'hui.

Je verrouillai la porte d'entrée, puis tendis la main pour inviter Charlotte à descendre les marches avant moi.

Casse-pieds comme elle était, elle ne put se contenter d'accepter le compliment. Elle porta une main à son oreille et afficha un petit sourire satisfait.

— Qu'avez-vous dit ? Je n'ai pas bien entendu. Il va falloir que vous répétiez.

— Très drôle.

Nous rejoignîmes ensemble la voiture. J'ouvris la portière passager et attendis qu'elle s'installe avant de la refermer.

— Au fait, comment connaissiez-vous toutes ces choses sur Carolyn Applegate ? demandai-je en reculant sur la longue allée.

La première cliente n'avait pas vraiment été emballée par la décoration intérieure de la maison au premier abord, mais après que Charlotte eut cité une dizaine de célébrités ayant récemment fait refaire leurs domiciles par la même décoratrice, la femme avait semblé voir l'endroit d'un œil nouveau. Sa petite combine pourrait avoir changé complètement l'issue de la visite de ce jour.

Charlotte sortait de l'ordinaire, c'était certain, mais je devais admettre que l'instinct de ma grand-mère voyait juste, en général. Elle n'était pas arrivée là où elle en était aujourd'hui par accident. Iris déchiffrait bien les gens, et je commençais à penser qu'elle ne s'était pas totalement trompée sur Charlotte. Peut-être que j'avais en quelque sorte laissé mes sentiments pour une autre jolie blonde teinter mon jugement initial.

— Google, répondit-elle. J'ai tapé le nom des propriétaires actuels et j'ai vu qu'ils apparaissaient sur la liste des clients sur le site Internet de la décoratrice. Ensuite, j'ai jeté un coup d'œil à quelques autres noms mentionnés. Quand j'ai parlé du fait qu'elle s'était aussi occupée de la maison de Christie Brinkley à quelques kilomètres de là, les yeux de madame Wooten se sont éclairés. Alors j'ai consulté le site Internet et je lui ai montré sur les photos que Christie possédait le même tissu pour les coussins du canapé.

— Eh bien, ça a marché. Vous avez réussi à changer son point de vue sur la maison. Quant au second couple, faire semblant d'adorer leur petit monstre a fonctionné à merveille.

Elle fronça les sourcils.

— Je ne faisais pas semblant. Le petit garçon était adorable.

— Il a passé tout son temps à crier.

— Il avait *trois ans*.

— Peu importe. Je suis content que vous ayez réussi à le faire taire.

Elle secoua la tête.

— Un jour, une femme aura la malchance de vous avoir comme mari imbuvable et père de famille impatient.

— Non, ça n'arrivera pas.

— Oh ? Êtes-vous plus agréable avec les femmes avec lesquelles vous sortez ?

— Non, c'est juste que je ne prévois pas de me marier ni d'avoir des enfants.

Mes doigts devinrent blancs tellement je serrais le volant.

Charlotte était silencieuse, mais un rapide coup d'œil dans sa direction m'indiqua que j'avais abordé un sujet qu'elle prévoyait d'analyser tout le long du trajet retour. Il fallait que je tue ça dans l'œuf, alors je recentrai la conversation sur le travail.

— J'aurais besoin que vous envoyiez un e-mail de suivi de ma part aux deux couples. Remerciez-les d'être venus visiter la propriété et réservez un créneau pour que je puisse les appeler la semaine prochaine.

— D'accord.

— Appelez aussi Bridgestone Properties en Floride. Demandez Neil Capshaw. Dites-lui que vous êtes ma nouvelle assistante et demandez-lui où en est la vente de la propriété des Wooten à Boca. Nous travaillons beaucoup avec leur agence, alors ils partageront volontiers l'information. Si les Wooten ont un acheteur pour cette résidence, ils seront peut-être plus enclins à acheter la résidence secondaire de Bridgehampton le plus tôt possible.

Elle avait sorti son téléphone et avait commencé à prendre des notes dessus.

— D'accord. E-mails de suivi aux acheteurs. Appeler Capshaw. C'est compris.

— J'ai également besoin de repousser mon rendez-vous de seize heures demain. Voyez si vous pouvez le déplacer à seize heures trente.

— Très bien. Avec qui avez-vous rendez-vous à seize heures ?

— Iris.

Charlotte leva les yeux de ses notes.

— Vous voulez que j'appelle Iris, *votre propre grand-mère*, pour déplacer un rendez-vous ?

— Oui. Vous êtes mon assistante, et c'est ce que font les assistants. Ils prennent des rendez-vous, déplacent des rendez-vous, et annulent même des rendez-vous à l'occasion. Vous n'étiez pas au courant que ça faisait partie de vos fonctions ?

— Mais c'est votre *grand-mère*. Les relations ne devraient pas toutes être traitées comme des affaires, même si vous devez parler travail. Vous ne devriez pas l'appeler vous-même ?

— Pourquoi ?

Charlotte secoua la tête et soupira.

— Laissez tomber.

Heureusement pour moi, nous roulâmes en silence pendant un petit moment après ça. La circulation était fluide, et nous parvînmes à atteindre l'autoroute sans que Little Miss Sunshine me dise comment faire mon travail. J'étais sur le point de rejoindre la 495 quand Charlotte croisa, puis décroisa ses jambes sur le siège passager, et mes yeux quittèrent la route une fraction de seconde. Impossible que ça ait duré plus longtemps que ça. Pourtant, l'instant d'après, Charlotte se mit à crier en cherchant une prise à laquelle s'accrocher.

— Attention !

Instinctivement, j'appuyai sur le frein avant même d'avoir l'occasion de comprendre ce que je devais éviter. Tout ce qui se passa ensuite se déroula au ralenti.

Je levai les yeux.

Une petite créature poilue traversa la route devant nous.

Ma voiture s'arrêta brusquement, et je pus apercevoir ce que j'avais failli écraser.

Un écureuil.

Un foutu écureuil.

Elle m'avait fichu la trouille parce qu'un rongeur avait traversé la route.

Incroyable. J'étais sur le point de lui dire ma façon de penser quand un gros boum m'en empêcha. Surpris, il me fallut une minute pour me rendre compte de ce qu'il s'était passé.

Quelqu'un nous avait percutés par-derrière.

CHAPITRE 9

CHARLOTTE

— **MERDE! FULMINA REED,** avant de sortir en claquant la portière.

Il n'avait pas pu déplacer la voiture sur le bord de la route. Ce qu'il s'était passé l'avait rendue inutilisable.

Mon cœur battait la chamade.

Tout va bien.

Nous allons bien.

L'écureuil aussi.

Tout le monde va bien.

Toujours sous le choc en sortant à mon tour, je fus vaguement capable d'entendre les bruits étouffés de la dispute ayant lieu entre Reed et le conducteur du SUV rouge qui nous avait percutés.

— Que puis-je faire pour aider? demandai-je.

— Appelez la police. On va avoir besoin d'un constat. Ensuite, trouvez l'entreprise de dépannage la plus proche pendant que j'essaie d'obtenir les informations concernant l'assurance de ce type.

Il sortit quelque chose de son portefeuille.

— Voici ma carte d'assurance voiture. Dites-leur que nous sommes juste à la sortie 70 de Manorville.

Une heure et demie plus tard, la police quitta enfin les lieux et un dépanneur arriva pour nous conduire au garage le plus proche.

Après une longue attente, le garagiste vint nous voir. Malheureusement, le verdict concernant la Benz de Reed n'était pas bon.

— Votre pare-chocs arrière cabossé frotte contre votre pneu. Je devrais pouvoir réparer ça d'ici demain matin.

L'inquiétude put se lire sur le visage de Reed.

— Demain matin ? On doit rentrer ce soir.

— Vous ne pourrez pas trouver plus rapide dans le coin. Les autres vous feraient attendre deux jours, voire plus.

Reed laissa échapper un long soupir de frustration, avant de passer ses doigts dans ses cheveux.

— Comment allons-nous rentrer ? demandai-je.

— Je ne pense *pas* que nous allons rentrer ce soir. Vous pouvez appeler un taxi pour vous et envoyer la facture à l'entreprise si vous ne voulez pas rester ici, sinon, vous pouvez réserver deux chambres dans les environs. Je ne vois pas l'intérêt de louer un véhicule et conduire deux heures pour rejoindre la ville si je dois revenir chercher ma voiture demain matin.

Le propriétaire du garage appela Reed pour parler du paiement, pendant que je réfléchissais à ce que je comptais faire. Même s'il avait tendance à m'énerver, je ne pensais pas que laisser mon patron au beau milieu de

Long Island était une façon de faire bonne impression. Je voulais lui montrer que j'avais l'esprit d'équipe et que j'étais dévouée à mon travail. Cet emploi avait un grand potentiel d'évolution, et j'avais besoin de saisir chaque occasion de faire mes preuves, surtout vu mes débuts difficiles. Ce que j'avais à faire était clair. Je me mis à chercher les numéros de téléphone des hôtels aux alentours.

Reed sembla encore plus contrarié en revenant de la réception.

— Avez-vous pris une décision ?

— Je nous ai réservé deux chambres au Holiday Inn du coin.

— Le Holiday Inn ? Il n'y a pas d'autre option ?

— Je suis sûre que vous êtes probablement habitué au Gansevoort ou au Plaza, mais j'adore le Holiday Inn. Qu'est-ce qui ne va pas avec cet hôtel ?

— Rien, répondit-il après avoir murmuré quelque chose. Rien du tout...

Il hésita, puis prit une grande inspiration.

— Ça ira, merci.

— Je nous ai aussi commandé un Uber. Il sera là dans quelques minutes.

Il afficha un sourire forcé.

— Parfait.

Je voyais bien que toute cette situation l'énervait. L'idée même de passer plus de temps que nécessaire avec moi l'agaçait certainement. Moi aussi ça m'ennuyait, parce que nous nous étions plutôt bien entendus aujourd'hui. En réalité, j'étais surprise de voir à quel point nous travaillions bien ensemble. Cet événement jetait un froid sur ce qui avait été une journée très productive.

Manque de chance, le chauffeur qui arriva conduisait une Mini Cooper. Reed et moi tenions à peine sur la banquette arrière. Il marmonna dans sa barbe lorsque nous nous serrâmes l'un contre l'autre. Ses longues jambes étaient à l'étroit, et le trajet fut erratique. À chaque virage brusque, j'étais projetée contre son corps musclé. J'essayais de ne pas trop réfléchir à la façon dont mon propre corps réagissait au moindre contact.

— Pouvez-vous faire un arrêt au Walmart juste là ? demandai-je au conducteur. Je n'en aurai pas pour longtemps, promis.

L'exaspération de Reed atteignit des sommets.

— De quoi avez-vous besoin au Walmart ?

— De quelques articles de toilette, d'un maillot de bain, et des petites choses à grignoter pour ce soir.

— Un maillot de bain ? répéta-t-il en écarquillant les yeux.

— Oui, l'hôtel dispose d'une piscine intérieure chauffée, révélai-je en souriant.

— Vous avez quoi... dix ans ? Ce ne sont pas des vacances. Est-ce que vous comptez dîner au fast-food du coin, aussi ?

Il pouvait être si condescendant parfois.

— Les adultes peuvent aussi aimer nager, vous savez. C'est un bon moyen de se détendre et de décompresser après une journée stressante, et puis, en vivant en ville, j'ai rarement l'occasion de nager dans une piscine. Alors je peux vous assurer que j'en aurai pour mon argent dans cet hôtel. Enfin, pour *votre* argent.

Je marquai une pause, avant de sortir de la voiture.

— Vous voulez quelque chose ?

— Non.

— Je reviens dans cinq minutes, déclarai-je avant de claquer la portière.

Quinze minutes plus tard, Reed avait l'air fâché lorsque je revins avec mes affaires.

— Les cinq minutes sont écoulées.

— Je suis désolée. Le type devant moi se disputait avec la caissière à propos du prix d'une tondeuse pour les poils du nez.

— Vous êtes sérieuse ?

— Je n'aurais pas pu l'inventer, même si je l'avais voulu.

Reed poussa un soupir exagéré. Il avait peut-être l'air en colère, mais il était toujours aussi beau, et parfois même encore plus quand il était énervé. Il était habillé un peu plus simplement aujourd'hui, avec un polo bleu marine qui épousait parfaitement ses épaules larges, et un pantalon chino. Il était sacrément sexy.

Je fouillai dans le sac Walmart et en sortis les bonbons que j'avais achetés. J'ouvris le paquet, pris un réglisse à la fraise, et le tendis devant lui.

— Twizzlers ?

Il secoua la tête et ricana, semblant enfin céder à la situation qu'il était forcé d'endurer. À ma grande surprise, plutôt que de se moquer de nouveau de moi, il prit le Twizzlers et se mit à le dévorer. Il enfonça si franchement ses dents dedans que je pus presque sentir la morsure sur ma peau. Je frissonnai. Après avoir terminé, il tendit la main pour m'en réclamer silencieusement un autre. Pour la première fois, il était évident qu'il possédait un côté plus léger sous cette façade guindée. Ça me donnait l'espoir d'une possible meilleure relation de travail avec lui.

La Mini s'arrêta dans un crissement de pneus et nous déposa devant le Holiday Inn.

Reed récupéra nos clés, et juste au moment où il était en train de payer, son portefeuille lui glissa des mains et tomba sur le sol en marbre. Une photo qui devait se trouver à l'intérieur se retrouva par terre. Je reconnus immédiatement celle de ses fiançailles provenant de son profil Facebook.

Oh, mon Dieu. Il a gardé une photo d'elle.

Pourquoi ?

C'était la première fois que je prenais vraiment conscience que l'homme qui avait rédigé le mot bleu était toujours quelque part en lui. Peut-être qu'il n'avait pas changé tant que ça en fin de compte. Peut-être qu'il faisait juste *semblant* d'avoir changé.

J'avais besoin d'en savoir plus, mais je devais agir d'une manière désinvolte pour qu'il ne puisse pas soupçonner que je savais bien plus de choses que je n'aurais dû.

Je me penchai pour ramasser le portefeuille et la photo, puis fis l'innocente en lui tendant le tout.

— Qui est cette femme ?

— Personne.

Mon cœur battait la chamade sur le chemin vers l'ascenseur. Nous montâmes jusqu'à notre étage en silence.

Il m'accompagna à ma chambre, qui était située trois portes avant la sienne.

C'était tout ? Il allait simplement faire comme s'il gardait dans son portefeuille une photo de quelqu'un qui ne représentait rien pour lui ? Il s'attendait à ce que je le croie ?

L'excitation liée à l'idée de découvrir une pièce manquante du puzzle Reed Eastwood me poussa à insister.

— Je ne vous crois pas quand vous dites que ce n'est personne sur cette photo.

— Pardon ?

Les mots s'échappèrent de mes lèvres.

— Je vous ai espionné une fois sur Facebook. C'était votre photo de fiançailles. Elle s'appelle Allison. Je sais que ça ne me regarde pas, mais c'est pour ça que je sais que vous mentez.

Et merde.

Qu'est-ce qui ne tourne pas rond chez moi ?

— Vous avez fait quoi ? fulmina-t-il.

— Je suis désolée. Mais bon, vous ne pouvez pas me dire que vous n'avez jamais fait ça... enfin, fouiller le profil de quelqu'un.

— Non, jamais. Je ne suis pas un espion professionnel, contrairement à certaines personnes.

— Que lui est-il arrivé ? l'interrogeai-je, en ayant presque peur de le lui demander.

Il ignora ma question.

— Vous allez trop loin.

— Je me demande souvent si c'est à cause d'elle que vous êtes comme ça.

— Pardon ? Comme ça ?

— Renfermé et aigri. Vous aviez l'air heureux sur cette photo.

Et puis... il y avait le mot bleu. Voilà ce que je voulais ajouter.

Je venais juste de m'enfoncer davantage.

Son regard s'assombrit et n'annonçait rien de bon pour moi.

— Vous franchissez une ligne très dangereuse, Charlotte.

Malgré ses paroles dures, je pensais que d'une certaine manière, si je partageais le fait que j'avais moi aussi eu le cœur brisé, il pourrait éventuellement s'ouvrir un peu.

— Je... Je ne sais pas ce qu'il s'est passé entre vous deux... mais je comprends ce que ça fait d'être blessé par quelqu'un à qui l'on tient – ou à qui on pensait tenir. Peut-être que si vous en parliez, vous pourriez vous débarrasser d'une partie de votre colère.

— La seule personne qui me met en colère, c'est vous, rétorqua-t-il, et sa voix résonna dans le long couloir. Vous ne m'avez causé que des ennuis depuis que vous vous êtes insinuée sournoisement dans ma vie.

Il ferma les yeux, comme s'il regrettait déjà la dureté de ses mots. Mais c'était trop tard. Le mal était fait. Même si j'avais honte de lui avoir forcé la main de la sorte, le fait qu'il continue à m'insulter était inacceptable. Je n'allais pas me contenter d'encaisser sagement ce soir. Bon sang, je n'étais même plus en service.

Et puis mince.

— J'en ai assez qu'on me parle comme ça. Je vous laisse tranquille pour le reste de la soirée. On peut se retrouver pour le petit déjeuner demain matin, qui sera servi à partir de sept heures. Il est gratuit... non pas que vous vous en souciez.

Je pouvais sentir les larmes se former dans mes yeux, mais je les ravalai. Je refusais de le laisser voir à quel point ses paroles m'avaient bouleversée.

Reed avança en direction de sa chambre. Il se tint devant sa porte, et m'observa scanner plusieurs fois la carte de la mienne, sans succès. Une lumière rouge s'affichait à chaque fois.

C'est une blague ? Quelle superbe sortie.

Des pas approchèrent. Humiliée, je refusai de le regarder. Il me prit la carte des mains, et le contact furtif de ses doigts ne passa pas inaperçu. La porte bipa, et une lumière verte s'afficha lorsqu'il l'ouvrit.

Évidemment, il fall*ait qu'il réussisse du premier coup.*

— Merci, murmurai-je, toujours sans lever les yeux vers lui.

Il commença à s'éloigner, mais je l'arrêtai.

— Attendez.

J'avais acheté trois paquets de Twizzlers. J'en sortis un encore fermé du sac et le lui tendis, avant de disparaître dans ma chambre et de refermer la porte.

CHAPITRE 10

REED

DES TAS DE PENSÉES me traversèrent l'esprit, alors que l'eau coulait sur mon corps. Peu importe la quantité de savon de l'hôtel que j'étalerais sur moi, rien ne pourrait me débarrasser de la sensation d'être nul.

Et il avait fallu qu'elle me donne ces foutus Twizzlers, ce qui m'avait fait passer encore plus pour un enfoiré.

Qui fait ça ?

Qui offre des bonbons à quelqu'un qui vient juste de la traiter comme une moins-que-rien ?

Charlotte Darling le fait. La Charlotte Darling débordante de vitalité, brillante, pleine d'entrain et on ne peut plus optimiste. Et je n'avais rien fait d'autre qu'essayer de la décourager depuis notre rencontre, pour m'assurer que sa gaieté ne déteigne pas sur moi.

L'entendre parler d'Allison m'avait forcé à être encore plus sur mes gardes, car la seule réponse honnête à sa question concernant ce qui était arrivé aurait nécessité que je m'ouvre à elle. Seule ma famille proche connaissait la vérité à propos de ce qu'il s'était passé entre mon ex-fiancée et moi.

Sincèrement, j'avais oublié que cette photo se trouvait dans mon portefeuille, mais je comprenais l'image que ça avait pu donner de moi : celle d'un idiot romantique.

J'en étais peut-être un *avant* qu'Allison me fasse perdre foi en l'amour. Charlotte avait dû penser que cette photo lui donnait l'opportunité de me faire vider mon sac.

Une serviette enroulée autour de la taille et les cheveux trempés, je m'allongeai sur le lit et hésitai à m'endormir ainsi. Toutefois, je n'avais rien mangé, mis à part la totalité du paquet de Twizzlers. Il fallait que je quitte ma chambre pour aller dîner. Du moins, c'était ce que je me disais. La vraie raison, c'était que je n'arrivais pas à me sortir Charlotte de la tête. Peut-être que je dormirais mieux si je m'excusais de m'être défoulé sur elle.

Je me rhabillai, avant de m'aventurer quelques portes plus loin, devant la chambre de mon assistante.

Je pris une grande inspiration et frappai plusieurs fois à la porte. Quelques secondes passèrent sans aucune réponse. Je toquai à nouveau. Toujours rien.

Bon, sans voiture, elle n'avait pas pu aller bien loin. Je pris l'ascenseur jusqu'au hall d'entrée et jetai un coup d'œil au bar sportif, mais toujours aucun signe de Charlotte.

Le seul autre restaurant accessible à pied était un Ruby Tuesday. Lorsque je passai les portes coulissantes du Holiday Inn, la bruine m'assaillit. Les gouttes d'eau brillaient sur les voitures, alors que je traversais le parking venteux en direction du restaurant.

Une fois à l'intérieur, je vis qu'il n'y avait personne à l'accueil. Il était tard, l'heure de fermeture devait approcher, alors il ne restait que quelques clients. Il ne me fallut que quelques secondes avant que mon regard atterrisse sur Charlotte. Elle était assise à un box dans un coin, et avait l'air pensive en mâchonnant le bout de son stylo. Elle se mit ensuite à écrire quelque chose sur une serviette en papier. Je ris en pensant qu'elle notait peut-être des insultes à mon égard.

Je savais que je devais m'excuser, mais à ce moment précis, je préférais largement l'observer sans qu'elle le sache. Je pouvais être sur mes gardes autant que je le voulais devant elle, mais me mentir était beaucoup plus compliqué. C'était même impossible. Je ne détestais pas vraiment cette femme. Je détestais seulement le fait qu'elle me rappelle toutes les choses que j'essayais d'oublier. Il n'y avait pas que sa curiosité qui m'atteignait. Plus simplement, l'attitude joyeuse qui émanait toujours d'elle m'obligeait à me remémorer une époque de ma vie où j'étais heureux. C'était douloureux d'y penser, en particulier quand une partie de moi convoitait toujours ce bonheur.

Je m'approchai d'elle et décidai de l'embêter.

— Ils n'avaient plus de livres de coloriage ?

Elle sursauta. Elle était tellement concentrée sur ce qu'elle écrivait qu'elle n'avait pas remarqué que je me tenais juste à sa droite.

Elle retourna la serviette.

— Qu'est-ce que vous faites là ?

— J'ai entendu dire qu'il y avait un buffet de salades à volonté. Et j'aurais bien besoin d'un verre.

— Et d'un calmant.

— Je ne peux pas mélanger les deux, alors je me contenterai d'une bière, répliquai-je en m'asseyant en face d'elle. Puis-je me joindre à vous ?

— Je ne suis pas certaine d'apprécier l'idée que vous vous insinuiez sournoisement à ma table.

Sournoisement. Elle utilisait mes propos contre moi. Putain. Je le méritais.

Je ravalai ma fierté et me forçai à m'excuser.

— Je suis désolé d'avoir utilisé ce terme en parlant de vous, tout à l'heure. Et je suis désolé de m'être emporté.

— Vous auriez pu dire que vous n'aviez pas envie d'en parler, tout simplement. Vous n'avez pas à être aussi méchant à propos de tout.

Son visage était rouge. Elle était vraiment fâchée.

— Vous avez raison.

Charlotte fronça les sourcils.

— Vous êtes d'accord avec moi ? C'est une première.

— J'ai vécu beaucoup de premières fois aujourd'hui.

— Comme quoi ?

La serveuse arriva pour prendre ma commande, m'empêchant de répondre à la question de mon assistante. Une fois que nous fûmes de nouveau seuls, elle insista pour avoir une réponse.

— Alors, quelles premières fois ?

— Eh bien...

Je grattai la fine barbe sur mon menton.

— C'est la première fois que je mets les pieds dans un Ruby Tuesday, avouai-je en riant. C'est aussi la première fois que je monte dans une Mini. Première fois que je loge dans un Holiday Inn. Première fois que j'ai un accident de voiture...

Elle parut choquée.

— Vraiment ?

— Oui, et c'est à cause de vous.

— À cause de *moi* ? C'est vous qui conduisiez.

— Vous m'avez distrait.

— Vous ne faisiez pas attention. Voilà pourquoi vous n'avez pas vu l'écureuil.

C'est vrai. Je ne faisais pas attention parce que je n'arrivais pas à quitter vos jambes des yeux. Tout comme je n'arrive pas à les détacher de vos lèvres en ce moment même.

— Peut-être que j'étais un peu distrait.

Nos regards se croisèrent un instant et le silence régna, avant que je ne change de sujet.

— Alors, qu'êtes-vous en train d'écrire ?

Elle posa sa main sur la serviette pour m'empêcher de la prendre.

— Je ne suis pas certaine de vouloir vous le dire.

— Pourquoi ça ?

— Bizarrement, j'ai l'impression que vous allez vous moquer de moi, répondit-elle d'un air sérieux.

Bon sang, elle me prenait vraiment pour un enfoiré insensible.

— Il n'y a plus grand-chose qui me surprend avec vous, Charlotte. Je suis prêt à tout à ce stade. Essayez.

Elle retourna la serviette et la glissa devant moi avec hésitation.

C'était une liste numérotée qu'elle avait commencée. Le titre était « Et puis merde ».

— Une liste de « et puis merde » ? Qu'est-ce que c'est ?

— C'est comme une liste de choses à faire avant de mourir, mais j'appelle la mienne « et puis merde » parce que c'est ce que je ressens. La vie est courte, et on devrait arrêter de penser qu'on a tout le temps pour faire ce dont on a envie. Alors, et puis merde ! Enfin, on a failli *mourir* aujourd'hui.

Son commentaire me fit rire aux éclats.

— On a failli *mourir* ? Vous n'exagérez pas un peu ? C'était un petit accrochage dû à une réaction en chaîne tout au plus. Comment est-ce qu'on appellerait notre mort ? Décès par écureuil ?

— Vous m'avez comprise ! Ça aurait pu être bien pire. Nous ignorons tous quand notre heure viendra, alors ce qu'on a vécu aujourd'hui m'a poussée à envisager de faire tout ce que je repoussais.

— Est-ce listé par ordre d'importance ?

— Non, juste dans l'ordre où ça m'est venu à l'esprit. Je viens seulement de commencer. Il faut que je réfléchisse à la suite.

— J'allais dire... que j'espère que ce ne sont pas les choses les plus importantes selon vous... parce que le numéro un – *sculpter un homme nu* – est vraiment bizarre.

— C'est peut-être bizarre pour vous, mais pour moi, ce serait l'un des projets les plus difficiles et stimulants à réaliser en tant qu'artiste. Cette opportunité serait un rêve.

Ça me rappela le vase qu'elle avait fabriqué, celui qu'elle avait cassé à cause de moi. D'après mes souvenirs, elle semblait réellement avoir du talent.

Le numéro deux était encore plus... intéressant.

— *Danser avec un inconnu sous la pluie ?*

— Ça vient d'un roman d'amour que j'ai lu un jour. Deux inconnus se croisent, l'homme invite la femme à danser, et il se met à pleuvoir. Je trouve que ce serait sympa de pouvoir danser au hasard avec un inconnu, sans que ce soit forcément romantique. La musique et Mère Nature réunissant deux personnes. Ils se lient juste parce qu'ils sont vivants, peu importe leur parti politique ou leurs croyances religieuses. Ils ne savent rien l'un de l'autre. Tout ce qui compte, c'est qu'ils sont unis dans ce moment magique, un moment qu'ils n'oublieront jamais de leur vie.

— Alors, une personne qui ne se doute de rien va danser le tango avec vous cette année...

— Peut-être... Si j'ai le courage d'aller jusqu'au bout.

— Je suis certain que vous en avez le courage, mais comment saurez-vous que c'est le moment de passer à l'action ?

— Je pense qu'on le *sait*, c'est tout. Comme pour beaucoup d'autres choses dans la vie.

— Donc c'est tout ? Seulement ces deux choses-là ?

— Eh bien, le reste ne m'est pas encore venu. Vous avez interrompu ma réflexion. Je dois en trouver neuf.

— Pourquoi neuf ?

— En réalité, c'est dix. Mais j'ai l'impression que je devrais garder une place libre en permanence, parce qu'il y a probablement quelque chose que je n'ai pas encore conscience de désirer. Donc, neuf pour l'instant.

Je n'avais encore jamais vu quelqu'un comme elle. À bien des égards, elle faisait plus mature que son âge, et à d'autres, on aurait dit qu'elle était née hier.

D'une certaine manière, j'adhérais à sa façon de vivre au jour le jour, car on ne sait jamais ce que la vie nous réserve. Je m'étais imaginé déjà marié, vivant en banlieue, en train de choisir des noms de chiens, alors qu'en réalité, ma situation était bien différente. Je suppose que le bon moment pour mordre la vie à pleines dents était lorsque tout allait bien, au lieu d'attendre que tout implose.

— D'où venez-vous, Charlotte ?

Elle resta silencieuse un long moment, avant de prendre un air sérieux.

— Je ne sais pas.

— C'était une question un peu rhétorique, clarifiai-je. Mais qu'entendez-vous par « je ne sais pas » ?

— Eh bien, votre question était ironique alors, parce que je ne sais *vraiment pas* d'où je viens.

— Vous avez été adoptée ?

— Oui.

— C'était une adoption fermée ?

— Aussi fermée que possible.

Elle observa brièvement les gouttes d'eau par la fenêtre, avant de reprendre.

— J'ai été abandonnée. Quelqu'un m'a laissée à l'église du coin. La personne a sonné au presbytère et s'est enfuie en me laissant sur le seuil.

J'avais du mal à y croire. Mon corps se raidit. C'était une information difficile à entendre, et je n'étais pas prêt à y répondre. Je n'avais pas les mots. Je ne comprenais pas comment quelqu'un pouvait abandonner son enfant. Mes propres sentiments d'abandon semblaient insignifiants comparés à ça.

— Je suis désolé. Waouh.

— Ne le soyez pas.

Elle marqua une pause, l'air pensif.

— Ce n'est pas une tragédie. J'ai fini par avoir de bons parents. Mais évidemment, la façon dont je suis arrivée chez eux est quelque chose que je ne peux pas oublier. Et j'ai vraiment l'impression qu'il me manque une grande partie de moi. Peu importe qui elle est, je lui pardonne. Elle devait être complètement désespérée, mais elle s'est assurée que je sois en sécurité. J'aimerais simplement la retrouver pour lui dire que je ne lui en veux pas, au cas où elle se sentirait coupable.

Sa réponse me sidéra. Quelle façon de voir intéressante. Je ne pouvais pas dire que j'aurais ressenti la même chose si mes parents avaient fait ça.

— Avez-vous déjà envisagé d'engager un détective privé pour vous aider à la trouver?

— Bien sûr... si je pouvais le payer en... en quoi? En cacahuètes? Je n'aurai jamais les moyens de m'offrir ce genre de services.

C'était clairement une question bête, et je la regrettai aussitôt. Lorsqu'on venait d'une famille riche, il était facile d'oublier que tout le monde n'avait pas tout à sa disposition.

— Je comprends.

— Je dois y aller, annonça-t-elle en posant un billet de vingt dollars sur la table.

— Pourquoi ?

— La piscine ferme dans trente minutes.

— Gardez votre argent. Je paie la note.

— Eh bien, je ne voulais pas être présomptueuse, mais merci.

Elle reprit son argent et se dirigea vers la porte.

— Charlotte ! l'interpelai-je.

— Oui ? répondit-elle en se retournant.

— Pourquoi vous m'avez donné ces Twizzlers ?

— Comment ça ?

— Enfin... Je venais juste de vous aboyer dessus. Vous étiez fâchée. Et ensuite, vous m'avez tendu les bonbons comme s'il ne s'était rien passé.

Elle sembla réfléchir à mes propos.

— Je pouvais voir que vous étiez contrarié, déclara-t-elle. Je savais que ça n'avait rien à voir avec moi, mais plutôt avec ce à quoi ma question vous a incité à penser. Je n'ai pas pris votre colère personnellement, mis à part quand vous avez utilisé le terme « sournoisement ». Je suppose que vous avez redirigé votre rage sur moi, mais qu'en réalité, elle ne m'était pas destinée. Et la vérité... c'est que même si je suis très curieuse à votre sujet... ce qu'il s'est passé ne me regarde pas.

Je haussai un sourcil.

— Pourquoi cette curiosité en ce qui me concerne ?

Elle me fixa droit dans les yeux.

— Parce que dès notre première rencontre, j'ai su que vous étiez différent de l'image que vous renvoyiez.

— Comment en êtes-vous arrivée à cette conclusion aussi rapidement ?

Apparemment, j'avais posé la question de trop, car elle s'éloigna simplement, sans me répondre.

***

Je m'étais dit que je n'allais pas m'aventurer du côté de la piscine en retournant dans ma chambre, mais de toute façon, je devais passer devant pour rejoindre les ascenseurs.

Peut-être juste un petit coup d'œil.

Si elle était en train de nager, je passerais juste la tête pour dire bonjour.

Sentant la vapeur émanant de sous la porte, je me tins devant l'entrée de la piscine et regardai par la fenêtre en verre. Charlotte était seule à l'intérieur. Ses cheveux blonds oscillaient dans l'eau. En la voyant se déplacer avec précision, elle me fit penser à une sirène. À un moment donné, elle s'arrêta pour repousser ses cheveux mouillés de son visage, m'offrant un aperçu sur son décolleté trempé. C'était comme observer l'eau couler sur la plus belle des montagnes. Mes yeux se détournèrent de sa poitrine, non pas parce que je ne voulais pas la voir, mais parce que bizarrement, ça me semblait glauque et limite voyeur étant donné qu'elle ignorait que je l'épiais.

Elle se remit à faire des longueurs.

J'enviais sa capacité à se laisser totalement aller dans l'eau. Plus je la regardais, plus j'étais tenté de me joindre à elle.

Cette pensée me fit rire.

Vous imaginez si je plongeais pour la rejoindre ?

Charlotte ferait probablement une crise cardiaque. Elle pensait m'avoir cerné comme une personne fermée et malheureuse. À l'évidence, elle avait essayé de me déchiffrer dès notre première rencontre. La seule chose dont j'étais certain, c'était que plonger dans cette piscine était bien la dernière chose qu'elle pensait que je ferais.

Voilà exactement pourquoi j'aurais aimé avoir le courage de le faire.

Peut-être que c'était sa petite liste qui m'influençait, même si je n'en étais pas sûr. Toutefois, j'eus soudain envie de sortir de ma zone de confort, autant que de retirer mon pantalon.

CHAPITRE 11

REED

JE TAPAI « CHARLOTTE DARLING » dans la barre de recherche.

Ça faisait au moins six mois que je ne m'étais pas connecté à Facebook. Les réseaux sociaux n'étaient pas mon truc. Cependant, il était minuit passé et je n'arrivais toujours pas à dormir. Étonnamment, le lit était assez confortable dans la chambre d'hôtel économique que m'avait réservée mon assistante cinglée. C'est juste que je me sentais agité et que pour une raison quelconque, je n'arrivais pas à m'endormir.

Puisque Charlotte avait violé mon intimité et m'avait espionné, je m'étais dit que j'allais lui rendre la pareille. Je commençai par ses photos. Elle avait posté la dernière quelques heures plus tôt – un cliché artistique de la piscine de l'hôtel avec une sorte de filtre. La légende disait « Nage droit devant toi ». Ces quatre petits mots résumaient plutôt bien la vision qu'avait Charlotte Darling de la vie. Sa capacité à voir le positif dans une situation négative me rendait dingue, pourtant, dans un sens, je ne pouvais m'empêcher de l'admirer.

Impliqué dans un accrochage et coincé dans un hôtel trois étoiles ? Tandis que je gémissais en pensant « désagréments » et « punaises de lit », Charlotte ramassait ses pompons et scandait « piscine » et « Ruby Tuesday ».

Je cliquai sur la photo suivante. *C'est quoi ce bordel ? Est-ce que c'est... moi ?*

Elle avait dû la prendre en douce sur le trajet. Le cliché ne montrait que ma main, alors personne ne pouvait savoir à qui elle appartenait. Bien sûr, je reconnaissais ma foutue main. Mes doigts entouraient le volant et le serraient si fort qu'on aurait dit que j'essayais de l'étouffer. Mes phalanges étaient blanches, et les veines de ma main et de mon avant-bras étaient gonflées. Pourquoi étais-je en train d'étrangler ce fichu volant ? Mes yeux se posèrent sur la légende : « Lâcher prise. »

Bon sang ! Elle avait un sacré culot de prendre une photo de moi et de la poster sur les réseaux sociaux, même si personne ne pouvait me reconnaître. *Lâcher prise.* Je mourais d'envie d'aller trois portes plus loin pour suivre son conseil.

Qu'est-ce que mademoiselle Darling aurait pu poster d'autre sur moi ? Je cliquai sur la photo suivante. C'était un cliché d'un vase, sur lequel étaient peintes des fleurs violettes. La légende disait « Créez votre propre bonheur. Créez des iris. ». C'était probablement le vase qu'elle avait fabriqué pour ma grand-mère et que je lui avais fait lâcher. Je zoomai sur l'image. *Waouh*. Elle avait du talent si elle avait fait ça. C'était vraiment beau.

La photo suivante était un gros plan de Charlotte et d'une femme plus âgée, qui pourrait être sa mère. Elles étaient joue contre joue et affichaient un grand sourire. La légende disait « J'existe grâce à toi ».

Sur le cliché suivant, elle se trouvait sur une plage en compagnie d'une femme ayant à peu près son âge, toutes deux vêtues de bikinis et de grands chapeaux de paille, chacune tenant un cocktail orné d'une ombrelle. *Bordel.* Charlotte avait un sacré corps, et beaucoup de courbes pour une femme petite. Elle n'était pas très mince comme Allison. Et contrairement à cette dernière, qui avait des seins parfaitement ronds, gonflés et faux, ceux de Charlotte étaient naturels, rebondis et féminins. Il se pourrait que j'aie zoomé sur cette photo un petit moment, en me demandant à quel point ils seraient doux dans mes mains.

Putain.

C'était une mauvaise idée.

Je revins sur ma propre page Facebook pour éviter de me retrouver aspiré plus longtemps dans le vortex de cette petite blonde. Seulement, il n'y avait pas grand-chose à voir ici. Les dernières images que j'avais postées me montraient en compagnie d'Allison, sur un bateau, l'été dernier. Je me rappelai le moment où elle avait pris le dernier cliché et l'admirai. Nous avions l'air heureux. Enfin, je pensais que nous l'étions à ce moment-là. Quel imbécile j'étais. Je la regardais comme si elle était le soleil réchauffant mon visage. J'étais loin de me douter que j'aurais dû m'asperger de crème solaire car j'étais sur le point de me brûler.

Je poussai un long soupir. Pourquoi n'avais-je rien posté depuis ? Cela dit, qu'est-ce que je pourrais poster ? Une photo de moi au bureau à vingt-trois heures ? L'image d'un plat chinois à emporter pour une personne ? Peut-être un cliché de mon chien et moi ? *Oh, c'est vrai.* Allison l'avait pris en même temps que le reste de ses affaires.

Je ne supportais plus de regarder ça. Je m'apprêtai à fermer mon ordinateur, mais changeai d'avis et cliquai de nouveau sur la page de Charlotte. Elle avait des tas de clichés récents. Sans savoir ce que je cherchais, et pourtant incapable d'arrêter de regarder, je cliquai sur la photo suivante, puis celle d'après, et encore celle d'après.

Un cliché de Charlotte dans les bras d'un homme attira mon attention. Ils étaient bien habillés, et il avait les bras enroulés autour de sa taille pendant qu'ils s'embrassaient. Quant à elle, elle avait une main posée sur sa nuque et tendait l'autre vers l'appareil en écartant les doigts. Mes yeux se posèrent sur la légende disant « J'ai dit oui. », avant de retourner sur la photo pour examiner la pierre à son doigt. Elle ne portait plus cette bague. Peut-être que Mademoiselle Folledingue et moi avions vraiment quelque chose en commun, en fin de compte... mis à part le fait d'aimer ce bikini rouge.

***

Le lendemain matin, je descendis à la recherche de café dans l'hôtel. Je m'arrêtai net en repérant Charlotte dans la petite salle de sport, et l'observai par le haut de la porte vitrée. *Qu'est-ce qu'elle fait?* Elle était seule dans la petite pièce pleine de miroirs. Seulement, elle ne faisait pas de sport. Elle était assise sur l'un de ces gros ballons et rebondissait dessus, tout en regardant la télévision accrochée au mur et en mâchant un Twizzlers.

Je secouai la tête en riant. *Bon sang, elle a un grain.*

Lorsque j'ouvris la porte, elle tourna brusquement la tête pour voir qui entrait, et le mouvement dut lui faire perdre l'équilibre. Elle rebondit, puis sa hanche heurta la balle, ce qui la fit tomber sur les fesses au rebond suivant.

Merde.

Je la rejoignis et lui tendis la main.

— Tout va bien?

Elle se frappa la poitrine d'une main.

— J'ai juste avalé un morceau de bonbon de travers à cause de vous, répondit-elle d'une voix tendue.

— À cause de *moi*? En quoi est-ce *ma* faute?

— Vous m'avez fait peur.

Je haussai un sourcil.

— C'est la salle de sport publique de l'hôtel, Charlotte. Les gens sont censés aller et venir. C'est ainsi que fonctionnent les services accessibles au public. Pas besoin de rendez-vous.

Elle serra ma main tendue et tira dessus plus fort que nécessaire pour se relever.

— Bon sang, vous êtes tellement condescendant. Vous vous entendez?

Une fois debout, elle retira la poussière imaginaire de ses vêtements et de ses mains. Ce fut à ce moment-là que je remarquai sa tenue. J'avais été tellement préoccupé à la regarder rebondir sur cette stupide balle que je n'y avais pas prêté attention avant.

— Qu'est-ce que vous portez ?

Elle baissa les yeux.

— C'est Betsy qui m'a donné ça. Ils gardent un stock de vêtements neufs offerts par des entreprises locales en cas d'urgence. Vous savez, comme lorsque les clients perdent leurs bagages dans l'avion ou des choses comme ça.

— Betsy ?

— La femme à la réception qui nous a accueillis. Elle s'est présentée et porte un badge nominatif.

Peu importe. La tenue de Charlotte était intéressante, et c'était peu dire. Elle portait un T-shirt noir avec le logo Applebee's, ainsi qu'un short d'homme venant de chez Gold's Gym, roulé au niveau de la taille, et qui lui arrivait quand même aux genoux. Cependant, la partie la plus intrigante de cet accoutrement était ses chaussures de sport : des pantoufles blanches en éponge quatre fois trop grandes pour elle, sur lesquelles était écrit « Holiday Inn ».

— Vous ne pouvez pas utiliser les équipements en portant ça. C'est trop dangereux.

Elle leva les yeux au ciel.

— Je sais. Voilà pourquoi je me contentais de faire de l'exercice sur le ballon.

Je haussai aussitôt les sourcils.

— De l'exercice ? C'est comme ça que vous appelez le fait de s'asseoir sur une balle et de rebondir dessus en mangeant des bonbons ?

— Je venais juste de *finir* mes exercices, répliqua-t-elle. Je faisais une pause.

— Pour manger des Twizzlers…

— Je parie que si on compare les informations nutritionnelles sur un paquet de Twizzlers et une bouteille de Gatorade, ce n'est pas si différent que ça.

— Le Gatorade hydrate et contient des électrolytes et du potassium. Les Twizzlers, c'est juste du sucre.

Elle prit un air renfrogné.

— Bon sang, ce que vous pouvez être pénible.

Visiblement, la conversation était terminée, car elle ouvrit la porte et sortit sans rien ajouter.

***

Ça ne ressemblait à rien, mais ça fonctionnait. Le mécanicien avait réussi à fixer mon pare-chocs abîmé qui pendait et frottait contre mon pneu, mais la voiture devrait repasser chez le concessionnaire pour faire réparer la carrosserie dès notre retour en ville.

J'étais sur le point de rejoindre la route à l'endroit où l'Écureuilgeddon avait eu lieu la veille. — La voie est libre ? demandai-je à ma passagère, tout en secouant la tête en repensant à la scène. Je ne voudrais pas qu'un mulot traverse la route et que je finisse de nouveau avec dix mille dollars de dégâts.

Elle me fusilla du regard.

— Aujourd'hui, un mulot ou un écureuil, et demain, je lirai un article racontant comment vous avez renversé une vieille dame qui traversait la route.

— Vous avez une imagination débordante, observai-je en cachant mon sourire. Dites-moi, Charlotte, parliez-vous ainsi à votre ancien patron ? Pas étonnant que vous n'ayez pas de travail.

Je jetai un rapide coup d'œil sur le côté et vis son visage se décomposer. Merde. J'avais lancé ça pour plaisanter, mais on aurait dit que mon commentaire sarcastique avait touché un point sensible.

— Chez Roth Department Stores, mon patron était un porc. Il méritait bien plus qu'un peu de taquineries.

Je sentis un nœud se former dans ma poitrine. Mes yeux se posèrent brièvement sur Charlotte, avant de revenir sur la route.

— Il vous a harcelée ?

— Non, pas vraiment. Du moins, pas de la manière dont vous le pensez. Même si un soir, j'ai surpris sa secrétaire à quatre pattes sous le bureau alors qu'ils ne jouaient pas à cache-cache.

— Vous l'avez surpris en pleine fellation ?

— Oui, confirma-t-elle en continuant à regarder par la fenêtre.

— Mince. Qu'avez-vous fait ?

Elle soupira.

— Je lui ai jeté ma bague de fiançailles au visage.

Il me fallut quelques secondes pour comprendre ce qu'elle venait de dire.

— Votre patron était votre fiancé ?

— En fait, il n'était pas mon patron à proprement parler. Il était le patron de mon patron.

— Merde. Désolé.

Elle haussa les épaules.

— Il vaut mieux l'apprendre avant le mariage plutôt qu'après.

Ça, je savais à quel point c'était vrai.

— Quel métier exerciez-vous avant celui-ci ?

— J'étais responsable des achats du rayon femme chez Roth. Mon ex-fiancé est Todd Roth. Sa famille possède la chaîne de magasins.

— Vous avez démissionné, ou est-ce que cet enfoiré a eu le culot de vous virer ?

Elle sourit en entendant le terme affectueux que j'avais employé.

— J'ai démissionné. Je ne pouvais plus travailler pour sa famille et lui après avoir rompu les fiançailles. Et puis, honnêtement, je n'avais jamais eu l'intention de faire ce genre de travail au départ, alors ce n'était pas comme si je faisais le métier de mes rêves, de toute façon. Bien qu'avec un peu de recul, j'aurais peut-être dû trouver un autre emploi avant de partir. Je me suis retrouvée à devoir accepter des missions intérim merdiques pendant des mois, et ça m'a tuée financièrement parlant.

— C'est lui qui a tout perdu, affirmai-je.

Elle afficha un sourire triste.

— Merci.

Je n'étais pas doué pour exprimer de l'empathie, même si j'étais bien placé pour comprendre la situation de Charlotte. On ne perd pas seulement son partenaire, on prend conscience qu'il n'en a jamais vraiment été un. Je fus soulagé lorsque le téléphone de mon assistante sonna et détourna son attention. Elle passa quelques minutes à taper, avant de parler de nouveau.

— Les Wooten ont reçu une offre pour leur propriété en Floride. Neil Capshaw m'a dit que c'était un paiement comptant pour une transaction rapide. Je vous ai aussi prévu un rendez-vous téléphonique avec monsieur Wooten, et j'ai décalé votre rendez-vous avec Iris, comme vous l'aviez demandé.

Je jetai un coup d'œil à l'heure sur le tableau de bord. Il n'était même pas encore onze heures, et elle s'était occupée de tout, alors que je lui avais donné la liste des choses à faire hier après-midi, juste avant l'accident.

— Parfait. Merci.

Elle rangea son portable dans son sac à main.

— Est-ce qu'on retourne directement au bureau ?

— Ce n'est pas ce que j'avais prévu. On devrait arriver vers treize heures. Je n'ai rien de prévu avant quinze heures, alors j'ai pensé que je pourrais retourner chez moi pour prendre une douche et me changer. Mais vous pouvez prendre le reste de l'après-midi. La journée d'hier a été longue.

— Non, je préfèrerais ne pas faire de pause. Mais merci d'avoir proposé. Iris m'a donné quelque chose à faire aussi, et j'ai envie de m'en occuper. Même si j'aimerais également passer chez moi pour me doucher rapidement avant d'y retourner.

— D'accord. Je vous déposerai où vous voudrez et je vous verrai plus tard au bureau.

Elle resta silencieuse un moment.

— Est-ce que ça vous dérangerait de me déposer à mon appartement ? Je ne suis pas très loin du bureau, mais à la mi-journée, il y a des travaux sur la ligne A qui ralentissent le trafic, et je veux pouvoir revenir rapidement pour me mettre au travail.

— Bien sûr, aucun problème. J'en conclus que vous avez changé d'avis sur le fait que je vous voie nue ?

demandai-je, en me rappelant la raison pour laquelle elle ne voulait pas que je passe la chercher chez elle hier matin.

— Quoi ? répliqua-t-elle en rougissant.

— Détendez-vous, repris-je en riant. Ce n'était pas une proposition. Je faisais référence à votre comparaison de la dernière fois, quand vous étiez d'accord pour que je connaisse votre adresse, mais pas que je voie votre immeuble.

Bien que métaphoriquement, elle s'était mise à nu devant moi ces dernières vingt-quatre heures. Je savais qu'elle avait été adoptée, je connaissais les détails de sa rupture, et même quelques points de sa liste absurde de « et puis merde ». Apprendre tout ça me faisait me sentir plus proche d'elle, et ça me troublait.

— Oh.

Charlotte se mit à rire et s'adossa au siège passager.

— Oui, je suppose que ça ne me dérange plus que vous me voyiez nue, à présent.

Après ça, elle se détendit pour le reste du trajet. De mon côté, ce fut tout le contraire, et je ne cessai de penser au fait que Charlotte soit d'accord pour que je la voie nue.

CHAPITRE 12

CHARLOTTE

TOUT ÉTAIT ÉTRANGEMENT calme au bureau.

Il était tôt, mais pas au point où je m'attendais à devoir déverrouiller la porte d'entrée. Même si j'étais restée jusqu'à plus de dix-neuf heures hier soir, je n'avais pas réussi à faire autant de choses que j'aurais voulu sur la liste des projets d'Iris, alors j'étais arrivée à six heures et demie ce matin pour prendre de l'avance.

Après avoir allumé toutes les lumières et démarré mon ordinateur, je me rendis dans la salle de repos pour faire du café. En attendant qu'il coule, je décidai de nettoyer les quelques taches que j'avais remarquées lundi dans le frigo. On aurait dit qu'une bouteille de jus d'orange s'était renversée sur la tablette et que personne n'avait pris la peine d'essuyer. Je pris quelques feuilles d'essuie-tout et du spray nettoyant sous l'évier, puis me penchai pour nettoyer le verre de la tablette du milieu, tandis que l'odeur du café commençait à emplir l'air. Il y avait également une substance orange qui avait durci au fond du réfrigérateur. Je ne pouvais l'atteindre qu'en avançant un peu l'étagère et en enfonçant mon bras jusqu'au bout. C'était exactement la position dans laquelle je me trouvais, mon corps penché en avant pendant que je frottais le frigo, mes fesses bien en vue, lorsqu'une voix d'homme venant de derrière moi me fit une peur bleue.

— Mais qu'est-ce que vous faites ?

Je sursautai et me frappai la tête sur la tablette du dessus.

— Aïe ! Mince.

En tentant de me relever, je me rendis compte que je m'étais non seulement cogné la tête, mais que j'avais aussi réussi à me coincer les cheveux à l'intérieur du frigo.

— C'est quoi ce bordel, Charlotte ?

Évidemment, il fallait que ce soit Reed.

J'imaginai le spectacle qui s'offrait à lui, puis pris une grande bouffée d'air avant de répondre.

— Je suis coincée.

— Vous êtes quoi ?

Je secouai ma main à l'endroit où mes cheveux étaient bloqués.

— Mes cheveux sont accrochés à je ne sais quoi. Est-ce que vous pouvez regarder ?

Il marmonna quelque chose que je ne compris pas, puis se plaça derrière moi. Il dut se pencher au-dessus de mes fesses pour voir où étaient coincés mes cheveux.

— Comment est-ce que… ? Ils sont enroulés autour du levier qu'on doit manipuler pour lever et baisser la tablette.

— Est-ce que vous pouvez les dérouler ? Ou même couper la mèche. Cette position n'est pas vraiment confortable.

— Ne bougez pas. Arrêtez de vous tortiller. Vos mouvements ne font qu'empirer les choses.

Je restai aussi immobile que possible pendant que Reed avait une main posée sur ma tête, et que l'autre essayait de démêler mes cheveux. Ce n'était pas facile, étant donné que mon corps était pleinement conscient de la proximité du sien. Toutefois, une fois que j'arrêtai de bouger, il ne lui fallut que quelques secondes pour me libérer.

Je me frottai la tête à l'endroit où la racine avait été tirée, puis me relevai.

— Merci.

Reed croisa les bras.

— Est-ce que je veux vraiment savoir comment vous en êtes arrivée là ?

— J'étais en train de nettoyer une tache et mes cheveux ont dû se coincer.

— Vous êtes arrivée avant sept heures pour nettoyer le réfrigérateur ? Il y a une équipe de nettoyage, vous savez.

— Non, je suis venue ici pour faire du café, mais pendant que j'attendais, je me suis dit que je pourrais nettoyer la tache que j'avais remarquée la dernière fois.

La cafetière bipa pour signaler que le café était prêt, alors je me tournai pour attraper le mug que j'avais apporté et me servir.

— Vous avez une tasse ? demandai-je en tendant la verseuse en direction de Reed.

— Non. J'utilise celles en plastique qui sont dans le placard.

Je fronçai les sourcils.

— Ces choses ne sont pas bonnes pour l'environnement. Il faut que vous ameniez une tasse.

Reed me regarda en plissant les yeux.

— Est-ce qu'Iris vous a demandé de dire ça ?

— Non, pourquoi ?

Il ouvrit le placard derrière moi, sortit un gobelet en plastique, puis me prit le récipient des mains.

— Parce qu'elle me rabâche la même chose depuis des années.

Je lui offris un sourire mielleux, avant de siroter mon café.

— Peut-être que vous devriez écouter, pour une fois.

Je sortis en le laissant seul dans la salle de repos, lui permettant ainsi de réfléchir à ma suggestion.

***

Alors que Reed et son frère se concentraient principalement sur les ventes immobilières, le rôle d'Iris consistait à gérer des biens que possédait la famille Eastwood, et à assurer la gestion pour des clients possédant des locaux commerciaux. Même si quelquefois, les frères s'occupaient eux-mêmes de la gestion d'un immeuble s'ils s'étaient chargés de la vente ou s'ils connaissaient le propriétaire.

L'un des projets sur la liste d'Iris consistait à établir une base de données regroupant toutes les entreprises de nettoyage auxquelles ils faisaient appel, pour pouvoir lancer un appel d'offres pour la gestion de plusieurs propriétés, afin de réaliser des économies. Pour y parvenir, je devais aller dans chacun de leurs fichiers individuels sur le système et trouver l'information correspondante pour chaque propriété. Alors que les fichiers de Max étaient un vrai désastre, avec des documents Word et des tableaux Excel un peu partout sans véritable système d'appellation des dossiers, ceux de Reed étaient aussi organisés que je m'y attendais. Chaque propriété possédait son propre dossier dont le nom était l'adresse du bâtiment, et tous les sous-dossiers étaient classés de manière logique, comme celui qui s'appelait ENTRETIEN, dans lequel je trouvai la plupart des informations dont j'avais besoin.

Il me fallut quelques heures pour rassembler presque tout. Seules les informations concernant une des propriétés de Reed manquaient, celles du 1377 Buckley Street. Après avoir vérifié le dossier du bien une seconde fois, je fouillai dans les dossiers dont les noms ne comportaient pas d'adresses. Un de ceux-ci était simplement nommé PERSONNEL, et contenait une dizaine de sous-dossiers. Je parcourus les noms à la recherche de quelque chose qui aurait pu être mal classé, et trouvai des fichiers nommés SANTÉ, CONTRATS, AVOCAT... Il y en avait même un nommé MARIAGE. Curieuse, je cliquai pour voir la dernière fois qu'il avait été ouvert, et découvris que ça remontait à plus de six mois. J'étais sur le point de tout fermer pour me rendre dans le bureau de Reed et lui demander s'il savait où je pouvais trouver l'information sur le dernier bien, quand je remarquai un dernier dossier non classé. Il était nommé LISTE.

Sans réfléchir, je cliquai pour vérifier le contenu, et ce que je vis me choqua. Reed avait fait sa propre liste de « et puis merde ».

***

Je passai la matinée à penser à la liste de Reed. Ce n'était pas tellement le contenu de celle-ci qui m'avait retourné l'esprit, mais plutôt le fait qu'il en avait commencé une. Il s'était moqué de moi quand je lui avais dit que je travaillais sur la mienne, pourtant, il en avait fait une lui-même ? Et j'avais vérifié l'heure sur le fichier. Il avait été créé à vingt heures hier soir, et la dernière mise à jour avait été faite un peu après vingt-deux heures. Il était encore au bureau quand j'étais partie vers dix-neuf heures. Je n'arrivais pas à imaginer qu'il était resté ici pendant des heures pour travailler sur sa liste. Ça ne lui ressemblait vraiment pas. Reed Eastwood avait deux facettes : une qu'il montrait au reste du monde, moi y compris, et une autre qu'il gardait cachée. Je pouvais tout à fait visualiser l'homme qui avait rédigé le magnifique mot bleu posséder une liste de choses à faire dans sa vie, mais certainement pas le Reed condescendant qu'il était avec moi la plupart du temps. Là encore, j'avais l'impression de pouvoir apercevoir brièvement l'autre Reed à certains moments, mais ça ne durait jamais bien longtemps.

Je parcourais les rayons du magasin ne vendant que des articles à un dollar pendant ma pause déjeuner, munie d'un panier, perdue dans mes pensées. J'étais venue chercher des plaques de cuisson en aluminium, de l'essuie-tout et des gants en caoutchouc – trois choses que j'utilisais en grande quantité quand je travaillais avec de l'argile –, mais je ne sortais jamais de ce magasin sans quelques babioles dont je n'avais pas vraiment besoin. Mon panier contenait des mouchoirs, des bols en plastique, des élastiques, et des épices qui étaient si peu chères qu'il était impossible de ne pas les prendre, même si j'ignorais totalement comment j'allais les utiliser. En arrivant au rayon des tasses, toutes sur différents thèmes, je décidai d'en choisir une pour Reed, afin qu'il arrête d'utiliser les gobelets en plastique pour son café.

Je passai les doigts sur les contenants décorés de citrouilles d'Halloween, de cœurs de la Saint-Valentin, ainsi que d'une menora, et ricanai en m'arrêtant sur une tasse rouge en particulier. Elle était sur le thème de Noël, et l'image imprimée dessus représentait un groupe de garçons portant des pulls et des écharpes, tout en chantant des chants de Noël. Je ne pus m'empêcher de l'acheter, étant donné ce qu'il avait écrit en numéro trois sur sa liste.

Chanter dans une chorale.

***

À un moment donné, dans l'après-midi, je me rendis compte que Reed avait peut-être mis cette liste sur le serveur pour m'embêter. Est-ce qu'il pourrait se moquer de moi ? Ou avait-il eu une révélation après avoir découvert ma liste et décidé d'en faire une à son tour ? Je ne pouvais pas vraiment lui demander directement, puisque ce serait admettre que j'avais fouillé dans ses fichiers personnels. Enfin, je *pourrais*, évidemment, mais la dernière fois que je l'avais fait, il s'était sacrément énervé. Alors je décidai d'observer sa réaction lorsque je lui offrirais le mug que je venais de lui acheter. S'il avait ajouté cette liste et inventé cette histoire de chorale, je devrais pouvoir le voir sur son visage. Ainsi, vers dix-sept heures, je fis couler du café et remplis la nouvelle tasse de mon patron.

Reed était en train de regarder une pile de dossiers lorsque je toquai à la porte ouverte de son bureau. C'était la première fois que je le voyais porter des lunettes. C'était une paire écaille de tortue rectangulaire – très studieuse – qui allait très bien avec son visage bien dessiné. *Bon sang, il ressemble à un Clark Kent sexy.* Il devait les porter seulement pour lire, car il les retira quand il leva les yeux vers moi.

— Vous avez besoin de quelque chose ?

À ce moment-là, quelques réponses très peu professionnelles me traversèrent l'esprit. Je repoussai ces pensées et avançai avec la tasse pleine de café fumant. L'image était toujours face à moi.

— J'ai pensé que vous auriez besoin de café.

Il me regarda, puis baissa les yeux sur le mug, avant de revenir sur moi et de jeter ses lunettes sur le bureau.

— Je vois que vous m'avez trouvé une tasse.

— C'est vrai. Je suis allée au magasin au moment du déjeuner, et je vous en ai choisi une pour que vous puissiez arrêter d'utiliser les gobelets en plastique.

— C'est gentil de votre part.

Je souris.

— Avec plaisir. Elle vient de leurs produits à thèmes hors saison. J'espère que vous n'êtes pas contre l'esprit de Noël en juillet.

Je tournai la tasse pour qu'il puisse voir l'image sur le devant, et me concentrai sur son visage pour pouvoir observer sa réaction.

Reed se contenta de fixer les chanteurs pendant un long moment, puis cilla en signe de confusion. Il était clair que je l'avais pris au dépourvu. Vu l'absence totale de rire de sa part, je compris qu'il était impossible qu'il ait ajouté cette liste en guise de divertissement. Il aurait compris la blague si c'était le cas.

Il leva les yeux vers moi.

— Pourquoi avoir choisi celle-ci ?

Euh...

Oh, non.

Je pouvais sentir que j'allais me mettre à rire nerveusement. Parfois, quand on me posait une colle, je me contentais de rire. Et une fois que j'y pensais, il était impossible que ça ne se produise pas.

Ce n'était pas bon.

Plutôt que de lui répondre, j'éclatai d'un rire qui commença par être léger, jusqu'à finir par devenir hystérique. Les larmes me montèrent aux yeux.

— Je suis désolée. Je suis vraiment désolée, m'excusai-je en tentant de m'arrêter.

Pendant presque une minute, je continuai à rire, pendant que Reed se contentait de m'observer d'un air incrédule.

— Qu'y a-t-il de si drôle avec cette tasse, Charlotte ? finit-il par demander.

Oh, mon Dieu.

Soit je lui avoue que j'ai fouillé et trouvé sa liste, soit il va croire que je me moque de son souhait de chanter dans une chorale.

Jamais ! Je ne serais jamais assez cruelle pour me moquer des rêves de quelqu'un. Enfin, je pensais qu'il avait fait cette liste pour *me* faire une blague. Maintenant que je savais qu'elle était vraie, je ne pourrais jamais me jouer de ce qu'il désirait vraiment. Je riais surtout parce que je me retrouvais dans une situation délicate. Je riais de moi-même... mais il ne pouvait pas le savoir.

Il n'y avait qu'une seule issue. Il fallait que je lui dise la vérité.

— Je suis désolée. C'est un malentendu.

— Vous voulez bien m'expliquer ?

— Je... suis tombée sur votre liste. Celle que vous avez sauvegardée sur le serveur de la société.

Son expression se refroidit. Mon rythme cardiaque s'emballa en attendant sa réponse.

— Oui, elle était sur le serveur, mais elle se trouvait dans un dossier *personnel*, Charlotte, déclara-t-il après avoir poussé un soupir.

— C'est vrai.

— Vous avez fouillé dans mes fichiers personnels, et cette tasse est un moyen de vous moquer de ce que vous avez découvert ?

— Non ! Vous vous trompez. Vous voyez... C'est juste que je n'arrivais pas à croire que vous ayez fait une liste. Vous vous étiez en quelque sorte moqué de moi quand j'avais fait la mienne. Je ne voulais pas avoir à admettre que j'avais ouvert ce fichier, même si je m'étais dit que tout ce qui se trouvait sur le serveur de la société ne pouvait pas être si privé que ça, même s'il était marqué « personnel ». Mais je m'excuse. J'avais tort. D'ailleurs, je pensais que vous aviez peut-être laissé cette liste ici intentionnellement pour me faire une blague. J'essayais d'évaluer votre réaction devant cette tasse pour voir si mes soupçons étaient exacts. Il est évident que je me trompais lourdement. Je ne riais pas parce que vous voulez chanter. Pas du tout, même. Je veux que vous le sachiez. Je riais de la situation dans laquelle je me suis mise. C'était un rire nerveux. Et maintenant, voilà que je divague. Je suis désolée.

Il resta assis là à me regarder, tout en sirotant quelques gorgées de son café. Je surpris un petit sourire. On aurait dit qu'il prenait plaisir à m'observer galérer.

— Vous êtes vraiment pénible, vous savez ? lança-t-il quand il se décida enfin à parler.

— Alors... c'est vrai ? répondis-je en libérant le sourire que je retenais. Vous avez commencé à faire une liste parce que vous en aviez *envie* ? C'était sincère ?

Il posa sa tasse, puis se frotta les tempes.

— Oui, avoua-t-il en plongeant ses yeux marron profond dans les miens.

— Vraiment ?

— Est-ce que je ne viens pas déjà de vous le confirmer ?

Je m'assis face à lui, croisai les bras, et me penchai sur son bureau.

— Qu'est-ce qui vous a poussé à le faire ?

— Vous aviez soulevé de bons arguments, d'accord ? Je n'ai jamais dit que votre liste était stupide. Je ne suis jamais moqué de vous pour ça non plus, comme vous semblez le penser. Alors oui, vous m'avez motivé à envisager de faire ma propre liste.

J'eus des frissons. Une fois encore, il me prouvait que l'homme plus sensible que j'avais imaginé à l'origine en trouvant le mot bleu était là, quelque part.

— Waouh. C'est génial.

Reed leva les yeux au ciel devant mon enthousiasme.

— Le concept d'une liste de choses à faire n'est pas si génial que ça.

— Ce que je veux dire, c'est que... je ne pensais même pas que vous *m'aimiez bien*. Alors qu'en fait... je vous ai inspiré ? C'est trop bien.

Il se leva soudain de son siège pour se rendre de l'autre côté de la pièce.

— Ne nous emportons pas.

On aurait dit qu'il faisait semblant de parcourir des dossiers juste pour éviter cette conversation.

— J'ai remarqué que vous n'avez noté que quelques idées. Vous voulez bien me dire pourquoi vous les avez choisies ? *Gravir une montagne* me semble tout à fait logique. Enfin, j'imagine que ça doit être exaltant. Mais en ce qui concerne la chorale... Est-ce que vous chantez ?

Il poussa un long soupir et se tourna vers moi.

— Je n'échapperai pas à cette question, n'est-ce pas ?

— Aucune chance.

Reed se réinstalla à son bureau et avala le reste de son café.

— Oui, Charlotte. Je chante. Ou plutôt, je *chantais*... quand j'étais plus jeune. Mais mon ego d'adolescent s'en est mêlé, et j'ai abandonné ce passe-temps. Je préfèrerais ne pas entrer dans les détails, mis à part pour dire que l'image sur cette petite tasse résume assez bien les choses. C'en est même terrifiant. Si vous voulez entendre parler de mes années de chant, Iris sera ravie de *tout* vous raconter. Elle possède également quelques cassettes qu'elle utilise pour me menacer.

— Ah oui? Je ne manquerai pas de lui poser la question.

— Super.

— Vous savez... commençai-je en souriant. Une liste de choses à faire est inutile si vous ne tentez pas vraiment de passer à l'acte. Laissez-moi vous aider à organiser un ou deux points.

— Ce n'est pas nécessaire.

— Tout le monde a besoin de motivation. Je peux vous aider à aller jusqu'au bout. On pourrait devenir des amis de liste... oui voilà, comme une amitié améliorée.

Mon esprit s'emballa, et des gouttes de sueur commencèrent à se former sur mon front.

— Pourquoi vous donneriez-vous cette peine, Charlotte? Où est le piège?

— Il n'y en a pas. Enfin, je pense que vous devriez m'aider à atteindre mes objectifs. On pourrait devenir chacun le soutien de l'autre.

Il se mit à rire en penchant la tête en arrière.

— D'accord, calmons-nous un peu.

— Allez-vous au moins *envisager* de me laisser vous aider? Après tout, vous m'employez. Pourquoi ne pas profiter de moi?

— Vous voulez que je profite de vous ? répéta-t-il en baissant la voix, ce qui me provoqua des picotements sur la peau.

Iris entra dans la pièce à ce moment inopportun.

Elle tapa dans ses mains et sourit joyeusement.

— Oooh… Je suis ravie de voir que vous vous entendez enfin.

— Bonjour, Iris, la saluai-je après m'être raclé ma gorge.

Elle s'adressa à Reed.

— Je viens juste d'apprendre pour l'accident de voiture dans les Hamptons. Tu ne m'en as pas parlé. Que s'est-il passé exactement ?

— Charlotte a essayé de sauver un écureuil et a déclenché une réaction en chaîne.

— Eh bien, c'était très noble de votre part, Charlotte.

— Qu'est-ce que je peux dire ? Il faut bien que quelqu'un les protège. Les écureuils m'en sont reconnaissants.

Je haussai les épaules, puis abordai un sujet plus urgent.

— Iris, est-ce que c'est vrai que Reed chantait dans le passé ?

Ma question sembla la surprendre.

— Euh, oui, c'est vrai, mais je n'arrive pas à croire qu'il vous en ait parlé. Reed est plutôt discret là-dessus.

Elle ferma les yeux et soupira.

— Il avait une voix magnifique, un parfait ténor. Je lui aurais payé les études de musique qu'il aurait choisies. C'est vraiment dommage qu'il n'ait pas continué.

Reed changea rapidement de sujet.

— Que me vaut ta visite, grand-mère ?

— En réalité, j'espérais croiser Charlotte avant la fin de sa journée. J'ai décidé que la fête estivale annuelle de l'entreprise se ferait dans la maison de Bedford, alors j'ai besoin qu'elle m'aide à faire quelques arrangements.

Même si elle vivait à Manhattan, Iris possédait une maison familiale en banlieue. C'était là-bas qu'avaient lieu les grandes réunions de famille des Eastwood et Locklear, et là où ils passaient les fêtes. Les parents de Reed y vivaient également une partie de l'année lorsqu'ils n'étaient pas en voyage. Apparemment, monsieur et madame Eastwood avaient décidé de prendre une retraite anticipée en Floride pour profiter un peu de la vie, tandis qu'Iris était un tel bourreau de travail qu'elle refusait de transmettre ses responsabilités au sein de la société à quelqu'un d'autre.

— Je croyais qu'on devait louer une salle en ville pour ça cette année, s'étonna Reed.

— J'ai changé d'avis. La propriété de Bedford a très bien convenu ces deux dernières années. On devra louer quelques grandes tentes blanches et travailler sur le déplacement du traiteur. Jared sera aussi en ville ce week-end-là, donc le timing est parfait.

— Jared ? demandai-je en la regardant.

— Mon petit-neveu de Londres, le petit-fils de ma sœur. Il n'est venu aux États-Unis que quelques fois, alors je vais beaucoup compter sur vous lors de son séjour, Charlotte, pour être sûre qu'on s'occupe bien de lui.

Reed ne sembla pas apprécier cette idée.

— Pourquoi Jared a-t-il besoin d'une baby-sitter ? grommela-t-il.

— Il n'en a pas besoin. J'ai seulement pensé que Charlotte et lui pourraient bien s'entendre. Elle pourrait lui faire visiter la ville, l'emmener dans les endroits branchés. Tu sais, là où vont les jeunes de nos jours.

— Je serais ravie de faire découvrir à Jared tous mes repaires préférés.

— Merci, ma chère. Je suis certaine que Jared va adorer ça. Tu n'es pas d'accord, Reed ?

J'attendis une réponse de sa part, mais Reed se contenta de lancer un regard noir à Iris.

CHAPITRE 13
REED

MA GRAND-MÈRE exagérait vraiment.

Jared Johansen était l'un des célibataires les plus en vue de Londres, et Iris le savait quand elle avait décidé de le refiler à Blondie. Elle voulait uniquement m'énerver, et ça n'avait rien à voir avec sa compatibilité avec Charlotte.

Jared était courtier en marchandises la journée et playboy le soir. Vu son faible pour les voitures rapides et encore plus pour les femmes, il était impossible qu'il laisse passer l'opportunité de coucher avec une beauté comme Charlotte. Un seul coup d'œil à son regard curieux et envoûtant, ainsi qu'à son corps de déesse, et il la verrait rapidement comme la proie parfaite pour l'été. Tout ce que j'espérais, c'était qu'elle verrait clair dans son jeu.

Ça faisait quelques années qu'il n'était pas venu aux États-Unis, mais Jared était tout à fait capable de se repérer dans New York. Iris se moquait de moi et essayait encore une fois de me faire réagir en ce qui concernait Charlotte, mais je refusais d'entrer dans son jeu.

L'après-midi où Jared arriva, je fis profil bas pendant tout le temps où Charlotte et lui partirent en vadrouille. Et par profil bas, j'entendais garder un œil sur les réseaux sociaux de Charlotte pour obtenir une carte virtuelle de leurs déplacements, qui incluaient un arrêt à une exposition de poterie au MoMA, ainsi que chez Magnolia Bakery pour des cupcakes.

Je détestais me soucier de ça et me sentir attiré par elle. Je détestais qu'elle me fasse me sentir plus vivant que ça n'avait été le cas depuis longtemps. Mais par-dessus tout, je détestais le fait que Charlotte était mieux avec mon cousin volage qu'elle ne le serait avec moi. Ça me faisait mal de l'admettre, mais c'était la vérité. Il serait capable de lui offrir un jour de belles petites têtes blondes et la vie qu'elle méritait.

Même si je mourais d'envie de ne pas assister à la fête, la réception estivale des Eastwood/Locklear n'était pas un événement que je pouvais simplement sécher. Croyez-moi, j'avais essayé d'y échapper, mais se défiler était compliqué quand on était à la tête de la société. Non seulement j'y étais attendu avec le sourire, mais je devais aussi y faire un discours et distribuer les prix de mérite aux employés, plus tard dans la soirée. Ma grand-mère m'avait délégué cette dernière tâche quelques années plus tôt car, selon elle, j'étais le meilleur orateur de la famille. C'était le seul événement de l'année où je bavardais avec mes employés, ce qui en faisait une soirée mentalement épuisante. Ajoutez à ça Charlotte et Jared, et j'avais clairement envie que ça se termine avant même que ça ait commencé.

***

Je m'attardai dans la suite parentale à l'étage de la propriété familiale aussi longtemps que possible, tout en observant les festivités qui avaient lieu en bas. Cinq tentes gigantesques étaient disposées dans l'imposant jardin devant la maison, tandis qu'un groupe de jazz jouait de la musique. Les invités se mélangeaient sous le coucher du soleil, pendant que des serveurs distribuaient des hors-d'œuvre. Tout en tripotant ma montre, je me mis un coup de pied aux fesses et m'aventurai en bas pour braver la tempête.

Charlotte et Jared étaient au bar. Elle jouait avec la fine paille rouge dans son cosmo, et Jared se servait du volume de la musique comme excuse pour pouvoir lui parler à l'oreille. Je connaissais cette astuce. C'était juste un moyen de s'approcher d'elle. Il était quasiment en train de lui lécher l'oreille à chaque mot.

Je fermai les yeux sur ce qu'il se passait, et passai devant eux pour rejoindre un groupe d'employés afin de bavarder.

Après avoir prononcé mon discours obligatoire, je ne cessai de me déplacer pour voir tout le monde, histoire d'arriver au point où je pourrais juste boire sans avoir à m'inquiéter de devoir parler à quelqu'un. Chaque fois que mes yeux s'étaient posés sur Charlotte, j'avais remarqué qu'elle me fixait. En fait, elle ne semblait pas vraiment intéressée par ce que disait Jared.

Max interrompit mes pensées lorsqu'il apparut derrière moi.

— Boucles d'or a l'air de s'ennuyer à mourir, observa-t-il en me tendant une vodka avec des glaçons.

— Heureusement, elle ne semble pas avaler le baratin que Jared essaie de lui faire gober.

— Mais à quoi pensait grand-mère en lui faisant passer la journée avec lui aujourd'hui ?

— Ça m'étonne que tu saches ce qu'il se passe dans le coin, répliquai-je en plissant les yeux. Ça fait des jours que je ne t'avais pas vu.

— Je la suis sur Insta, m'éclaira-t-il.

— J'aurais dû m'en douter.

— Bref, ça m'énerve.

J'eus soudain envie de le frapper.

— Je ne m'étais pas rendu compte que tu portais autant d'intérêt à Charlotte, ajoutai-je.

— Je ne serais pas contre apprendre à la connaître un peu mieux.

Il dut voir la rage dans mon regard.

— Pourquoi tu me fixes comme si tu étais sur le point de me tuer ?

— Comment ça ?

— Dès que j'ai dit qu'elle m'intéressait, tu as changé de visage. Est-ce que tu as quelque chose à me dire ?

— Je ne devrais pas avoir à te rappeler notre interdiction de sortir avec des collègues, répliquai-je en avalant ma vodka.

— On n'a aucune règle de ce genre.

— Maintenant, si.

Je lui tendis mon verre en affichant un sourire suffisant, puis m'éloignai rapidement avant qu'il puisse m'entraîner dans une conversation gênante, où j'aurais été obligé de lui interdire de s'approcher de Charlotte sans raison valable. Mes sentiments étaient compliqués, et Max commençait à deviner l'intérêt que je lui portais. C'était un sujet que je ne voulais pas aborder avec lui, surtout alors que la jeune femme n'était pas quelqu'un que je pouvais sérieusement convoiter.

Il devint évident que j'allais dans la mauvaise direction, car Charlotte était en train de se diriger vers moi.

— Eastwood, est-ce juste mon imagination, ou avez-vous salué tout le monde ici ce soir, mis à part moi ?

Je ne m'étais pas rendu compte que mes actes étaient si lisibles.

— À vous de me le dire, puisque vous m'avez observé toute la soirée.

— Bonsoir, soit dit en passant, répondit-elle.

— Bonsoir, la saluai-je après m'être raclé la gorge. Comment s'est passée votre journée ?

— Elle était chargée.

— Ah oui ? S'empiffrer de cupcakes peut être très fatigant.

— Comment êtes-vous au courant ?

Elle claqua des doigts.

— Ah... Vous êtes allé sur ma page Instagram.

— Eh bien, elle est accessible publiquement, contrairement à... oh, je ne sais pas... fouiller dans les dossiers personnels d'une personne.

Charlotte se mit à rire.

— Vous êtes un espion.

— Vous en savez quelque chose.

— Mon cousin ! nous interrompit Jared. Ravi de te voir.

Avec ses cheveux blonds, ses yeux bleus et sa grande taille, Jared était plutôt pas mal. J'aurais aimé que ce ne soit pas le cas.

— Jared, lançai-je en serrant les dents. Ça faisait longtemps. Comment se passe ton séjour jusqu'à présent ?

— Superbement bien. Charlotte s'est très bien occupée de moi aujourd'hui.

Pas autant que tu aurais aimé.

— Et si nous allions danser ? demanda-t-il en se tournant vers elle, tout en la déshabillant presque du regard.

Énervé, je commençai à m'éloigner.

— Je vous laisse, tous les deux.

— Attendez, m'arrêta-t-elle en posant sa main sur mon bras. Vous avez dit que nous devions discuter de ce dossier.

Est-ce qu'elle me fait un clin d'œil ?

Charlotte Darling était visiblement en train d'essayer de se servir de moi pour éviter de danser avec Jared. Ça me plut, même si je savais que ressentir ce genre de choses serait à mon propre détriment.

Je décidai de l'embêter.

— Ah, oui. Le projet écureuil, c'est vrai. On devait se voir à propos de ça.

Jared sembla perplexe.

— Une réunion d'affaires, là, maintenant ?

Charlotte ne perdit pas de temps à élaborer.

— C'est juste quelque chose dont il faut qu'on discute avant demain. Ça te dérange ?

— Pas du tout. De toute façon, Iris avait envie d'une autre danse avec moi. On se voit tout à l'heure, Charl.

Lorsque mon cousin fut assez loin pour ne pas entendre, elle me regarda.

— Je déteste quand il m'appelle Charl. Merci d'être entré dans mon jeu. J'ai juste besoin de m'éloigner un peu de lui. Je crois qu'il pense qu'il va se passer quelque chose entre nous juste parce que j'ai été gentille avec lui, mais il se trompe lourdement. Je ne veux pas offenser votre grand-mère, mais je ne sors pas avec des hommes ayant une manucure plus soignée que la mienne. Sans compter qu'il ne fait que parler de ses voitures et de son garage immense en Angleterre. Je m'en fiche royalement.

Et juste comme ça, Charlotte gagna un peu plus mon respect.

Je marquai une pause pour prendre le temps de l'observer, puis inspirai profondément pour étouffer la douleur dans ma poitrine. La jeune femme était simplement à couper le souffle sous l'éclairage extérieur et le ciel étoilé. Elle portait une robe rose pâle qui n'était pas beaucoup plus foncée que sa peau. Avec ses cheveux relevés, elle me faisait penser à une ballerine – avec un corps de danseuse du ventre. Cette tenue mettait en avant ses courbes vertigineuses.

J'aurais dû simplement m'éloigner. Au lieu de ça, mes yeux se posèrent sur son décolleté, avant que les mots m'échappent :

— Voulez-vous un autre verre ?

— Avec plaisir.

— Je reviens.

J'affichai un sourire espiègle, qui ne me quitta pas jusqu'à ce que j'aie atteint le bar.

Toutefois, il s'évanouit rapidement lorsqu'une blonde que je connaissais bien s'approcha de moi. C'était la même qui m'avait brisé le cœur deux ans plus tôt. Je fus soudain vidé de mon énergie.

Allison.

CHAPITRE 14
CHARLOTTE

JE N'EN CROYAIS pas mes yeux.

C'était elle. L'ex-fiancée de Reed, Allison. Au bar.

Qu'est-ce qu'elle fait là ?

Ma curiosité l'emporta et je m'approchai d'eux.

Les cheveux blonds d'Allison étaient plus foncés que les miens. Elle était grande, presque autant que Reed, mais elle était magnifique et je ne pus retenir un pincement de jalousie en les voyant tous les deux pour la première fois.

Cependant, pour deux personnes qui s'étaient tant aimées, ils semblaient clairement mal à l'aise en présence de l'autre, pour le moment.

Mon besoin de savoir ce qu'il s'était passé entre eux était plus fort que jamais. Je gardai les yeux posés sur eux, comme si j'allais pouvoir découvrir quelque chose rien qu'en les observant.

Reed avait l'air angoissé. Il ne cessait de toucher sa montre pendant qu'ils bavardaient.

Elle prit une grande inspiration, puis expira.

— Tu as bonne mine.

— Merci, répondit-il sans la regarder.

— J'ai aperçu les tentes sur le trajet pour aller chez mes parents, alors je me suis dit que j'allais m'arrêter pour dire bonjour et voir comment tu allais.

Je le vis s'apprêter à redresser sa cravate, mais il n'en portait pas. C'était comme s'il ne savait pas quoi faire de ses mains.

Ce n'était pas mon rôle d'intervenir, mais mon instinct me disait qu'il cherchait un moyen d'échapper à cette conversation. Non, il en avait *besoin*.

— Je suis vraiment désolée de vous interrompre, monsieur Eastwood, mais nous devons vraiment parler du projet écureuil. Je dois bientôt partir et je ne veux vraiment pas rater l'occasion d'avoir votre avis.

Allison nous regarda tour à tour.

— Le projet quoi ?

Reed semblait hésiter entre rire et pleurer.

— Ah oui, très important, en effet. Je dois m'en occuper. Allison, ça m'a fait plaisir de te croiser. On se verra une autre fois.

— Ravie de t'avoir vu aussi.

Reed me suivit, et nous continuâmes à marcher en silence jusqu'à nous être éloignés des festivités. J'avais l'impression d'avoir parcouru au moins huit cents mètres.

Le terrain était immense, et il y avait des luminaires sur tout le domaine de plusieurs hectares.

Nous finîmes par nous arrêter près du petit lac qui bordait la propriété. Je m'assis dans l'herbe et Reed se joignit à moi.

— Comment avez-vous su que j'avais besoin d'échapper à cette conversation ? demanda-t-il en levant les yeux vers le ciel.

— Votre visage. Vous aviez l'air très mal à l'aise face à elle. J'ai pensé que j'allais au moins essayer de vous sortir de là, et je me suis dit que si je me trompais, vous n'étiez pas obligé d'entrer dans mon jeu.

— Merci.

— Elle était censée passer ?

Il se contenta de secouer la tête en signe de dénégation.

— Pourquoi est-elle venue ?

— Sa famille habite juste en bas de la rue. Elle est passée pour dire bonjour. Les membres de la sécurité la connaissent et l'ont probablement laissée entrer en pensant qu'elle était invitée.

Je mourais d'envie de lui demander de nouveau ce qu'il s'était passé entre eux, mais je me rappelai ce que ça avait donné à l'hôtel de Long Island lorsqu'il s'était emporté contre moi.

Reed observait les étoiles. À ma grande surprise, il répondit partiellement à ma question sans même que j'aie à la poser.

— Elle m'a fait beaucoup de mal quand elle s'est rendu compte que l'avenir qu'elle voyait pour nous allait être un peu différent de ce qu'elle imaginait. Sans entrer dans les détails, elle m'a montré que son amour n'était pas inconditionnel.

— L'amour sous conditions n'existe pas.

— Vous avez raison, confirma-t-il. Mais j'ai eu du mal à en prendre conscience. Je pensais l'aimer inconditionnellement. Quand l'amour n'est pas réciproque, il faut apprendre à arrêter d'aimer l'autre personne. Notre esprit nous dit que nous ne sommes plus censés l'aimer, mais notre cœur n'écoute pas aussi facilement.

— Vous l'aimez encore ?

— Pas de la même façon, mais mes sentiments sont compliqués.

J'avais mal au cœur pour lui, mais en même temps, j'enviais Allison d'avoir reçu le vrai amour. Todd ne l'avait jamais éprouvé pour moi. Je le savais à présent. Savoir que l'amour que ressentait Allison pour Reed n'était pas inconditionnel brisait l'idée que je m'étais faite d'eux quand j'avais découvert le mot bleu. Je me rendais compte que j'ignorais tout, mais j'avais peur de trop creuser. En même temps, voir qu'il bataillait encore avec ses sentiments me réchauffait le cœur et me prouvait que certains hommes étaient vraiment capables d'aimer.

Je fixai le profil de Reed. Bon sang, existait-il quelque chose de plus sexy qu'un homme magnifique qui désirait seulement être aimé par une femme ?

— J'aurais préféré qu'elle ne vienne pas, avoua-t-il en arrachant des brins d'herbe.

Mes yeux restèrent rivés sur ses longs doigts virils.

— Je suis contente qu'elle l'ait fait, parce que vous devez être capable de lui faire face pour tourner la page. C'était un bon entraînement. Et puis, vous avez vu sa tête ? Elle était très troublée quand vous êtes partis. Ça en valait vraiment la peine.

— Projet écureuil, se remémora-t-il en riant.

Je l'imitai.

— Project écureuil. Définition : opération commerciale imaginaire et top secrète qui vous sort de toutes les situations gênantes.

Il soupira.

— J'aurais vraiment besoin d'un verre, mais je ne suis pas encore prêt à y retourner.

Je commençai à me lever.

— Vous voulez que j'aille nous chercher à boire ? Vous pouvez rester ici.

— Non.

Il posa sa main sur ma jambe, me poussant à me rasseoir.

Nous restâmes ainsi en silence pendant un moment.

— Est-ce que ce lac vous appartient ?

— Oui, il fait partie de notre propriété.

— Waouh.

Quelque chose d'incroyable me traversa l'esprit. Enfin, je n'étais pas sûre que Reed considère ça comme étant incroyable, mais mes idées commençaient à tourner dans mon esprit. Visiblement, ma joie se lisait sans difficulté.

— Qu'avez-vous en tête, Charlotte ?

— J'ai l'impression d'être prête à exploser. J'ai comme une envie de faire quelque chose de fou.

— Maintenant ?

— J'ai récemment ajouté quelques éléments à ma liste, et l'un d'entre eux implique un lac. C'est comme si une opportunité se présentait à moi à ce moment précis.

— Que voulez-vous dire par « implique un lac » ?

— *Prendre un bain de minuit dans un lac.* Je ne suis jamais allée au bord d'un lac le soir. Je ne sais pas quand l'occasion se représentera. C'est comme si c'était le destin. Cependant, je ne veux pas vous effrayer si vous préférez que je ne le fasse pas.

— Alors vous ne venez pas simplement d'inventer tout ça ? C'était vraiment sur votre liste ?

— Je vous le jure.

Ce qu'il ajouta ensuite me choqua.

— Alors je pense que vous devriez le faire.

— Vraiment ?

— Oui. Je pense que ce serait la conclusion la plus appropriée à cette soirée bizarre.

— Est-ce que vous pensez que quelqu'un pourrait s'aventurer aussi loin ? Je ne voudrais pas me faire prendre.

— J'en doute fort, mais faites vite. Je monterai la garde. Et je ne regarderai pas.

— Vous m'encouragez vraiment à le faire ?

— Vous pouvez penser que je suis fou, mais j'ai besoin de distraction ce soir, même si ça signifie assister à l'une de vos folies. Je ne me sens pas encore de retourner à la fête, alors autant passer le temps. Bon, je me retourne.

Il me tourna le dos. Ravie, je poussai un petit cri et retirai rapidement mes vêtements, avant de sauter dans l'eau, qui était étonnamment chaude.

— Vous pouvez vous retourner ! m'exclamai-je, une fois mon corps immergé.

Les mains dans les poches, Reed m'observa barboter dans l'eau. Il ne bougea pas d'un pouce et garda les yeux rivés sur moi, tout en jetant occasionnellement un coup d'œil derrière lui pour s'assurer que personne ne venait.

— Vous voyez... c'est l'une des différences entre une simple liste de vœux et une liste de « et puis merde » ! m'écriai-je. La spontanéité. Cette dernière se fait plus sur un coup de tête. Une partie du mantra de ce genre de listes, c'est que si une opportunité se présente, il faut la saisir. Et c'est ce que je suis en train de faire.

C'était grisant d'être nue sur sa propriété. C'était aussi excitant car ça semblait osé, étant donné que Reed n'était qu'à quelques mètres de moi. Mes tétons se dressèrent rien qu'en y pensant.

J'étais fière de moi d'avoir saisi cette occasion. Je n'aurais probablement pas envisagé de faire quelque chose d'aussi spontané pendant que j'étais fiancée à Todd. De ce point de vue, survivre à cette rupture m'avait non seulement rendue plus forte, mais aussi plus aventureuse.

— Je sors ! annonçai-je, après avoir eu ma dose.

Reed me tourna de nouveau le dos. J'enfilai ma robe sur mon corps trempé, tandis que je commençais à prendre conscience de ce que j'avais fait.

— Comment allons-nous expliquer que vous soyez mouillée ? demanda-t-il.

— Je ne sais pas. Comment allez-*vous* l'expliquer, Reed ? répliquai-je en affichant un sourire espiègle.

— Vous allez me mettre ça sur le dos, Darling ? Est-ce un défi ?

— Si vous voulez le relever.

Heureusement, lorsque nous revînmes à la fête, Allison semblait avoir quitté les lieux.

Les gens nous fixaient, troublés, surtout Max et Jared. Tout le monde était perplexe, sauf Iris, qui rayonnait.

— Que diable vous est-il arrivé, Charlotte ? s'enquit-elle.

J'observai Reed et attendis sa réponse, tout en faisant de mon mieux pour ne pas perdre mes moyens.

— Charlotte et moi sommes allés marcher pour parler affaires, finit-il par répondre à sa grand-mère. Elle a vu un écureuil courir droit dans le lac. Il faisait sombre, et le rongeur agitait désespérément ses petites pattes pour ne pas couler. Elle a alors décidé de faire un coup à la Charlotte, et sans réfléchir, elle a sauté dans l'eau pour le sauver... le libérer, et lui sauver la vie.

Reed méritait un Oscar, car il avait raconté cette histoire ridicule avec un sérieux inébranlable.

— Charlotte, vous m'étonnerez toujours, déclara Iris.

— Oui, elle est plutôt géniale, renchérit Reed en souriant.

Je m'attendais à ce qu'il ajoute quelque chose pour gâcher ce compliment, quelque chose comme « plutôt géniale pour une folle ». Mais il ne le fit pas.

* *** *

J'avais l'impression d'être redevable envers Reed. Il m'avait assistée lors de ma baignade dans le lac et avait vraiment bien joué le jeu ensuite. Maintenant que je savais à quel point c'était bon de pouvoir rayer ce premier point de ma liste, j'étais encore plus motivée à l'aider pour la sienne.

Le mercredi suivant, je restai tard au bureau pour chercher des chorales dans l'État de New York.

J'eus l'impression de décrocher le jackpot en tombant sur la chorale du Brooklyn Tabernacle. J'envoyai aussitôt un e-mail pour leur demander s'ils acceptaient de nouveaux membres.

Le chef de chœur me répondit dans la foulée et me fournit les dates de leurs prochaines auditions.

J'imprimai les documents et me demandai comment Reed allait réagir. Il n'était pas là lorsque j'arrivai à son bureau, alors je laissai les informations dans une pochette sur son bureau, avec un mot sur lequel on pouvait lire : *Je vous rends la pareille. C'est parti !*

***

Le lendemain matin, j'arrivai tôt au travail et trouvai un mot bleu venant de Reed au centre de mon bureau.

Chaque fois que je verrais ce papier, j'aurais la chair de poule et ça me rappellerait le moment où j'avais découvert ce feuillet bleu dans la robe.

Je ramassai le mot avec empressement et le lus.

Chère Charlotte,
Savez-vous pourquoi les écureuils vous aiment tant ?
Parce que vous êtes une casse-noisettes.
Bien à vous,
Reed

Je secouai la tête.

— Voilà le genre de mots d'amour que vous distribuez maintenant, Eastwood ? me murmurai-je en riant. On dirait plutôt un mot hostile.

CHAPITRE 15
REED

JE N'AVAIS PAS prévu de venir.

Du moins, c'était ce que je m'étais répété. Le fait que j'avais organisé un rendez-vous avec un vendeur potentiel dans le quartier de Cobble Hill à Brooklyn n'avait rien à voir avec les auditions ayant lieu douze rues plus loin le même jour.

Il s'avéra que mon entretien se termina à dix-huit heures trente, et remonter Smith Street en voiture me fit passer juste devant une certaine grande église. Soudain, je me retrouvai garé, en train de suivre un troupeau de personnes comme un mouton égaré.

— Bienvenue au Tabernacle.

Un vieil homme posté à l'entrée me tendit une brochure en m'offrant un sourire chaleureux.

— Le talent est un cadeau de Dieu. Le partager ici est le cadeau que vous offrez en retour. Bonne chance pour ce soir.

Alors que ce geste accueillant aurait dû me mettre à l'aise, je ressentis tout le contraire. J'avais envie de m'enfuir en courant. Mais puisque j'étais arrivé jusqu'ici, je repoussai mon envie de m'échapper, m'assis au dernier rang et observai toutes les mines réjouies installées aux premiers rangs de l'église.

— Je peux m'asseoir à côté de vous ?

L'homme qui m'avait accueilli se tenait dans l'allée, au bout du banc sur lequel j'étais installé. Je jetai un coup d'œil autour de moi. Il devait y avoir trente rangées vides juste devant.

Il put lire sur mon visage.

— J'aime m'asseoir près de la porte au cas où il y aurait des interruptions ou si des retardataires font du grabuge.

Je hochai la tête et me décalai pour lui faire de la place. Il était dix-neuf heures passées. Les gens avaient cessé de s'entasser, mais les auditions n'avaient pas encore commencé.

— Vous êtes nouveau ? Je ne crois pas vous avoir déjà vu ici.

— Je me suis juste arrêté pour...

Mais qu'est-ce que je faisais ici ?

— ... pour voir ce qu'il se passait.

— Alors vous ne chantez pas ?

— Non. Si. Non. Si. Enfin... je chantais. Il y a longtemps.

Il acquiesça.

— Pourquoi avez-vous arrêté de venir à l'église ?

Je n'avais pas dit que j'avais arrêté de venir à l'église. J'avais seulement sous-entendu que je chantais avant, et que ce n'était plus le cas.

— Comment savez-vous que je ne fréquente pas une autre église ?

— Est-ce le cas ? demanda-t-il en souriant.

Je ne pus m'empêcher de rire un peu.

— Non, pas du tout.

Il désigna le dernier rang.

— Lorsque les gens viennent après une longue absence, ils ont tendance à s'installer à l'arrière.

Je hochai la tête.

— Ça rend la fuite plus facile.

— Ça fait combien de temps ?

— Que je n'ai pas chanté ?

Il secoua la tête.

— Non, que vous n'êtes pas venu dans la maison de Dieu.

Je connaissais la réponse sans même avoir à y réfléchir. La dernière fois que j'avais mis les pieds dans une église, c'était avec Allison. Nous étions allés à la messe avant notre rendez-vous avec le diacre. Notre mariage devait avoir lieu deux semaines après, et nous lui avions donné les lectures et les chants que nous avions choisis pour la cérémonie. Ironiquement, le jour où nous étions venus dans la maison de Dieu avait également été celui où elle avait eu une révélation.

— Ça fait un moment.

— Je m'appelle Terrence, se présenta l'homme en me tendant sa main. Bon retour parmi nous.

— Reed, indiquai-je en la lui serrant. Et je ne suis pas sûr d'être vraiment de retour.

— Chaque périple commence par un premier pas. Vous avez prévu de tenter votre chance pour la chorale ?

— Je n'ai pas encore pris ma décision. Je me suis dit que j'allais regarder ce soir pour voir comment ça se passe. Il y a d'autres auditions la semaine prochaine, n'est-ce pas ?

— C'est exact.

Les portes de l'église s'ouvrirent, et un type portant un uniforme de maintenance entra.

— On a un problème avec la chaudière au sous-sol, déclara-t-il en repérant Terrence. J'aurais besoin de bras supplémentaires pour m'aider à déplacer les meubles que mademoiselle Margaret nous a fait stocker en bas. Ils bloquent l'accès au système.

Terrence hocha la tête et se tourna vers moi.

— Le travail de volontaire ne s'arrête jamais, ici.

Il se leva et me donna une tape sur l'épaule.

— J'espère que vous trouverez ce que vous cherchez.

***

Quelques jours plus tard, je n'avais toujours pas décidé si j'allais aller passer les seules autres auditions au Brooklyn Tabernacle. Toutefois, lorsque je me rendis sur mon agenda en ligne, je remarquai qu'un rendez-vous avait été pris pour ce soir-là. Il apparaissait que Charlotte avait entré cet entretien, même si la seule information inscrite pour ce créneau était un tas de lettres qui ne signifiaient rien : CPLGMLH.

Je décrochai le téléphone et composai le numéro de sa ligne.

— *Bonjour, monsieur Eastwood. Je peux vous aider ?*[2] répondit-elle à la seconde sonnerie.

2 Tous les mots en italique suivis d'un astérisque sont en français dans le texte.

Qu'est-ce que...

— Charlotte ?

*— Oui ?**

Puis soudain, je compris. Quand j'avais regardé en douce sa liste de « et puis merde » en ligne la dernière fois, « Apprendre le français » avait été ajouté. Je l'avais vue dans la salle de repos un peu plus tôt, en train de manger son déjeuner avec des écouteurs dans les oreilles, tout en parlant toute seule. Maintenant, tout prenait sens. Enfin, d'après les critères de Charlotte Darling. Elle devait écouter des phrases et s'entraîner à les répéter.

Par chance, j'avais moi-même pris quelques cours de français.

*— Ne tenez-vous pas la langue anglaise assez ?**

Je couvris le combiné et me mis à rire. J'avais voulu lui demander si elle ne massacrait pas déjà assez la langue anglaise, mais j'ignorais totalement si c'était ce que j'avais dit.

— Euuh. Quoi ? répondit-elle.

Je ricanai.

— C'est bien ce que je pensais.

— Je suis encore en train d'apprendre.

— Je ne m'en serais jamais douté...

— Bouclez-la. Appeliez-vous pour une raison précise, ou mouriez-vous juste d'envie de vous moquer de quelqu'un, au point de me joindre directement ?

— En réalité, il y a bien une raison, mais avec vous, c'est vraiment trop facile de se moquer.

— Que vouliez-vous ?

— Un rendez-vous est prévu sur mon planning, mercredi à dix-neuf heures. Il est intitulé CPLGMLH. Vous savez ce que c'est ?

— Bien sûr. CPLGMLH : chanter pour le grand monsieur là-haut. J'ai préféré utiliser un code pour que personne d'autre que nous ne puisse comprendre.

Je secouai la tête.

— Personne d'autre que *vous*, vous voulez dire.

— Peu importe. Est-ce que vous êtes impatient ? Vous vous êtes entraîné ?

— Je ne passerai pas les auditions, Charlotte.

Même si j'avais décidé de le faire, il était hors de question que je le lui dise. Je n'avais pas chanté depuis des années, et les gens présents à ces auditions étaient vraiment doués. Je doutais de pouvoir faire l'affaire. Et puis, si par je ne sais quel hasard, je réussissais, je l'imaginais assise au premier rang à chaque représentation. Elle inviterait probablement aussi tout le personnel, ainsi que quelques agents d'entretien de l'immeuble que je n'avais jamais rencontrés.

— Pourquoi ?

Je pouvais imaginer la moue qu'elle faisait.

— Ce n'est pas parce que j'ai fait cette liste que j'ai prévu de m'y attaquer comme si c'était une course.

— Oh.

Elle garda le silence un moment.

— Pourquoi ? répéta-t-elle ensuite.

— Contentez-vous de retirer ce rendez-vous de mon agenda, Charlotte.

— Très bien.

Après avoir raccroché, je me sentais un peu mal d'avoir agi comme un abruti avec elle. Alors j'ouvris son planning, sélectionnai tous ses rendez-vous et ses rappels pour la semaine prochaine, et me mis à tout traduire en français pour qu'elle puisse travailler la langue.

Je traduisis un rendez-vous par « Le vol d'Iris atterrit à dix-sept heures. Appeler pour confirmer à seize heures. »* Puis je décidai d'ajouter quelques tâches à son emploi du temps : *Prendre rendez-vous avec rétrécis.** J'espérais que je ne m'étais pas trompé en lui demandant de prendre rendez-vous avec un psy.

Un autre rappel s'appelait : « Fin des soldes chez Victoria's Secret. Commander de nouveaux tu-sais-quoi après avoir été payée ! » Je ris à voix haute en lisant ça. Charlotte était définitivement la seule personne ayant passé la vingtaine qui n'osait pas écrire le mot sous-vêtements. Je m'appliquai pour trouver une bonne traduction.

*Commandez des pantalons et des soutiens-gorge.** Ce que j'espérais vouloir dire « commander des culottes de grand-mère et des brassières ».

Je m'amusais bien à l'embêter, jusqu'à arriver au prochain rendez-vous. « Blind date à vingt-et-une heures. »

Une colère inattendue bouillonna en moi. Même si je n'avais aucun droit de ressentir ça, la brûlure dans ma gorge ne se calma pas. Un enfoiré allait profiter pleinement de Boucles d'or. Je n'étais pas jaloux, j'étais... protecteur. Au fond, sous toute cette folie, se trouvait une femme qui croyait aux contes de fées. Son imbécile de fiancé avait fricoté avec une employée sur *son lieu de travail*, et Charlotte continuait de poster des messages comme « nage droit devant toi » ou « créez votre propre bonheur ». Certaines personnes ne changeront jamais. Elle ne se rendrait compte que son preux chevalier n'était en réalité qu'un salaud recouvert de papier aluminium que lorsqu'il l'aurait trompée. Et ça m'énervait qu'elle soit aveugle à ce point. Ce sentiment empira encore lorsque je pris conscience que ses petites emplettes chez Victoria's Secret étaient probablement directement liées à son fameux blind date.

***

— Posez-le sur mon bureau, lançai-je sèchement sans lever les yeux.

J'avais senti son parfum quand elle était entrée. Et ça m'avait encore plus agacé de reconnaître son odeur, et de l'apprécier.

Charlotte posa le rapport sur lequel elle avait travaillé pour moi, puis se tourna pour sortir. Seulement, elle s'arrêta sur le seuil.

— Est-ce que j'ai fait quelque chose de mal, Reed ?

Ça faisait quelques jours que j'étais désagréable avec elle – depuis l'après-midi où j'avais fait l'erreur d'ouvrir son agenda.

— Non, je suis juste occupé.

— Est-ce que je peux vous apporter du café ou autre chose ?

— Non, répondis-je en lui indiquant la sortie, sans lever les yeux de la brochure que j'étais en train de modifier. Mais vous pouvez fermer la porte derrière vous.

Après qu'elle m'eut obéi, je jetai mon stylo sur mon bureau et m'adossai à mon siège. Toute cette foutue pièce sentait son parfum, à présent. Quelques minutes plus tard, j'étais toujours incapable de me concentrer, alors j'ouvris mon ordinateur portable et envoyai un e-mail à mon assistante agaçante.

À : Charlotte Darling

Objet : Vous

Je vous serais très reconnaissant de bien vouloir réduire la quantité de parfum dont vous vous aspergez. Mes récepteurs olfactifs me déclenchent des allergies avant même que vous entriez dans une pièce. Et puis, la subtilité va toujours mieux aux femmes.

Après avoir vidé mon sac, je pus me concentrer de nouveau sur mon travail. Enfin, jusqu'à ce que quelques minutes plus tard, un doux tintement m'annonce l'arrivée d'un e-mail. Je devinai de qui il provenait avant même que l'écran de veille ne disparaisse.

À : Reed

Objet : Vos récepteurs olfactifs

C'est triste que vos récepteurs olfactifs soient si sensibles. Avez-vous essayé de vous exposer à l'allergène dans le but de vous désensibiliser ? Peut-être qu'à l'occasion, ça vous aiderait de vous arrêter

pour sentir les roses, plutôt que de piétiner le jardin. Le monde est plein de bouquets de femmes. Et puis, les bonnes manières vont toujours mieux aux hommes.

Le lendemain soir, avant de quitter le travail, je passai dans le bureau de Charlotte pour lui déposer des reçus, afin qu'elle puisse préparer mes notes de frais mensuelles. Il était presque vingt heures, et j'avais supposé qu'elle était déjà partie. Sa voix m'arrêta juste avant que j'atteigne sa porte.

— Et quel est le tarif d'une voiture-lit ?

Silence.

— Hmm. D'accord. Et quelle est la taille des lits dans la cabine ?

Encore un silence.

— Waouh. Vous n'avez rien pour deux personnes ? Comme un lit double ou quelque chose comme ça ?

Elle rit.

— D'accord. Eh bien, je suppose que c'est une option. Je ne suis pas encore prête à réserver, mais merci beaucoup pour les informations.

Je ne voulais pas me faire prendre en train d'écouter aux portes dans le couloir, mais je ne pouvais pas non plus résister à agir comme un enfoiré.

— Utiliser le téléphone de la société au travail pour planifier des vacances, ce n'est pas très professionnel, Charlotte, observai-je en entrant dans son bureau, avant de poser l'enveloppe contenant mes dépenses devant elle.

Elle me fusilla du regard. Je trouvai mignon son nez froncé, ses yeux plissés, et le rouge qui lui montait aux joues. Évidemment, je gardai cette pensée pour moi.

Charlotte prit son portable sur son bureau et l'agita devant moi.

— J'utilisais mon téléphone *personnel*, pas celui de la société. Et ma journée de travail a pris fin il y a *trois heures*, alors techniquement, le seul objet de *l'entreprise* que j'utilise, c'est *cette chaise.*

Je dissimulai mon sourire.

— Vous partez en voyage ? Je ne m'étais pas rendu compte que vous aviez déjà cumulé des jours de congés.

— Non pas que ça vous regarde, mais je me renseignais seulement pour un trajet en train en Europe. J'aime rêver des choses que j'ai envie de faire, et parfois, ça m'aide de savoir à quoi ça ressemble.

Je fis le rapprochement. *Sous le soleil de Toscane.* Hier, elle avait ajouté « Faire l'amour à un homme pour la première fois dans une voiture-li*t, dans un train traversant l'Italie* » à sa liste. Si elle savait que j'espionnais ce qu'elle ajoutait sur le serveur, elle se dirait que j'avais envie d'être son ami de liste, alors je ne lui avouai pas que je savais de quoi elle parlait. Au lieu de ça, je choisis un autre chemin. Un chemin qui menait sûrement droit en enfer.

— Peut-être que si vous passiez plus de temps à travailler et moins de temps à rêvasser, vous seriez plus productive et n'auriez pas à rester ici jusqu'à vingt heures.

Elle écarquilla les yeux. Elle me fixa un moment, puis ouvrit le tiroir de son bureau et sortit violemment son sac à main, avant de le poser brusquement sur son poste de travail et de refermer le tiroir en le claquant. Elle éteignit son ordinateur, se leva, puis cala son sac sur son épaule. Ensuite, elle rejoignit la porte en avançant vers l'endroit où je me trouvais toujours. M'attendant à ce qu'elle ne s'arrête pas à mon niveau, je fis un pas en arrière par précaution, au cas où elle me passerait un savon.

À la place, elle ferma les yeux, leva les mains et se mit à taper frénétiquement devant elle sur son clavier invisible.

Carrément. Dingue.

Et tellement belle, avec son air énervé.

Elle appuya sur ce que je présumais être le bouton « entrée » imaginaire, prit une grande inspiration, ouvrit les yeux, puis sortit du bureau sans rien ajouter.

Il se pourrait que j'aie observé son cul se balancer jusqu'à ce qu'elle quitte les lieux.

Nous avions tous les deux besoin de consulter.

CHAPITRE 16
REED

APRÈS QUELQUES JOURS supplémentaires à l'éviter à tout prix, ce ne fut plus possible lorsqu'Iris fit son apparition à un déjeuner d'affaires, accompagnée de Charlotte. Matthew Garamound, notre expert-comptable, ainsi que mon frère et moi étions déjà installés. Même si sa présence me contrariait, je me levai lorsqu'elle approcha de la table. Je la saluai d'un signe de tête et tirai la chaise vide à côté de moi, tandis que Garamound fit la même chose pour Iris.

— Charlotte.

— En fait, je vais m'asseoir près de Max de l'autre côté de la table, si ça ne le dérange pas. Je ne voudrais pas que mon parfum perturbe vos allergies.

Iris plissa les yeux.

— Tu n'as pas d'allergie au parfum.

— Je l'ai développée récemment.

Max afficha son sourire éclatant et se leva pour tirer une chaise.

— Le malheur de mon frère fait mon bonheur.

Il se pencha vers Charlotte, ferma les yeux et inspira exagérément.

— Tu sens magnifiquement bon.

Je grommelai quelque chose à propos de son manque de professionnalisme, alors que tout le monde s'asseyait. Il devint vite évident que Charlotte allait éviter tout contact visuel avec moi. J'avais d'abord trouvé ça parfait, jusqu'au moment où je pris conscience que le fait qu'elle ne regarde pas dans ma direction me laissait le champ libre pour observer son visage. Elle était sacrément distrayante. Je dus forcer mon regard à se concentrer sur autre chose, alors je scrutai notre expert-comptable.

Matthew Garamound devait avoir dix ans de plus que ma grand-mère. Ses cheveux étaient gris, sa peau bronzée, et il portait toujours une cravate avec un pin's représentant un drapeau américain. Il était l'expert-comptable de la société depuis qu'Iris l'avait créée, et nous nous rassemblions quatre fois par an sans faute tous les quatre – deux semaines après la fin de chaque trimestre. Seulement, notre rendez-vous trimestriel avait eu lieu le mois dernier, et nous n'avions jamais convié une assistante à ce genre de choses.

Après avoir commandé nos boissons auprès de la serveuse, Matthew croisa ses mains sur la table et se racla la gorge.

— Alors... vous vous demandez probablement pourquoi nous nous réunissons aujourd'hui.

Max se pencha vers Charlotte.

— Je me demande quel parfum tu portes, murmura-t-il, même si nous pouvions tous l'entendre.

— Et si tu essayais de limiter ton harcèlement vis-à-vis des employées au fait de t'allonger sur le canapé de leurs bureaux ?

Matthew nous regarda tour à tour. Malgré mon air menaçant, mon commentaire sembla faire plaisir à mon petit frère.

— Bref, continua Garamound. J'ai demandé à Iris et Charlotte d'organiser cette réunion aujourd'hui, parce que malheureusement, j'ai quelques mauvaises nouvelles à vous annoncer.

Je supposai immédiatement qu'il était malade.

— Est-ce que tu vas bien, Matt ?

— Oh.

Il comprit ce à quoi je pensais.

— Oui, oui, je vais bien. Ça concerne les affaires et une de nos employées, Dorothy.

— Dorothy ? répétai-je en fronçant les sourcils. Dorothy est malade ?

Iris prit la relève.

— Non, Reed. Tout le monde va bien. Pourquoi ne pas commencer par le début ? Comme vous le savez, j'ai demandé à Charlotte de dresser une liste de toutes les entreprises de nettoyage auxquelles nous faisons appel pour pouvoir réduire le nombre de nos partenaires, et ainsi obtenir un plus gros rabais sur les services. Dans le cadre de ce projet, je l'ai chargée de faire la liste de toutes les factures payées auprès de chaque société ces deux derniers mois.

— D'accord. Oui, je savais qu'elle travaillait là-dessus.

— Bien. Elle est tombée sur quelques erreurs de factures, des inversions de chiffres. Par exemple, une facture de 16 292 $ a été payée 16 992 $. Une autre s'élevait à 2 300 $ et ce sont 3 200 $ qui ont été versés. L'erreur n'était jamais énorme, toujours moins de mille dollars chacune, mais Charlotte l'a remarqué sur quatre factures différentes, alors elle m'en a parlé. Dorothy est presque aussi âgée que moi et elle est à mes côtés depuis votre naissance, les garçons, alors je me suis dit qu'elle avait peut-être besoin de lunettes plus fortes et je suis allée discuter avec elle.

Le visage de ma grand-mère se décomposa, et je sus ce qu'elle allait dire ensuite.

— Elle agissait très bizarrement, alors j'ai demandé à Matthew de se pencher sur certaines de ses transactions.

Garamound prit la suite.

— J'ai vérifié ses transactions des douze derniers mois, et j'ai découvert qu'elle avait inversé des chiffres sur cinquante-trois factures différentes. Tout comme pour celles que Charlotte avait trouvées, ce n'étaient pas de très grosses erreurs, et au premier coup d'œil, ça ne semblait être qu'une inversion de chiffres. Seulement, les erreurs n'étaient jamais en notre faveur. Au total, ces cinquante-trois paiements représentaient un excédent de plus de trente-deux mille dollars. En creusant un peu plus, j'ai découvert que chaque paiement était versé sur deux comptes différents. Le vrai montant était envoyé à l'entreprise, mais un autre virement avait lieu pour la différence, et tout était acheminé sur un seul compte.

Je poussai un long soupir.

— Dorothy a fraudé.

Garamound hocha la tête.

— Malheureusement, oui. Je n'ai pas encore la date où tout a commencé, mais ça dure depuis au moins quelques années.

— Bon sang. Dorothy est comme un membre de la famille.

Iris avait les larmes aux yeux.

— Son petit-fils est malade.

J'encaissai difficilement cette nouvelle.

— Métastases choroïdiennes, ajouta Charlotte, elle aussi au bord des larmes. C'est extrêmement rare chez les enfants. Elle l'emmène à Philadelphie pour qu'il puisse recevoir un traitement expérimental qui n'est pas couvert par l'assurance maladie.

— Je l'ignorais.

L'ambiance du déjeuner changea radicalement après ça. C'était une chose de mettre la main sur un employé qui volait de l'argent, mais c'en était totalement une autre quand il s'agissait d'une employée de longue date qui avait une très bonne raison de le faire. Nous fûmes tous d'accord pour réfléchir à la situation et nous réunir à nouveau à la fin de la semaine pour discuter de la manière de gérer les choses.

À la fin du repas, Iris se tourna vers moi.

— J'ai un rendez-vous en ville. Est-ce que tu pourrais ramener Charlotte au bureau ?

— Je peux m'en charger, répondit Max, alors que notre grand-mère ne s'était pas adressée à lui.

— On est mardi. En général, tu ne viens pas au bureau, rétorquai-je en boutonnant ma veste. Tu n'as pas un massage ou une autre affaire urgente à régler ?

Mon frère glissa ses mains dans ses poches et se balança sur ses pieds.

— Non, je suis libre tout l'après-midi.

Nous avions déjà un détournement de fonds à gérer au travail, alors la dernière chose dont nous avions besoin, c'était d'un procès pour harcèlement sexuel.

— Il faut qu'on parle affaires, insistai-je en posant ma main au creux des reins de Charlotte. Alors on se verra au bureau.

***

Aucun de nous ne parla durant les cinq premières minutes de trajet pour rejoindre le quartier d'affaires.

Je finis par briser la glace.

— Beau travail d'avoir relevé cette incohérence dans les paiements.

Elle regarda par la vitre et soupira.

— Il n'y a rien de beau là-dedans. C'est même plutôt horrible.

— Ce n'est jamais amusant de découvrir qu'une personne en qui on a confiance nous a trahi.

— Je sais. Croyez-moi, je suis au courant. Mais c'est pour Christian que je me sens mal.

— Christian ?

— Le petit-fils de Dorothy. Il n'a que six ans. Et le cancer n'est pas seulement dans son œil. Il a passé des mois à être malade à cause du traitement contre la tumeur dans ses poumons, et voilà qu'il a des métastases dans l'œil. Il devrait être en train de jouer au base-ball avec les enfants de son âge au lieu de faire l'école à la maison et de vivre dans des hôtels avec sa mère, à tourner en rond comme un animal en cage.

Je me surpris à frotter un endroit précis sur ma poitrine, mais c'était à l'intérieur que ça faisait mal. Je jetai un petit coup d'œil à Charlotte.

— Comment savez-vous autant de choses sur sa maladie ?

— On discute, répondit-elle en haussant les épaules.

— Vous discutez ? Vous ne travaillez pour la société que depuis quoi, trois ou quatre semaines ?

— Et ? Ça ne veut pas dire que je ne peux pas me faire d'amis. Vous voyez la photo de lui en tenue de scout sur son bureau ?

Je ne voyais pas, non, mais j'éludai la question.

— Qu'a-t-elle de spécial ?

— Eh bien, j'ai dit à Dorothy à quel point il était mignon lors de mon deuxième jour, et elle a fondu en larmes avant de me raconter toute l'histoire. Nous sommes allées déjeuner ensemble quelques fois après ça.

Elle marqua une pause.

— Et maintenant, elle a des ennuis à cause de moi.

— Ce n'est pas votre faute, Charlotte. Elle s'est mise toute seule dans ce pétrin. Je comprends que vous vous sentiez mal, mais vous avez fait ce qu'il fallait.

Charlotte regarda à l'extérieur et le silence se fit. Elle était très sensible aux sentiments de chacun, ce qui était admirable, mais aussi préjudiciable lorsqu'il s'agissait des affaires. Toutefois, lorsqu'il était question du cancer d'un enfant, tout était différent. Cette situation était horrible.

— Qu'allez-vous faire concernant Dorothy ? finit-elle par demander.

Je posai brièvement les yeux sur elle, avant de revenir à la route.

— Que feriez-vous si vous étiez à ma place ?

Elle prit quelques secondes pour réfléchir à sa réponse.

— Je ne la renverrais pas. Elle a vraiment besoin de cet emploi. Ce qu'elle a fait était vraiment mal, mais sans autre choix possible, je ne peux pas dire que je n'aurais pas fait la même chose. Les gens ne sont pas parfaits, et parfois, on doit pouvoir trouver un équilibre entre la seule mauvaise chose qu'ils ont faite, et toutes les bonnes choses qu'ils avaient faites avant. Dorothy travaille pour vous depuis longtemps et elle aidait sa fille et son petit-fils.

Je hochai la tête. Nous restâmes silencieux pendant un long moment après ça.

Ce fut Charlotte qui finit par nous sortir de nos profondes réflexions.

— Au passage, j'ai apprécié les traductions en français, déclara-t-elle en se tournant vers moi. Je ne vous ai jamais remercié. En revanche, heureusement que Google existe, sinon j'aurais pu accidentellement commander des culottes de grand-mère pour mon prochain voyage imaginaire à Paris.

Elle leva les yeux au ciel.

— Je vois que vous avez vu mon œuvre, observai-je en riant. Et, *de rien**. Avec plaisir.

— Alors, pourquoi avez-vous arrêté la leçon de français au moment où j'ai programmé un blind date ?

— Comment ça ? répliquai-je, en tentant de contourner la question.

— Vous avez cessé de traduire mon planning juste à cet endroit. C'était l'avant-dernier point, il me semble, et vous avez décidé de vous arrêter à ce moment-là. C'était bizarre. « Blind date » n'a pas d'équivalent français ?

Merde. Comment allais-je expliquer ça ?

Eh bien, Charlotte, j'ai arrêté de traduire parce que vous imaginer sortir avec un inconnu me donne des envies de violence.

— Ça ne m'amusait plus, alors je n'ai pas continué.

Je serrai la mâchoire et jetai un rapide coup d'œil dans sa direction.

— D'ailleurs, pourquoi aller à un blind date ? De nos jours, beaucoup de moyens existent pour rencontrer des gens. Quelqu'un comme vous n'a pas besoin d'avoir recours à ça.

— D'accord... Comment ça, quelqu'un comme moi ?

Évidemment, elle voulait que je le dise à voix haute.

— Une femme... séduisante et extravertie n'a pas besoin d'aller à un blind date. C'est trop risqué, surtout dans cette ville. Vous devriez vraiment vous renseigner avant de rencontrer quelqu'un.

— Comme vous ? C'est ce que vous faites ? Vous vérifiez les antécédents des femmes avec lesquelles vous sortez ? Comme vous l'avez fait avec moi avant la visite du penthouse de la Millennium Tower ?

— Non. Même si ça ne me poserait aucun problème. Et puis pour commencer, je n'accepterais pas de blind date.

— D'ailleurs, je ne vous ai jamais posé la question. Si vous saviez que j'avais menti dans le formulaire ce jour-là, pourquoi avez-vous accepté de me faire visiter le penthouse ?

— Parce que je voulais vous donner une bonne leçon et vous humilier pour m'avoir fait perdre mon temps.

— Ça vous exalte d'humilier les gens ?

— S'ils le méritent ? Oui.

Je pouvais sentir le poids de son regard sur moi. J'eus soudain l'impression que ma cravate m'étranglait. Je la desserrai un peu.

— Quoi ? lançai-je sèchement.

— Avez-vous fréquenté quelqu'un depuis Allison ?

Super. J'étais coincé dans cette voiture et je ne pourrais pas échapper à cette question. Je n'avais aucune envie de parler de ma vie amoureuse avec Charlotte.

— Ça ne vous regarde pas.

La vérité, c'était qu'il y avait eu quelques rendez-vous galants sans intérêt, mais rien de plus.

— Eh bien, vous semblez penser avoir le droit de vous mêler de mes affaires, alors peut-être que vous devriez réfléchir avant de me donner des conseils pour faire des rencontres.

Elle poussa un long soupir.

— De toute façon, « blind date » était juste un code.

— Un code pour quoi ?

— Je ne voulais pas que les gens sachent que j'ai un rencard avec Max. Et avant que vous disiez quoi que ce soit... Je sais de source sûre que la société n'a aucune politique concernant les relations entre collègues.

Quoi ?

Une poussée d'adrénaline se répandit dans mes veines. La voiture s'arrêta brusquement lorsque mon pied écrasa la pédale de frein au beau milieu de la circulation de Manhattan, un couple de piétons manquant de se faire écraser au passage.

— Quoi ? lâchai-je, même si je l'avais très bien entendue.

Les klaxons retentirent derrière moi, mais je les remarquai à peine.

— Max et moi sortons ensemble demain soir, répéta-t-elle. Et vous feriez mieux de faire avancer cette voiture avant qu'on soit impliqués dans un autre accrochage.

Elle avait raison. Il fallait que je me déplace.

Je me garai illégalement devant un Dean & Deluca et allumai mes feux de détresse.

Le silence régna pendant quelques minutes, avant que je me tourne vers elle et que je la regarde droit dans les yeux.

— Vous ne sortirez pas avec Max, Charlotte.

— Pourquoi donc ? Il est...

— Charlotte...

J'avais prononcé son nom sur un ton d'avertissement. J'avais l'impression que mes oreilles étaient en feu.

— Oui ? répondit-elle en souriant.

Ma colère semblait l'amuser.

C'était comme si une bête pleine de jalousie et ne pouvant plus être domptée avait pris possession de mon corps.

— Vous. Ne. Sortirez. Pas. Avec. Max.

Sans vraiment pouvoir justifier mes actes, j'attendis sa réaction. Je ne pouvais pas lui donner la raison pour laquelle je lui interdisais de sortir avec mon frère, parce que je ne comprenais pas vraiment moi-même la rage que je ressentais. Tout ce que je savais, c'était que je ne supportais pas l'idée que Charlotte et Max puissent être en couple.

Je m'attendais à une grosse dispute, à ce qu'elle insiste sur le fait que je n'avais aucun droit de lui dire avec qui elle pouvait sortir ou non, mais sa réponse me surprit.

— Vous savez quoi ? J'annulerai mon rencard avec Max à une condition.

Mon pouls commença à ralentir.

— Laquelle ?

Peu importe ce que c'est, je le ferai.

— Les dernières auditions du Brooklyn Tabernacle ont également lieu demain soir. J'annulerai avec Max si vous y allez.

Bon sang, elle se fiche de moi. Voilà que Blondie se transforme en escroc.

— Vous me soudoyez ?

— La corruption semble plus logique que le comportement injustifié de mâle dominant dont vous faites preuve à mon égard sans aucune explication, vous ne pensez pas ?

Il était hors de question que je reste les bras croisés pendant qu'elle sortait avec mon frère, alors je lui donnai la seule réponse possible.

— D'accord.

— D'accord, vous approuvez mes propos sur la corruption ? Ou d'accord, vous acceptez d'aller aux auditions ?

— D'accord, j'accepte d'aller à Brooklyn. Mais j'y vais seul, compris ?

Charlotte sembla bien trop contente.

— Oui.

— Bien.

Je passai une vitesse, puis m'insérai dans la circulation pour reprendre la route vers le bureau. Un sourire satisfait étira lentement ses lèvres, alors qu'elle reposait sa nuque sur l'appuie-tête et fermait les yeux.

Comment ce trajet était-il passé d'une discussion à propos du petit-fils de Dorothy, à accepter subitement d'aller aux auditions de la chorale ? Ça me dépassait. Cependant, c'était totalement digne de Charlotte. Totalement agaçante, insistante, parfois brillante, mais toujours... magnifique. *Tellement* magnifique. Une Charlotte magnifique, mais qui n'approcherait pas mon frère.

Je pouvais l'empêcher de sortir avec Max – du moins pour l'instant –, mais je n'avais aucun droit de lui dicter sa vie. Il fallait que j'arrête de vouloir le faire. Il me fallait une distraction, et vite.

En arrivant à destination, Charlotte retourna à son bureau en quatrième vitesse. Quant à moi, je me rendis directement au bout du couloir pour parler à Iris de quelque chose qui me trottait dans la tête depuis la fin du déjeuner.

Elle venait juste de mettre fin à un appel lorsqu'elle leva les yeux vers moi.

— Grand-mère. Parfait, tu es là. Je pensais que tu serais peut-être encore en rendez-vous.

Elle se leva et fit le tour de son bureau.

— Je n'avais pas de rendez-vous.

Avait-elle oublié qu'elle avait donné cette excuse pour expliquer ne pas pouvoir raccompagner Charlotte au travail ? Ce fut à cet instant que je pris conscience qu'elle avait dû inventer ça pour me pousser à le faire moi-même. Je n'avais pas envie d'aborder ce sujet avec elle, alors je laissai tomber.

— Vous venez juste d'arriver ? demanda-t-elle. Je pensais que vous seriez là avant moi. Qu'est-ce qui vous a pris si longtemps ?

— On vient d'arriver, oui. Charlotte et moi avons eu un petit souci.

— Je vois, indiqua-t-elle en souriant. Il semblerait que ça vous arrive souvent à tous les deux.

C'était vrai.

Je m'assis et fus ravi de changer de sujet.

— Écoute, il faut qu'on parle de Dorothy.

— Oui. J'ai passé ma journée à penser à elle.

— Il faut qu'on la mette face à ses actes. Elle ne peut pas s'en sortir aussi simplement.

— Je sais, Reed, mais...

— Laisse-moi terminer.

— Très bien.

Elle semblait inquiète à propos de ce que j'allais dire ensuite.

— Même si je pense qu'elle doit savoir qu'on a découvert ce qu'elle faisait... je ne pense pas qu'on devrait la renvoyer. Elle traverse bien trop de choses en ce moment, et elle a été une employée loyale avant cette affaire. Je peux comprendre comment quelqu'un dans sa situation peut agir de façon désespérée. Les gens font des choses étranges quand leurs proches sont en danger. Elle nous a volé de l'argent, mais je pense qu'elle ne voulait faire de mal à personne. Pour elle, c'était une question de vie ou de mort.

Ma grand-mère parut soulagée.

— Je suis d'accord avec toi, et je suis heureuse et fière que tu le voies de cette manière.

Dès le moment où j'avais compris ce qu'il se passait, j'avais su ce que je voulais faire. Iris était une personne charitable et m'avait toujours donné un bon exemple à cet égard. C'était agréable de pouvoir à la fois aider cette famille, mais également de rendre fière ma grand-mère.

— J'aimerais payer moi-même le reste du traitement de son petit-fils.

Elle sembla étonnée.

— Tu en es certain ? Ça peut représenter beaucoup d'argent.

— Oui, j'en suis sûr. Je ne peux même pas imaginer avoir un enfant ou un petit-enfant sur le point de mourir et ne pas avoir assez d'argent pour aider à le sauver. Enfin, y a-t-il quelque chose que tu ne ferais pas si ton petit-fils était malade ?

Ma grand-mère marqua une pause en me regardant droit dans les yeux.

— Non. Je ferais tout pour lui.

CHAPITRE 17

CHARLOTTE

ESSOUFFLÉE ET EXTÉNUÉE en arrivant à mon bureau, je composai le numéro de Max aussi vite que possible.

Il répondit à la seconde sonnerie.

— Bonjour, toi. Que me vaut ce...

— Max ! l'interrompis-je. J'ai besoin d'un service. Tu n'as pas parlé à Reed depuis le déjeuner, n'est-ce pas ?

— Non. Finalement, je ne suis pas retourné au bureau. Je suis rentré chez moi. Que se passe-t-il ?

Je posai une main sur ma poitrine et poussai un soupir de soulagement.

— J'ai menti à ton frère. Je lui ai dit que je sortais avec toi demain soir.

Son rire résonna au bout du fil.

— Euh... d'accord. Que je comprenne bien. J'essaie de te convaincre de sortir avec moi depuis le premier jour. Tu refuses à chaque fois, mais tu dis aux autres qu'on sort ensemble ?

— Eh bien... oui. Mais seulement à Reed.

— Tu es un sacré numéro, Charlotte. Que... Tu essayais d'obtenir une réaction de sa part ? Vous avez une dynamique super étrange tous les deux.

— J'essayais en quelque sorte de lui donner une bonne leçon. C'est compliqué. Bref, il m'a interdit de sortir avec toi.

— Quel enfoiré ! s'exclama-t-il en riant.

— S'il t'en parle, est-ce que tu veux bien jouer le jeu pendant quelque temps ? Je finirai sûrement par lui avouer la vérité à un moment donné.

— Je suis partant dès que j'ai l'occasion d'énerver mon frère et de le pousser à se ressaisir. Est-ce que je peux lui dire que c'est toi qui m'as couru après s'il aborde le sujet ?

— Je préfèrerais que tu évites.

Il se mit à rire dans mon oreille.

— D'accord.

— J'ai conclu un pacte avec Reed. Je ne peux pas en parler, mais ma part du marché consistait à annuler notre rencard. Alors, voilà, c'est fait.

— Tu annules un rendez-vous qui n'a jamais existé. J'ai compris.

— Oui. Et au fait, merci. Je te suis redevable.

— Et si on dînait ensemble la semaine prochaine ?

— Tu es tenace.

— Tu ne peux pas m'en vouloir d'essayer.

Après avoir raccroché, je m'assis à mon bureau et réfléchis aux frères Eastwood. Max était un playboy insouciant, mais c'était un type bien et je savais qu'il tenait beaucoup à Reed. Max était définitivement le frère le plus fou, et certains trouveraient même qu'il était le plus mignon des deux, tout dépendait des goûts de chacun. Il était aussi assurément le plus sauvage. Mais selon moi, le troublant et intense Reed était bien plus sexy. En fait, je ne l'avais jamais trouvé plus sexy qu'aujourd'hui, dans sa voiture, quand il s'était tourné vers moi et m'avait ordonné de ne pas m'approcher de Max. Todd ne m'avait jamais offert ce genre d'attention résolue, et c'était plaisant d'en être la destinataire. Bien que certaines femmes m'auraient conseillé de lui en coller une à ce moment précis, je n'avais pas pu m'empêcher d'être excitée par l'instinct protecteur de Reed. Le soleil se reflétant dans ses yeux magnifiques couleur café lorsqu'il m'avait donné cet ordre n'avait pas fait de mal non plus, tout comme l'odeur de son parfum Ralph Lauren qui emplissait l'habitacle.

Mon corps le suppliait d'utiliser cette intensité sur moi d'une autre manière, mais Reed avait clairement érigé une barrière invisible entre nous.

****

Le lendemain matin, j'entrai dans mon bureau et me retrouvai face à un mot bleu.

Bureau de Reed Eastwood

Charlotte,
Félicitations pour avoir créé un précédent.
Lisez la nouvelle règle concernant les relations entre membres du personnel des

Eastwood/Locklear dans le manuel des employés sur le serveur. De plus, vous devriez réfléchir longuement avant de corrompre de nouveau votre supérieur. C'est aussi un motif de licenciement.

P.S. Vous êtes en retard. Je me suis fait mon propre café, ce qui signifie qu'il n'est pas noyé dans le lait, pour une fois. Essayez d'être à l'heure à partir de maintenant.

Bien à vous,

Reed

Furieuse, je décidai de ne pas lui accorder la moindre réaction et pris sur moi presque toute la matinée, en profitant pour venir à bout de ma liste de choses à faire.

Après m'être calmée en début d'après-midi, je m'aventurai dans son bureau pour tâter le terrain et l'encourager, puisque les auditions au Tabernacle avaient lieu ce soir.

À ma grande surprise, une femme superbe aux cheveux auburn était avec lui. Pas en face de lui comme la plupart des visiteurs, mais juste à côté de lui. Elle ne travaillait pas ici, donc ça devait être une cliente. Elle se penchait vers lui et riait à tout ce qu'il disait.

Avec ces talons hors de prix à la semelle rouge et ce collier de perles autour de son cou, il était évident qu'elle était riche. Elle avait collé son corps à lui, alors qu'il lui montrait des propriétés sur son ordinateur.

Le souvenir de mon entrée dans le bureau de Todd alors qu'il était dans cette position compromettante me revint à l'esprit. C'était un sentiment horrible d'être prise de court et de découvrir que son couple n'était qu'une illusion. Cette expérience serait un éternel rappel que les choses peuvent changer en un instant. Le fait que je ressentais ce sentiment familier d'angoisse en disait beaucoup sur ce que j'éprouvais pour Reed. Nous n'étions même pas ensemble, pourtant, j'avais comme l'impression d'avoir été trahie.

Je me sentis soudain mal en toquant, manifestant ma présence pour la première fois.

— Bonjour. Je passais juste pour voir s'il n'y avait pas de changement pour votre rendez-vous de ce soir, et si vous aviez besoin de quoi que ce soit.

Reed leva les yeux.

— Non, aucun changement. Et non, je n'ai besoin de rien.

Il reporta ensuite son attention sur la femme et m'ignora.

— Très bien, alors, répondis-je en parlant pratiquement à un mur.

J'avançai de quelques pas et me présentai à l'invitée de mon supérieur.

— Je suis Charlotte, l'assistante de Reed. Et vous êtes ?

— Eve Lennon, une cliente privée de monsieur Eastwood. Il va me faire visiter plusieurs biens aujourd'hui.

Reed finit par s'adresser à moi.

— Charlotte, tant que je vous ai sous la main, pouvez-vous appeler Le Coucou et leur faire savoir que j'arriverai d'ici quinze minutes ? Réservez une table pour deux. Nous allons d'abord déjeuner, ajouta-t-il en se tournant vers elle.

— Bien sûr, acceptai-je en me forçant à sourire.

Après m'être attardée sur le seuil quelques instants, Reed retira brusquement ses lunettes et posa les yeux sur moi.

— Vous pouvez y aller, m'ordonna-t-il d'un ton grossier.

Il plaisantait ?

Il me donnait l'autorisation de partir ? Comme c'était gentil de sa part !

Après être retournée à contrecœur dans mon bureau pour faire la réservation, je me rendis dans la cuisine à la recherche de ma dose de café indispensable pour guérir mon affreux mal de tête. Encore ébranlée par la façon dont Reed m'avait parlé, je ne cessais de faire tomber ce que je prenais. D'abord le paquet de sucre ouvert, puis le mélangeur.

Iris était là et avait dû remarquer mes maladresses.

— Charlotte, est-ce que tout va bien ? Vous semblez épuisée.

— Qui est Eve Lennon ? demandai-je en remuant mon café.

— La famille Lennon fait partie de nos clients depuis des années, pourquoi ?

— Eve est avec Reed dans son bureau et j'ai eu l'impression qu'il se passait peut-être quelque chose entre eux. Elle était collée à lui. Enfin bref, ça ne me regarde pas.

Iris afficha un air compréhensif.

— Si, ça vous regarde... parce que vous devez travailler avec lui tous les jours, et vous travaillez avec toutes les facettes de nos vies. Ce qui concerne Reed vous regarde vraiment, Charlotte.

Elle marqua une pause.

— Vous avez des sentiments pour lui, n'est-ce pas ? s'enquit-elle.

— Pas de cette manière...

J'hésitai, puis poussai un soupir en prenant conscience que je n'avais pas besoin de faire semblant avec elle.

— Je ne sais pas. Les choses sont étranges entre nous... Tout le temps. Il peut être gentil avec moi, et immonde l'instant d'après. Je ne le comprends pas vraiment. Vous savez ce qu'il m'a dit quand je suis allée à son bureau pendant qu'elle était là ?

— Quoi donc ?

— *Vous pouvez y aller,* répondis-je en prenant une voix grave, pour imiter Reed du mieux possible. Comme ça. *Vous pouvez y aller.* Il peut être tellement condescendant.

Iris sembla contrariée de me voir si incommodée par son comportement. Elle me fit signe de me joindre à elle à l'une des tables.

— Avec mon petit-fils... c'est une bataille constante entre celui qu'il est vraiment et celui qu'il pense devoir être, mais aussi entre ce qu'il désire vraiment et ce qu'il pense mériter, avoua-t-elle en se penchant vers moi. Il a parfois ses raisons d'agir comme il le fait. Mais ce que je peux vous dire, c'est qu'Eve Lennon ne vous arrive pas à la cheville. Et si Reed vous repousse et laisse cette femme l'approcher, c'est qu'il l'utilise comme bouclier humain pour se protéger d'une chose à laquelle il ne peut résister.

CHAPITRE 18

REED

J'AVAIS ÉTÉ SACRÉMENT dur avec Charlotte et ça me rongeait.

Elle avait quitté mon bureau la queue entre les jambes, alors qu'en temps normal, elle ripostait au moins une fois. Mais pas cette fois.

C'était déjà assez pénible qu'Eve ait été en train de me coller quand Charlotte était arrivée. Même s'il ne se passait rien entre Charlotte et moi, j'avais bien vu que me surprendre avec cette femme l'avait mise mal à l'aise. Cependant, je m'étais porté volontaire pour faire visiter trois propriétés à Eve pour cette même raison, n'est-ce pas ? Pour prouver à Charlotte que je ne m'intéressais pas à elle et pour essayer de donner à mon sexe un autre objectif. Après ma crise de panique à propos de son rencard avec mon frère, je m'étais dit qu'une diversion était nécessaire. Cette diversion en question était en train d'essayer de frotter son pied contre ma jambe sous la table du restaurant Le Coucou.

J'aurais *aimé* désirer Eve, parce qu'elle était exactement le genre de femme dont j'avais besoin dans ma vie : quelqu'un qui n'attendait rien d'autre de moi que du sexe et des cadeaux hors de prix, qui ne voulait pas se glisser dans mon cœur et mes pensées, et qui ne souhaitait rien à long terme.

Eve avait déjà divorcé deux fois et n'avait aucune envie de se marier ni d'avoir des enfants. *Parfait.* Toutefois, assis en face d'elle lors de ce déjeuner, j'étais plus que préoccupé.

— Alors, quel bien allons-nous visiter en premier ? demanda-t-elle.

Mes yeux croisèrent les siens, mais je n'avais pas entendu ce qu'elle avait dit.

— Pardon ?

— Où allons-nous en premier ? répéta-t-elle.

— Ah, oui. Je pensais au loft de Tribeca, puisque c'est le plus près d'ici.

— Super, répondit-elle en me faisant un grand sourire.

Lorsqu'elle se leva pour aller aux toilettes, je décidai de vérifier mon téléphone. Par habitude, je cliquai sur Instagram et affichai le profil de Charlotte. Il n'y avait rien de neuf aujourd'hui, alors je fis défiler ses photos de ces dernières semaines sans réfléchir, et tombai sur un cliché datant d'une semaine, sur lequel apparaissait sa télévision, ainsi que ses pieds posés sur une table basse. Elle portait des pantoufles avec de la fourrure. La légende disait : « Mercredi, vingt-et-une heures. Vous savez ce que ça veut dire ! Blind date. *Meilleure émission de télévision.* »

Les pièces commencèrent à s'assembler dans ma tête. Le fameux « blind date » de ce mercredi à vingt-et-une heures dans son agenda. Le fait que Max n'avait pas débarqué dans mon bureau à la première occasion pour me dire qu'il avait décroché un rencard avec Charlotte. J'avais pensé que ça ne lui ressemblait pas, et j'avais été trop en colère pour aborder le sujet avec lui et tâter le terrain.

Elle avait menti.

Elle avait complètement inventé le rencard avec Max pour me faire accepter d'aller aux auditions ce soir. Je ne savais pas ce qu'il y avait de pire entre le fait qu'elle m'avait dupé pour que j'y aille, ou le fait qu'elle avait su quel genre de réaction une menace de rendez-vous avec Max allait provoquer en moi.

Le reste de l'après-midi passa rapidement. Je fis visiter trois appartements à Eve, alors que tout ce sur quoi j'arrivais à me concentrer était d'affronter Charlotte.

Après avoir déposé ma cliente du jour chez elle, je galérai dans la circulation en pleine heure de pointe pour espérer croiser mon assistante, si elle était encore au travail.

Son bureau était sombre. La seule lumière venait d'une petite lampe de bureau. Presque tout le monde avait fini sa journée, mais Charlotte était installée devant son ordinateur, en ayant l'air de surfer sur Internet plutôt que de travailler.

Elle sursauta un peu en me voyant me tenir sur le seuil.

— Vous ne devriez pas être en route pour Brooklyn ?

Les auditions commencent à dix-neuf heures. Vous devez y aller.

— Non, rétorquai-je, alors que la porte se refermait derrière moi. Je n'irai pas à Brooklyn.

Elle se leva de sa chaise et croisa les bras.

— Je pensais qu'on avait un accord.

— À quel jeu jouez-vous avec moi, Charlotte ?

— Comment ça ?

— Vous m'avez menti... Pourquoi ? Pour me voir devenir fou ? Vous saviez quelle réaction vous alliez obtenir. C'est comme ça que vous prenez votre pied ?

La culpabilité se lisait sur son visage.

— Comment avez-vous découvert que j'ai menti ? Est-ce que Max vous en a parlé ?

— Il est dans le coup aussi ? Génial.

— Non... Je lui ai juste demandé de... euh...

Elle perdit le fil de ses pensées.

Je sortis mon téléphone de ma poche, ouvris son post Instagram, et le lui mis devant les yeux.

— J'ai deviné. « Blind date à vingt-et-une heures. » Et puis, Max n'aurait jamais gardé ça pour lui. Il aurait sauté sur la première occasion de me le balancer au visage. Tout s'explique, à présent.

— C'est juste que je ne voulais pas que vous manquiez l'opportunité de passer les auditions, voilà tout.

Je pouvais lire sur son visage qu'elle regrettait. Je ne voulais pas qu'elle se sente mal. Je voulais juste la mettre face à son mensonge. Mais bon sang, son expression me donnait envie de tout oublier et... de l'embrasser.

J'avais envie de l'embrasser.

Je voulais goûter ses lèvres et faire disparaître cet air dépité sur son visage. Pourtant, je savais que s'il y avait bien des lèvres qui m'étaient interdites sur cette planète, c'étaient celles de Charlotte Darling. Elle n'était pas qu'un joli visage et un corps à tomber. Elle était une femme qui voulait se glisser dans mon âme, et ça n'arriverait jamais.

J'aurais dû simplement partir. Au lieu de ça, je me laissai emporter par ce moment. La vue sur les gratte-ciels derrière elle était peut-être la plus spectaculaire, mais rien ne l'était plus que la poitrine de Charlotte qui se soulevait, la sueur qui perlait sur front, la réaction qu'elle avait face à moi. Son attirance pour moi était palpable.

Trente centimètres nous séparaient, et son foutu parfum était tout ce que je pouvais sentir.

Le silence s'étira entre nous.

— Qu'êtes-vous en train de me faire ? soufflai-je, les mots m'échappant comme un hoquet sur lequel je n'avais aucun contrôle.

— Qu'êtes-vous en train de *me* faire ? murmura-t-elle.

Je baissai les yeux un instant, et ce fut à ce moment-là que je remarquai le sac aux rayures roses Victoria's Secret posé par terre, à côté de son bureau.

— Qu'est-ce que c'est ? demandai-je d'un ton brusque.

— Iris m'a fait faire une pause en pleine journée pour me vider la tête. C'était le dernier jour des soldes, alors je suis allée faire du shopping.

— Pourquoi aviez-vous besoin de vous vider la tête ?

— Parce que vous m'aviez énervée.

Bon sang, elle était sexy quand elle sortait les crocs. Je me demandais ce qu'elle pouvait faire d'autre avec ses dents.

Putain. Stop.

Pourtant, je m'approchai davantage.

— Montrez-moi ce que vous avez acheté sur votre temps de travail.

Charlotte déglutit, puis s'approcha du sac. Elle se pencha pour en sortir le contenu, et retira un autocollant sur le papier de soie. Elle revint devant moi, puis l'ouvrit pour me montrer plusieurs ensembles de lingerie en dentelle, dans un arc-en-ciel de couleurs.

Un string en dentelle noire avec une petite rose en soie cousue sur l'élastique attira mon regard.

Je le pris sur la pile et le tins dans ma main, savourant la sensation de la dentelle douce, et imaginant cette couleur noire sur la peau couleur crème de Charlotte. Je passai mes doigts sur le sous-vêtement, et visualisai aussi à quoi il ressemblerait entre ses fesses parfaitement rondes. Je serrai les doigts autour du string pour l'envelopper, et l'agrippai aussi fort que j'avais envie de l'avaler elle tout entière.

Charlotte m'observait dans une sorte de transe.

Et je compris que j'étais allé trop loin. J'étais son patron, et je venais juste d'exiger de voir ses sous-vêtements. J'étais en train de caresser le tissu. Et si elle baissait les yeux, elle pourrait même voir mon érection. J'avais officiellement perdu la tête à cause d'elle.

La voix de la raison me mit en garde dans mon esprit. *Pars !*

Je choisis de l'écouter.

— Bonne soirée, lançai-je en lui rendant ses dessous et en quittant rapidement son bureau.

Je pris l'ascenseur pour descendre et envisageai sérieusement de me rendre dans un bar pour me saouler, même si je ne buvais quasiment plus.

Au lieu de ça, je roulai pendant un moment, et finis je ne sais comment par atterrir sur le Brooklyn Bridge.

***

Les auditions étaient déjà à moitié terminées lorsque je me glissai à l'intérieur de l'église. Tout comme la dernière fois, je m'installai seul au dernier rang et regardai autour de moi. Ces dernières années, j'avais beaucoup travaillé dans cette partie de Brooklyn, alors je connaissais bien ce coin. J'étais adolescent quand l'église s'était installée dans ce bâtiment, l'ancien Loew's Metropolitan Theatre. Je devais avoir treize ou quatorze ans quand ils avaient commencé la grande rénovation de cet endroit. Iris et moi étions passés une fois devant, à cette époque. Elle s'était arrêtée pour me parler de cet édifice. Mes grands-parents y étaient venus lors de leur premier rendez-vous, alors que c'était encore un théâtre. Vu la manière dont elle avait raconté cette histoire, et à quel point elle avait été impressionnée qu'il l'emmène dans un théâtre qui comptait trois-mille-six-cents sièges − ce qui était alors un record national −, on aurait pu croire que mon grand-père l'avait construit lui-même. Je souris en me rappelant ce moment.

Je levai les yeux, et je pus voir pourquoi elle avait été si impressionnée. Des motifs complexes avaient été restaurés à la main sur les différents plafonds, et une mezzanine planait à plusieurs étages au-dessus de l'orchestre. J'étais émerveillé par l'architecture et la grandeur de ce lieu, chose que je n'avais pas pris le temps de faire depuis longtemps. Jusqu'à ce que mon attention se dirige sur le devant de la scène. Une femme possédant une voix puissante et incroyable était en train de chanter. *Bon sang.* Elle pouvait tenir tête à Aretha Franklin. J'en vins à me demander si je n'étais pas fou d'avoir ne serait-ce qu'envisagé de participer aux auditions. J'étais loin d'être aussi doué que ces gens. Pourtant, j'étais assis là, content de pouvoir au moins observer le spectacle.

Pendant une pause de quinze minutes, je triais mes e-mails professionnels sur mon téléphone quand une voix familière m'interrompit.

— Vous aurez besoin de ça.

Je levai les yeux et vis Terrence, le bénévole âgé que j'avais rencontré la dernière fois, en train de me tendre des papiers.

— Qu'est-ce que c'est ? demandai-je en les lui prenant.

— Un formulaire pour devenir membre de l'église. Poussez-vous, lança-t-il en désignant d'un signe de tête le banc sur lequel j'étais assis. J'ai passé la journée ici et mes vieux os ont besoin d'une pause.

Je me décalai pour lui faire de la place, mais lui rendis les papiers.

— Merci, mais je ne compte pas devenir membre.

Il ne fit aucun geste pour les récupérer.

— Il faut être membre pour pouvoir passer les auditions pour la chorale. Vous devrez suivre un cours pour votre adhésion et vous faire baptiser par immersion, mais ils vous laisseront tenter votre chance si le formulaire est en cours de traitement. Remplissez ces papiers, je vous les tamponne, et vous pourrez y aller.

— Je ne passe pas les auditions.

Terrence plissa les yeux.

— Vous ne passez pas les auditions, vous ne rejoignez pas l'église, pourtant c'est la seconde fois que vous venez ici en une semaine. Pourquoi êtes-vous là, alors ?

Je secouai la tête et ris de moi-même.

— Je n'en ai aucune idée. Attendez, en fait, ce n'est pas vrai. Je suis là parce que Boucles d'or m'a complètement retourné la tête.

— *Ah.*

Un air de compréhension traversa le visage de Terrence.

— Une femme, observa-t-il. Et une femme qui vous pousse à vous remettre en question, qui plus est.

Je ricanai.

— Elle me fait me poser des questions, c'est certain. Je me demande surtout si je n'ai pas perdu la tête.

Il sourit.

— Elle vous voit tel que vous êtes, et ça vous donne envie de devenir un homme meilleur. Ne la laissez pas tomber.

— Ce n'est pas ce que vous croyez.

Terrence posa la main sur mon épaule.

— Seriez-vous ici, assis dans cette église, si elle n'était pas là ?

Je réfléchis à sa question.

— Non, probablement pas.

— Vous a-t-elle poussé à remettre en question votre façon de traiter les autres ?

Dorothy me vint aussitôt à l'esprit. Peut-être que quelques mois plus tôt, j'aurais été capable de la virer.

— Elle a une façon bien à elle de voir les choses, ce qui semble avoir causé des erreurs de jugement de ma part à plus d'une occasion. Mais c'est une employée, peut-être une amie, au sens large du terme. Rien de plus.

Terrence se gratta le menton.

— Et si je vous disais que Boucles d'or avait un rencard ce soir avec un jeune célibataire séduisant ?

Je contractai la mâchoire, et les yeux de mon voisin se posèrent pile à cet endroit. Il se mit à rire.

— C'est bien ce que je pensais. Vous résistez encore. Je parie que vous changerez d'avis, et je pense que ce n'est pas non plus la dernière fois que je vous verrai sur ce banc.

Il se leva et tendit la main.

— En attendant, gardez le formulaire et suivez les conseils d'un vieil homme qui a tiré des leçons de bien plus d'erreurs que vous n'imaginez. Le conseil avisé d'un homme peut faire le bonheur d'un autre.

CHAPITRE 19

CHARLOTTE

— **BUREAU DE REED** Eastwood. Comment puis-je vous aider ?

Je répondis au téléphone via mon casque, puis fis un autre grand pas pour réaliser une fente, en attendant que l'interlocuteur réponde. C'était l'heure de ma pause déjeuner, mais personne n'était là pour répondre, alors j'avais mangé la salade que j'avais apportée au travail, avant de me mettre à faire des fentes et des squats dans mon bureau. Si le Président des États-Unis pouvait trouver le temps de faire de l'exercice, eh bien zut, moi aussi je le pouvais.

— Est-ce qu'il est là ? lança sèchement la personne qui appelait.

Je fronçai le nez face à l'attitude de la femme à l'autre bout du fil, et appuyai davantage sur mes orteils pour amplifier mon exercice.

— Non, monsieur Eastwood ne sera de retour

que dans l'après-midi. Est-ce que je peux prendre un message ou vous aider à fixer un rendez-vous ?

La vraie bouffée d'air frais à l'autre bout du téléphone poussa un gros soupir.

— Où est-il ?

Quelle garce. Je me redressai entre deux fentes.

— Je suis désolée. Je ne suis pas libre de divulguer cette information. Toutefois, je serais ravie de pouvoir vous aider à fixer un rendez-vous ou prendre un message.

— Dites-lui d'appeler Allison dès qu'il arrive.

Je connaissais la réponse, mais je lui posai quand même la question.

— Puis-je avoir votre nom de famille et pouvez-vous me dire de quoi il s'agit, s'il vous plaît ?

— Baker, et c'est à propos de notre lune de miel.

Eh bien, cette dernière information était troublante.

— Euh... d'accord.

Clic.

Cette garce m'avait raccroché au nez.

— Bonne journée à vous aussi, marmonnai-je.

Après ça, je branchai mon casque à mon iPhone, augmentai le volume de la musique, et repris mon sport, animée par un goût de vengeance prononcé.

La tête haute.

La poitrine bombée.

Le dos droit.

Un grand pas.

Le talon pointé vers le haut.

Et...

On tient la position. Bon sang, cette femme avait un sacré culot. Qu'est-ce qui pouvait bien la mettre autant en rogne ? Elle avait tout eu : la robe à plumes, le fiancé sublime et riche, un homme qui lui écrivait des mots romantiques. C'est *moi* qui devrais être de mauvaise humeur. Qu'est-ce que j'avais ? Sa robe de malheur que je ne pouvais pas fermer, aucun homme dans ma vie, et son fiancé romantique s'était transformé en homme qui écrivait désormais des mots hostiles sur le même papier prétentieux.

Garce.

Quelle garce.

Je faisais des fentes dans mon bureau depuis au moins une demi-heure, et mes jambes commençaient à lâcher. Décidant de jeter l'éponge, j'en fis une dernière, fermai les yeux, et tins la position jusqu'à ce que des gouttes de sueur se forment sur mon front et que mes jambes se mettent à trembler.

Après une ou deux minutes d'équilibre intense, j'eus l'étrange sensation d'être observée. Mes yeux s'ouvrirent et je découvris que j'avais vu juste. La porte de mon bureau était grand ouverte, et Reed était en train de me fixer. Surprise par mon visiteur inattendu, je perdis l'équilibre et tombai sur les fesses.

Reed fut à mes côtés presque avant que je touche le sol.

— Bon sang, Charlotte ! Est-ce que ça va ?

Je repoussai sa main tendue en la frappant et retirai brusquement mon casque.

— Non, ça ne va pas. Vous débarquez ici et vous me faites une peur bleue. Et ce n'est pas la première fois que vous me faites tomber.

Il haussa les sourcils.

— Je n'ai pas débarqué ici. *J'ai toqué.* Vous n'avez pas répondu, alors je me suis permis d'entrer pour déposer quelque chose sur votre bureau. Peut-être que si vous étiez un peu plus connectée avec le monde qui vous entoure, vous auriez remarqué ma présence plus tôt. Qu'est-ce que vous faisiez, d'ailleurs ?

— Des fentes.

— Pourquoi ?

— Pour ne pas avoir les fesses flasques, voilà pourquoi.

Reed ferma les yeux, marmonna quelque chose, puis secoua la tête.

— Je ne demandais pas *pourquoi* vous faisiez des fentes en règle générale. Je comprends le principe du sport. Je vous demandais *pourquoi* pour faisiez des fentes dans votre bureau au beau milieu de la journée.

Je me relevai et époussetai mes mains et ma jupe.

— Parce que si le Président a assez de temps pour le faire, alors moi aussi.

— Je ne comprends absolument pas ce que ça veut dire.

Je le fusillai du regard.

— Pourquoi cette interruption, patron ?

Même si j'étais agacée, je ne pus lutter. Les rimes involontaires étaient beaucoup trop drôles. J'affichai un petit sourire que je pensais avoir plutôt bien réussi à dissimuler.

Reed me regarda en plissant les yeux.

— Vous venez de vous faire rire toute seule avec une rime, pas vrai ?

— Bien *joué*. Vous avez *deviné*.

J'arborai un grand sourire en voyant à quel point je pouvais être drôle.

Il leva les yeux au ciel, mais je pus voir ses lèvres s'étirer.

— Je vous laisse les factures que j'ai besoin que vous traitiez.

Il avança jusqu'à mon bureau, avant de retourner à la porte. J'avais failli oublier le coup de fil qui avait boosté ma séance de sport.

— Euh... Vous avez eu un appel pendant votre absence. Je n'ai pas pu vous faire parvenir les détails par e-mail puisque j'étais au beau milieu de mes fentes quand je l'ai reçu.

— Ce n'est rien. Vous pouvez simplement me le dire. Qui était-ce ?

Je le regardai droit dans les yeux pour observer sa réaction.

— Allison Baker.

Il contracta la mâchoire, et un froncement de sourcils vint assombrir son joli visage.

— Merci.

Il se tourna et se dirigea de nouveau vers la porte. Toutefois, il me fut impossible de m'arrêter là.

— Elle a aussi dit que c'était à propos de votre lune de miel.

***

Plusieurs heures plus tard, je me sentais mal d'avoir traité Reed de cette manière. Je ne lui avais même pas demandé s'il était allé à son audition hier soir, et ensuite, je lui avais balancé une nouvelle à propos d'un sujet que je savais sensible, juste pour pouvoir observer sa réaction. En fait, j'avais été méchante parce que cet appel stupide d'Allison m'avait rendue jalouse.

Alors que je m'apprêtais à éteindre mon ordinateur pour la nuit, je remarquai le point vert à côté du nom de mon patron sur la messagerie interne de la société, ce qui signifiait qu'il était encore connecté, lui aussi. Sans réfléchir, je tapai un message dans le chat.

Charlotte : Bonsoir. J'étais sur le point de partir. Avez-vous besoin de quelque chose avant que j'y aille ? Du café ou autre chose ?

Une minute plus tard, une réponse apparut.

Reed : Non, merci. Ça ira.

Je me rongeai l'ongle pendant un moment, avant de taper de nouveau.

Charlotte : Vous êtes occupé ? Est-ce que je peux vous demander quelque chose ?
Reed : Je ne suis pas du tout occupé. Je suis seulement en train de faire des fentes dans mon bureau.

J'écarquillai les yeux.

Charlotte : Vraiment ??

Reed : Bien sûr que non, Charlotte. Vous me prenez pour un cinglé, ou quoi ?

Je me mis à rire en lisant sa réponse.

Charlotte : Donc… À propos de cette question…

Reed : Crachez le morceau, Darling.

Évidemment, mon nom de famille était Darling, et les gens m'avaient souvent appelée comme ça quand j'étais petite. Cependant, lorsque je lus cette dernière phrase, je la pris comme si Reed m'avait appelée « darling », comme dans chérie, trésor, bébé, *darling*. Je me mis à sourire en aimant beaucoup cette idée, et je fermai les yeux pour essayer d'entendre la voix grave de Reed m'appeler « darling » sans la majuscule.

Quand je les ouvris de nouveau, j'avais reçu un autre message de mon patron.

Reed : J'espère que vous savez que je vous appelais Darling comme votre nom de famille… et non pas « darling » comme un terme affectueux.

Même si cette pensée le tuerait, nos esprits étaient souvent connectés. Je décidai d'utiliser ses propos contre lui.

Charlotte : Bien sûr que oui, Reed. Vous me prenez pour une cinglée, ou quoi ?

Reed : Touché.

Charlotte : Bon, à propos de ces questions...

Reed rédigea un message alors que j'étais encore en train de taper.

Reed : Alors maintenant, on parle de questions au pluriel ?

Je l'ignorai.

Charlotte : Comment s'est passée votre audition, hier soir ?

Reed : Je commençais à m'inquiéter pour vous. Ça fait presque vingt-quatre heures et vous ne me l'aviez pas encore demandé.

Charlotte : Oh... c'est mignon. Vous vous inquiétez pour moi. Alors, comment ça s'est passé ? Vous êtes qualifié pour la prochaine étape ?

Reed : J'y suis allé, mais je n'ai pas passé l'audition.

Charlotte : Quoi ? Pourquoi ?

Reed : Pour être honnête, je ne suis pas assez doué. J'en ai écouté certaines, et j'ai pris conscience qu'il faudrait que je travaille très dur pour arriver à un niveau où j'aurais une vraie chance de réussir.

J'étais déçue. Toutefois, aller sur place semblait l'avoir fait réfléchir.

Charlotte : Ce sera pour l'année prochaine. Commencez par prendre quelques cours !

Reed : Peut-être que je le ferai. Et merci, Charlotte. Même si vous m'avez cassé les pieds avec cette histoire, j'ai vraiment aimé assister aux auditions.

Charlotte : De rien. Je suis contente d'avoir fait bon usage de mes talents de fille pénible et d'avoir été utile.

Reed : Il est tard. Pourquoi vous ne rentrez pas chez vous ?

Je ne pensais pas qu'il me demandait ça pour avoir une vraie réponse, pourtant, je répondis à voix haute à mon ordinateur.

— Parce que rien ne m'attend chez moi.

Charlotte : Est-ce que je peux vous poser une dernière question ?

Reed : Bien sûr. J'adore les questions personnelles à dix-neuf heures qui m'interrompent en plein travail.

Charlotte : Je suppose que c'était ironique, mais je me lance quand même. Où aviez-vous prévu de partir en lune de miel ?

Il ne répondit pas. Après quelques minutes, le point vert devint rouge, indiquant ainsi qu'il s'était déconnecté de la messagerie de la société. Manifestement, j'avais encore franchi nos limites invisibles, alors je finis d'éteindre mon ordinateur et rangeai mes affaires. Je fus surprise lorsque Reed apparut à ma porte, même si cette fois, je ne me retrouvai pas sur les fesses.

Sa veste était posée sur son bras, et son sac en cuir reposait sur son épaule.

— Hawaï, confia-t-il. On devait partir en lune de miel à Hawaï.

J'avais dû faire la grimace sans m'en rendre compte.

Il haussa un sourcil.

— Vous n'approuvez pas ?

— Je suis sûre que c'est magnifique. C'est juste que... Je pensais que vous auriez choisi quelque chose d'un peu plus unique. Hawaï ne vous correspond pas vraiment.

Reed gratta la fine barbe sur son menton.

— Qu'est-ce qui me conviendrait ?

Je réfléchis sérieusement avant de répondre.

— L'Afrique. Peut-être un safari.

Il sourit.

— En fait, c'est à cet endroit que je voulais passer notre lune de miel.

— J'en déduis qu'Allison n'était pas d'accord.

— Non. Les vacances idéales d'Allison consistent en un spa cinq étoiles avec massages quotidiens, et à bronzer sur la plage tout en buvant des cocktails fruités dans une noix de coco, avec des petites ombrelles dessus.

— Alors vous avez accepté de faire ce qu'elle voulait ?

— J'ai fait des compromis. Son choix initial était pire. Au moins, à Hawaï, je pouvais faire de l'escalade pendant qu'elle bronzait sur la plage.

— Vous faites de l'escalade ?

— J'en faisais, oui.

— Pourquoi avez-vous arrêté ?

Reed secoua la tête.

— Bonne soirée, Charlotte.

***

J'adorais travailler avec Iris. Non seulement je découvrais de nouvelles facettes de la société chaque fois qu'elle m'impliquait dans un nouveau projet, mais je ressentais un vrai lien entre femmes avec elle. Quand elle me demandait comment ça allait, je savais qu'elle voulait vraiment entendre la réponse, contrairement à la plupart des gens.

— Comment ça se passe au travail, Charlotte ? m'interrogea-t-elle, alors que nous venions juste de terminer de collecter les données financières trimestrielles pour les envoyer au comptable. Jusque-là, vous vous plaisez ici ?

C'était probablement l'une des seules questions à laquelle je n'avais pas besoin de réfléchir avant de répondre.

— J'adore cet endroit. Je suis vraiment heureuse, Iris. Je voulais vous le dire. Je sais que vous avez pris un grand risque en m'embauchant, et pour être honnête, au départ, je n'ai probablement pas accepté ce travail pour les bonnes raisons. Je savais juste que j'avais envie de vous fréquenter. Mais j'apprends beaucoup, et cet emploi me correspond. Je veux apprendre encore plus. Je veux tout apprendre !

Iris se mit à rire.

— Je suis ravie de l'entendre, ma chère. Nous ressentons tous votre enthousiasme. Vous avez vraiment revigoré ce lieu. Et votre art ? Vous continuez ?

— Oui, et je pense que j'ai enfin trouvé la place qu'il occupait dans ma vie. J'ai toujours pensé que le travail de mes rêves serait de faire de la poterie toute la journée, mais je me rends compte que ça me plaît beaucoup plus quand je m'en sers pour me détendre et m'évader.

— C'est merveilleux. Et mes petits-fils ? Comment ça se passe avec eux ?

— Tout se passe très bien avec Max. Il est vraiment très gentil.

Elle baissa ses lunettes sur son nez et me regarda par-dessus.

— Et mon *autre* petit-fils ?

Je haussai les épaules.

— Eh bien, hier, il m'a fait tomber, et j'ai discuté avec son ex-fiancée à propos de leur lune de miel, alors je devrais sûrement vous répondre que ça ne va pas si bien que ça.

Iris cligna des yeux deux fois de suite.

— Pardon ?

Je ris.

— Enfin, techniquement, il ne m'a pas fait tomber intentionnellement. Il m'a juste fait peur pendant que je faisais des fentes. Et son ex s'est contentée de pousser des soupirs et d'être désagréable, avant de me raccrocher au nez.

— Ça ressemble bien à Allison, confirma Iris en souriant.

— Mais d'un autre côté, j'ai réussi à le faire aller à l'église deux fois, et ce soir, je prends mon premier cours d'escalade, alors je pense qu'on peut dire que même s'il ne l'admettra jamais, nous avons en quelque sorte influencé l'autre de manière positive.

— L'église ? L'escalade ? Je crois que vous devriez revenir un peu en arrière, ma chère. Vous m'avez perdue après m'avoir raconté qu'Allison s'était conduite comme une garce.

— Tout a commencé avec ma liste de « et puis merde ». Pardonnez mon langage. En réalité, vous m'avez inspiré le début de cette liste. Après notre longue discussion dans les toilettes des filles et l'obtention de mon nouveau travail, j'ai décidé de faire une liste des choses que je voulais faire.

— Comme une liste de souhaits.

— C'est ça. Sauf que je n'ai pas prévu de mourir dans un avenir proche, alors j'ai appelé ça une liste de « et puis merde ».

— C'est créatif. Continuez.

— Pour faire court, j'ai parlé de ma liste à Reed, et un soir, j'ai découvert qu'il avait commencé la sienne.

Quelque chose changea sur le visage d'Iris.

— Mon petit-fils a rédigé une liste de souhaits ?

— Oui, je sais. Moi non plus je n'y croyais pas, mais c'est comme ça que j'ai appris pour son rêve secret de chanter dans une chorale. Alors j'ai fait quelques recherches et j'ai découvert que la chorale du Brooklyn Tabernacle faisait passer des auditions, donc j'en ai parlé à Reed.

— Et il y est allé ? demanda-t-elle, choquée.

— Oui. Deux fois. Au final, il n'a pas passé les auditions parce qu'il doit travailler sur sa voix, mais je trouve ça bien qu'il y soit allé. Et j'ai ajouté l'escalade à ma liste après qu'il m'a dit qu'il en avait fait. J'ai toujours voulu essayer. Ça a l'air d'être un loisir badass.

— Reed vous emmène faire de l'escalade ?

— Oh, non. J'ai dit qu'on se tolérait et qu'on s'influençait à distance. Je pense qu'on est encore loin des sorties à deux. Il a juste mentionné que c'était l'un de ses passe-temps, et je me suis dit que j'essaierais bien. J'ai trouvé un cours ouvert à tous sur la 62ᵉ Rue qui commence ce soir à dix-neuf heures.

— Je vois. Eh bien, tant qu'il n'est pas trop dur avec vous.

— Ce n'est pas le cas. C'est drôle, car plus il essaie de l'être, plus je vois que c'est une barrière qu'il a élevée pour tenir les autres éloignés. Je sais que ça ne me regarde pas, mais j'ai envie de gifler cette Allison pour ce qu'elle lui a fait, peu importe ce que c'est.

Iris m'offrit un sourire chaleureux.

— Vous avez le numéro de mon petit-fils. Rendez-moi service. Ne l'abandonnez pas. Je vous promets que s'il s'ouvre à vous, ça en vaudra la peine. Même si ce n'est que de l'amitié.

J'acquiesçai d'un signe de tête.

Puisque nous avions fini pour aujourd'hui, je rangeai les papiers éparpillés sur la table dans son bureau et lui souhaitai une bonne soirée.

— Charlotte ? m'interpela Iris lorsque je m'apprêtai à partir.

— Oui ?

— Une dernière chose. Si l'occasion de gifler cette Allison se présente un jour, il faudra que vous fassiez la queue derrière moi.

Je souris jusqu'aux oreilles.

— Aucun problème. Passez une bonne soirée, Iris.

CHAPITRE 20
REED

VISIBLEMENT, J'AVAIS DÉCIDÉ d'arpenter un nouveau chemin pour quitter le bureau, ces derniers jours.

Même si j'étais parti en empruntant le même itinéraire chaque soir ces huit dernières années – tourner à gauche en sortant de mon bureau, puis à droite le long du couloir et tout droit jusqu'à l'entrée principale –, à présent, je prenais systématiquement à droite, puis à gauche, puis encore à droite, avant de me faufiler entre les box tel un rat dans un labyrinthe, pour parvenir à l'entrée. Ça me prenait deux fois plus de temps et je n'admettrais jamais que je faisais ça pour passer devant le bureau de Charlotte, pourtant, ce soir, je ressentis une déception désagréable en voyant que sa porte était déjà fermée.

Le bureau de ma grand-mère n'était situé qu'à quelques pas de là, et lorsque je passai devant, elle en sortit en portant sa veste.

— Oh, Reed. Je ne m'étais pas rendu compte que tu étais encore là. Je suis passée te voir tout à l'heure, mais ta lumière était éteinte.

— J'avais un rendez-vous en ville, mais je suis repassé pour prendre quelques dossiers pour ma visite de demain matin. Tu avais besoin de quelque chose ?

— Euh, en fait, oui. Tu te souviens de mon amie Helen ?

— Bradbury ?

— Oui. Eh bien, son petit-fils a commencé des cours d'escalade récemment, et apparemment, il a acheté un équipement de mauvaise qualité. Il fêtera ses dix-huit ans la semaine prochaine, et tu connais Helen, elle organise une fête plus grande que la plupart des mariages. J'ai pensé que ce serait bien si je lui offrais un nouvel équipement. Je suis sûre que ça rassurerait aussi Helen. Seulement... je ne sais absolument pas quoi acheter.

— Je peux t'aider à choisir. Je te montrerai des sites en ligne à mon retour demain après-midi, et on pourra commander ce qu'il faut pour la semaine prochaine.

— Oh, est-ce que j'ai dit la semaine prochaine ? Je voulais dire demain. La fête a lieu demain.

Je plissai les yeux.

— La grande fête a lieu un jour de semaine ?

— Euh... oui. Helen est intransigeante sur le fait de fêter un anniversaire le jour même. Bref, j'ai cherché dans le coin, et j'ai trouvé un magasin qui vend du matériel haut de gamme sur la 62e Rue. C'est presque le chemin que tu empruntes pour rentrer chez toi.

Je hochai la tête.

— Extreme Climb. Je connais cet endroit. Ils organisent aussi des cours d'escalade et des voyages en groupe.

Grand-mère sourit et pointa un doigt vers moi.

— Oui, c'est ça, confirma-t-elle en regardant sa montre. Il est déjà presque dix-neuf heures et j'ai un rendez-vous en ville à vingt heures. Le magasin ferme à vingt et une heures. J'ai peur de ne pas pouvoir tout faire. Est-ce que je peux t'embêter en te demandant d'y passer pour choisir un casque pour moi quand tu rentreras ce soir ?

— Bien sûr, pas de souci. J'irai chercher ça et je le rapporterai demain au bureau.

Elle me prit dans ses bras.

— Tu es un amour. Et si tu vois quelque chose d'intéressant tant que tu es sur place, n'hésite pas une seconde.

— Euh, d'accord.

— Passe une merveilleuse soirée, Reed.

— Toi aussi.

***

Extreme Climb n'avait pas beaucoup changé depuis les deux années où je n'étais pas venu. L'immense gymnase se concentrait plus sur les cours d'escalade en intérieur que sur la vente de matériel, et même s'ils possédaient plus de neuf-cents mètres carrés de pentes escarpées et trois murs d'entraînement, dont un atteignant douze mètres, cet endroit était toujours bondé.

Le type à l'entrée se souvenait de moi. J'avais participé à plusieurs de leurs voyages en groupe lorsque j'avais commencé.

— Eastwood, c'est ça ?

Nous nous serrâmes la main.

— Sacré mémoire. Malheureusement, je ne peux pas en dire autant de la mienne.

— Pas de problème, répondit-il en souriant. Je suis Joe. Ça fait longtemps que je ne vous ai pas vu ici. Blessure ?

— Non, j'ai juste fait une pause.

— De retour pour un cours de remise à niveau ? C'est la soirée des débutants. Vous ne voulez probablement pas grimper le mur de sept mètres avec eux, mais le mur du fond est ouvert si vous voulez. Je peux demander à l'un des garçons de vous aider.

— Peut-être une autre fois. Je suis juste passé pour acheter un casque à offrir.

— On vient juste de recevoir le nouveau Petzl Trios en noir mat. Il est superbe, ajouta-t-il en sifflant. Il n'est pas encore exposé, mais je peux aller vous en chercher un si vous voulez.

— Oui, ce serait génial.

— Accordez-moi quelques minutes. Si vous voulez vous amuser en attendant, allez regarder le cours pour débutants. Certains ont mis leur casque à l'envers. Ça devrait être marrant à observer.

— J'y penserai, affirmai-je en riant.

Lorsque Joe disparut, je me mis à déambuler. Voir tout le monde escalader des murs, ou excités de pouvoir faire leur première tentative, me rappela à quel point j'aimais ce sport. *Peut-être que je devrais m'y remettre.*

Un groupe de garçons étaient rassemblés au mur des débutants, et ils levaient tous la tête pour regarder une femme monter. Elle était presque en haut de la paroi, à environ six mètres alors qu'elle en faisait sept, et elle portait un short rose vif qui exposait un derrière rebondi. Je pensais que c'était là l'origine de leurs grands sourires à tous. Jusqu'à ce que j'entende *le gémissement*.

Chaque fois que la grimpeuse cherchait à atteindre la prochaine prise, elle laissait échapper ce qui était un mélange de gémissement et de soupir. Un peu comme Venus Williams lors d'un match de tennis, mais en bien plus sexy. Ce n'était clairement pas intentionnel, car la femme s'étirait et faisait de son mieux pour arriver en haut, mais ça ne rendait pas ce son moins sensuel. Elle s'étira encore, et le gémissement torride parvint directement à mon sexe. Bon sang, ça faisait longtemps que je n'avais pas entendu ce bruit. *Trop longtemps.* Curieusement, mon esprit pensa à Charlotte. J'aurais parié qu'elle faisait aussi de sacrées vocalises au lit et qu'elle était sacrément décomplexée. Toute cette folie refoulée devait se traduire en une énergie du tonnerre sous les draps.

La femme parvint à grimper quelques dizaines de centimètres de plus, et attrapa la dernière prise dans un ultime gémissement sonore. Elle tendit le bras et fit sonner la cloche tout en haut. Le groupe d'hommes qui la reluquaient à quelques mètres de moi applaudit et l'acclama.

— Bon sang, lança le plus grand. Je vais l'inviter à sortir. Je parie qu'elle sera aussi belle en dessous de moi qu'elle l'est là-haut.

Même si je n'étais pas mieux que lui, debout à fixer les fesses de cette fille tout en imaginant quels bruits ferait une autre femme au lit, son commentaire m'énerva.

Mon attention se reporta sur la grimpeuse lorsqu'elle poussa un cri de joie et leva les bras en l'air, comme si elle venait de gravir le mont Everest.

Cette voix.

Oh, non.

Merde.

Ça ne pouvait pas...

La femme poussa un autre cri.

Mais c'était...

Je reconnaîtrais ce cri n'importe où.

Elle commença à redescendre. Je l'observai, stupéfait, n'arrivant toujours pas à croire que c'était elle.

— Charlotte ?

Ma voix était plus forte que je ne l'aurais voulu, presque au point de créer un écho.

Elle se tourna vers moi, et s'arrêta un instant pour reprendre son souffle, avant d'être déconcentrée et d'atterrir dans une position inconfortable.

— Aïe... Aïe !

Mince !

Je me précipitai vers elle et m'agenouillai.

— Est-ce que ça va ?

Elle me regarda de ses yeux bleus brillants, étourdie.

Bon sang, elle est magnifique. Même dans cet état.

— Que... Que faites-vous ici ?

— Vous pouvez bouger votre jambe ?

— C'est surtout mon pied et ma cheville, mais j'ai mal partout.

Deux employés nous rejoignirent.

— Vous avez besoin d'aide ?

— Non, ça ira, répondit-elle en levant la main.

— On peut appeler une ambulance. Vous êtes sûre ? insista l'un d'entre eux.

— Oui, confirma-t-elle en se tournant vers moi. Vous ne m'avez pas répondu. Que faites-vous ici ?

Pourquoi s'attardait-elle là-dessus alors qu'elle pouvait à peine bouger ?

— Est-ce vraiment important ? Iris m'a envoyé faire une course pour elle.

— C'est étrange. Je lui ai dit que je venais. Pourquoi elle ne m'a pas demandé à moi ?

J'ai ma propre théorie.

Elle grimaça en tentant de bouger de nouveau sa cheville.

— Aïe.

— On ferait mieux de vous faire examiner. Je vais vous conduire à l'hôpital. Vous pouvez vous lever ?

— Voyons ça, répondit-elle en soufflant.

Je lui tendis ma main et l'aidai à se redresser lentement.

Charlotte tressaillit dès qu'elle essaya de marcher.

— C'est mauvais signe, déclara-t-elle en s'appuyant sur moi et en boitant.

Je la fis attendre à l'entrée pendant que j'allai chercher ma voiture.

— Je suis surpris que vous ayez perdu le contrôle si facilement, déclarai-je en l'aidant à monter à bord.

Je vous observais avant que ça arrive – avant que je me rende compte que c'était vous. Votre équilibre était plutôt impressionnant.

— Eh bien, si j'avais su que vous étiez en train de me regarder, je suis sûre que ma concentration en aurait souffert. Et j'ai perdu le contrôle parce que vous m'avez fait peur en m'appelant. Vous n'étiez pas censé être là.

— Vous devriez peut-être songer à porter une tenue moins révélatrice. Tout un groupe de supporters masculins admirait votre petit short sexy.

— Étiez-vous l'un d'entre eux ? s'enquit-elle en haussant un sourcil, avant de reculer son siège pour pouvoir poser sa jambe sur le tableau de bord.

Oh que oui.

Je refusai de répondre à sa question.

Elle se mit à rire.

— Votre silence répond pour vous, Eastwood.

— Je suis votre patron, Charlotte, rétorquai-je en me faufilant dans la circulation. Si je vous disais que je vous admirais de cette manière, vous pourriez me poursuivre pour harcèlement sexuel.

— Je ne vous ferais jamais ça. Jamais.

Je la croyais. Charlotte n'essayait pas de me piéger. Elle n'était pas non plus une opportuniste. J'aurais parfois préféré que ce soit le cas pour pouvoir trouver quelque chose à lui reprocher.

Garder mes yeux sur la route était toujours un défi quand Charlotte était dans la voiture.

Je jetai un coup d'œil dans sa direction.

— L'escalade, hein ? Juste après que je vous ai dit que j'en faisais ? Original. Je vois que votre côté espionne est toujours d'actualité. Vous voulez me faire croire que c'était une coïncidence ?

— Pas du tout. Vous m'avez donné cette idée, je n'ai aucun problème à l'admettre. Je me suis dit que si vous aimiez ça, ça devait valoir le coup, étant donné qu'il y a si *peu* de choses qui semblent vous plaire.

Je ris.

— Sur quoi vous basez-vous pour dire ça ?

— Vous travaillez toute la journée et ensuite, vous rentrez chez vous. Il y a peu de place pour autre chose.

— Comment savez-vous ce que je fais après être rentré le soir ?

— Eh bien, je suis au courant de votre planning, en grande partie. Je suppose que vous n'avez pas beaucoup de temps pour des activités annexes vu votre nombre d'heures de travail. Vous organisez beaucoup de visites les week-ends également.

— Si je voulais votre avis, je vous le demanderais, Darling.

— Darling comme mon nom de famille, avec un gros D, pas un petit, n'est-ce pas ? Ça me va, plus c'est gros, plus j'aime ça.

Elle ne vient pas vraiment de dire ça.

Je te crois sur parole, Charlotte. Et dans une autre vie, j'aurais peut-être pu être celui qui te comblerait.

CHAPITRE 21

CHARLOTTE

REED M'EMMENA AUX urgences de l'hôpital presbytérien de New York. Il s'était éloigné pour prendre un appel lorsque le médecin entra dans la pièce.

— Les résultats de votre radio indiquent que c'est juste une entorse. Vous avez beaucoup de chance, mademoiselle Darling.

Il tendit les papiers à l'infirmière.

— Alors, que dois-je faire ?

— Évitez de marcher pendant quelques jours. Je vous laisse cette botte et ces béquilles.

Il m'aida à enfiler la botte en question, avant de sortir.

Reed passa devant le médecin en revenant du couloir.

— Vous voulez bien m'aider à descendre du lit ? lui demandai-je.

Il baissa les yeux sur mon pied, avant de les relever vers moi.

— Bien sûr.

— Merci.

Il me tendit sa main, et je la saisis, aimant égoïstement le fait que j'avais plus touché Reed ces deux dernières heures que depuis notre rencontre. Il avait aussi l'air particulièrement sexy en ce moment même. Ses cheveux étaient un peu décoiffés, et il avait desserré son col. Il était venu à Extreme Climb directement après le travail, vêtu de son costume et de son nœud papillon, mais au fil de la soirée, il s'était lentement débraillé. J'aimais ce Reed « débraillé ».

— Qu'a dit le docteur ?

— Il a dit que c'était une...

J'hésitai, puis décidai de déformer la vérité.

— Il a dit que je devais éviter de marcher pendant au moins quelques... semaines. Enfin, peut-être.

L'infirmière qui préparait mes papiers de sortie me regarda par-dessus l'épaule de Reed. Elle savait que je racontais n'importe quoi, mais elle ne voulait pas tout gâcher.

Déformer la vérité était une décision impulsive. Je me sentais mal d'avoir menti pour le délai prévu de mon rétablissement, mais j'étais capable de le justifier dans ma tête par le fait que ça m'aide à me rapprocher de Reed. J'aimais l'attention qu'il me portait et je n'étais juste pas prête à ce que ça s'arrête.

— Mince. D'accord, répondit-il en se frottant le menton. Que puis-je faire pour vous aider ?

— Vous pouvez me conduire à mon appartement.

— Très bien. Je vous ramène chez vous.

***

Reed regarda autour de lui lorsque nous entrâmes chez moi, à Soho.

— C'est sympa. C'est très... chaleureux.

— Le décor est rétro chic. Contente que vous aimiez.

Je ne le croyais pas. J'avais des goûts subtils et féminins. *Pas du tout* le style de Reed Eastwood. Même si je n'avais jamais vu à quoi ressemblait l'endroit où il habitait, j'avais mon idée de ce à quoi ça ressemblait : sombre, élégant et moderne.

Mon appartement avait beau se trouver en ville, le décor était plus digne de la campagne, avec des couleurs claires et lumineuses. Les canapés étaient couverts de housses fleuries assorties aux rideaux.

Reed sembla hésiter à entrer dans mon salon. Il s'arrêta à quelques pas de la porte.

— Vous pouvez prendre autant de jours de congés que nécessaire, déclara-t-il.

— Merci, mais je prévois toujours de venir au travail. Il suffit que je ne pose pas mon pied par terre. En revanche, j'aurai peut-être besoin qu'on me dépose au bureau.

— Je peux arranger ça.

Il glissa ses mains dans ses poches, tout en restant près de l'entrée.

— Vous avez faim ? demanda-t-il.

— Oui, très.

— Je peux aller chercher à manger et vous le rapporter.

— Est-ce que vous resterez manger avec moi ?

— Vous avez besoin que je reste ?

— J'ai l'impression que oui. Je ne me sens pas très à l'aise à l'idée d'être seule.

Il prit un air pensif, puis soupira.

— Alors je resterai pendant un moment.

— Merci, répondis-je dans un souffle.

— De quoi avez-vous envie ?

— Peu importe.

— Ça ne m'aide pas vraiment, Charlotte.

— Prenez ce que vous aimez.

Reed sembla agacé et se rendit soudain dans ma cuisine, qui surplombait le salon.

— Que faites-vous ? l'interrogeai-je.

— Je vais voir ce que vous avez dans votre cuisine.

Reed fouillait dans mes placards. Ça semblait surréaliste.

Reed est dans ma cuisine !

Il sortit des cheveux d'ange, une grande boîte de tomates pelées, des épices, et un pot d'olives Kalamata.

Il me regarda par-dessus son épaule.

— Vous avez de l'ail frais ?

— Oui, regardez sous l'évier.

— Du vin rouge ?

— Sur l'étagère à vin, dans le coin.

— Très bien, je peux me débrouiller avec ça.

J'écarquillai les yeux.

— Vous allez vraiment cuisiner ?

— Pourquoi pas ?

— Je ne vous pensais pas du genre à cuisiner.

— Je ne vous pensais pas du genre à faire de l'escalade.

— Visiblement, je ne suis pas très douée.

— Vous vous débrouilliez très bien… jusqu'à ce que ce ne soit plus cas.

Il posa de nouveau les yeux sur moi et m'offrit un de ses sourires si rares, mais sincères.

— Je cuisine un peu pour moi-même, me confia-t-il.

— Je suis impressionnée.

— Quand je rentre le soir, je n'ai pas toujours envie de ressortir, alors j'ai appris à cuisiner tout seul. Parfois, ça me plaît.

J'étais étendue de tout mon long sur le canapé, et je l'observais émincer, ses manches relevées. Chaque mouvement de son corps était un régal pour mes yeux, alors qu'il versait l'huile d'olive, mélangeait, et jetait les pâtes dans une poêle. L'arôme intense sentait tellement bon, bien meilleur que tout ce que j'avais pu sentir auparavant dans ma cuisine. Il avait entrouvert la fenêtre, laissant entrer une légère brise nocturne. Je ressentis un petit pincement au cœur. Avoir un homme à mes côtés m'avait vraiment manqué, même si aucun n'avait jamais cuisiné pour moi. Todd se serait contenté de commander quelque chose. Contrairement à mon ex, Reed n'avait pas peur de relever ses manches et de se salir les mains. J'aimais ça chez lui.

Je pouvais voir qu'il servait deux assiettes.

— Est-ce que je dois venir à table ? demandai-je.

— Non, restez où vous êtes. Je vous l'apporte.

Cette soirée ne faisait que s'améliorer. Reed posa un verre de vin sur la table basse et me tendit mon assiette.

— Ça a l'air délicieux. Qu'est-ce que c'est ?

— Ma version des pasta puttanesca épicées. J'espère que vous supportez quand c'est un peu corsé.

— Je peux supporter plus que ça.

Reed m'offrit un autre sourire. Il était définitivement en train de se laisser aller.

— Je devrais me blesser plus souvent si ça signifie avoir ce genre de traitement, lançai-je en lui faisant un clin d'œil.

Il s'installa sur le fauteuil face à moi.

— Je me sens en partie responsable de votre incident, alors ça me fait plaisir de le faire.

— Vous avez à peine prononcé mon nom. C'est moi qui ai eu peur en vous voyant là.

— On provoque assurément d'étranges réactions l'un chez l'autre, n'est-ce pas ? observa-t-il après avoir pris une bouchée de pâtes.

— Oui, mais ça m'amuse... même quand vous m'envoyez ces petits mots hostiles. J'apprécie chaque minute de ces chamailleries avec vous.

Reed arrêta de mâcher un instant. C'était comme si ça le peinait de m'entendre dire ça. Il se racla la gorge.

— Laissez-moi aller vous chercher une serviette.

— Non, ça ira, répliquai-je pour l'empêcher de se lever.

Il se rassit.

— Vous semblez avoir envie de dire quelque chose, Charlotte.

Il avait l'air de pouvoir sentir que quelque chose me trottait dans la tête.

C'était le cas. Une question me rongeait. Évidemment, ça ne me regardait pas, mais j'allais quand même la lui poser.

— Pourquoi Allison vous appelait à propos d'une lune de miel à laquelle vous n'êtes jamais allés ?

Reed marqua une pause et posa sa fourchette, la faisant tinter sur l'assiette.

— Nous avions tout payé et l'hôtel n'a pas voulu nous rembourser. Ils ont seulement accepté de nous faire un avoir valable dans un de leurs établissements. Allison a continuellement insisté pour que ce soit moi qui l'utilise.

— Parce que c'est elle qui a mis fin à votre relation, alors elle pense que vous le méritez ?

— Oui. Apparemment, l'avoir expire dans trois mois. Je m'en fiche royalement, et je n'ai pas le temps. Je lui ai dit de l'utiliser ou de le laisser périmer.

— Utilisez-le, Reed. Prenez le temps.

— Je ne l'utiliserais pas même si *j'avais* le temps, rétorqua-t-il.

À bien y réfléchir, j'aurais probablement fait la même chose si Todd et moi avions prévu un voyage avant que tout s'écroule. Vu combien ce que ressentait Reed pour Allison était fort, il semblait logique qu'il ne veuille pas aller à ce qui aurait dû être leur lune de miel. Soudain, je me sentis mal de lui avoir suggéré d'y aller.

— Je comprends, repris-je. Vous avez raison. Désolée d'avoir été indiscrète.

Il haussa les sourcils.

— Vous l'êtes sincèrement ?

— Non, pas vraiment, avouai-je en souriant. Même si je ne sais toujours pas ce qu'il s'est passé avec elle parce que vous ne voulez pas me le dire, pour information, je pense qu'elle a fait une grave erreur.

— Non, elle a évité une catastrophe.

Il se leva brusquement et rapporta mon assiette vide à la cuisine.

D'accord. C'était quoi, ça ?

Il s'écoula un certain temps avant qu'il revienne au salon. Reed se dirigea vers la fenêtre et regarda à l'extérieur un moment, avant de prendre l'une de mes photos encadrées.

J'attrapai mes béquilles et le rejoignis.

— Ce sont vos parents ? s'enquit-il en me tournant le dos.

— Qu'est-ce qui vous a mis la puce à l'oreille ? Les cheveux noirs ? plaisantai-je. Oui, ce sont mes parents. Frank et Nancy Darling. Les meilleurs que j'aurais pu avoir.

— Ils ont l'air d'être... des gens bien, d'après cette photo, mais oui, ils ne vous ressemblent vraiment pas.

Il se tourna vers moi.

— J'ai remarqué que vous avez ajouté quelque chose d'intéressant à votre liste de « et puis merde » l'autre jour, révéla-t-il, ce qui me surprit.

— Alors comme ça, vous espionnez ma liste ?

— Ce qui se trouve sur mon serveur est à moi, Darling – avec un D majuscule. Je n'espionne pas.

— Oui, j'ai bien ajouté quelque chose que je remettais sans cesse à plus tard.

— Vous voulez savoir d'où vous venez.

Je savais que cet ajout à ma liste était très différent du reste. Ces derniers temps, savoir exactement qui j'étais était devenu une sorte de priorité pour moi. J'avais perdu une petite partie de moi-même quand j'avais été avec Todd. J'avais essayé de trouver ma place entre sa carrière, son mode de vie et ses loisirs, au lieu de faire ce qui me rendait heureuse. Et je ne pouvais pas savoir exactement qui j'étais sans savoir d'où je venais.

— Un jour, j'aimerais bien, oui. Je l'ai ajouté même si ça relève plus d'une liste de dernières volontés que d'une liste de « et puis merde ». Ce n'est pas quelque chose que je peux boucler en une journée, et ce n'est pas non plus nécessairement le point le plus agréable pour moi.

— Je trouve ça courageux. Peu importe leur identité... ils seraient impressionnés de voir ce que vous êtes devenue.

— Merci. Et moi qui pensais que vous me trouviez juste folle.

— Vous *êtes* folle... mais vous avez aussi des qualités attachantes.

— Merci.

— Que savez-vous à propos du jour où on vous a trouvée ? demanda-t-il après un moment de silence.

— Vous pouvez taper « église Saint Andrew bébé Poughkeepsie » sur Google. Vous trouverez toutes les informations dans des vieux reportages. Et c'est à peu près tout ce que je sais. Ça avait fait les gros titres à l'époque, mais à ce jour, personne ne sait qui m'a laissée là-bas.

— C'est fascinant.

— Sûrement.

Reed put sentir que je n'avais pas vraiment envie d'en parler et changea de sujet. C'était probablement la seule chose dans ma vie que je n'étais pas prête à aborder. Au fond de moi, je savais que j'avais un sentiment d'abandon, mais vivre dans le déni était toujours plus facile que de régler le problème.

— Alors, où faites-vous votre poterie ?

Je repris mes béquilles et lui fis signe de me suivre d'un signe de tête.

— Venez, je vais vous montrer.

— Vous ne devriez pas bouger autant, me réprimanda-t-il.

— Je vais bien.

Je le conduisis à ce qui, techniquement, était ma chambre. Reed sembla étonné de voir que ça n'y ressemblait plus du tout.

Un drap était étendu au sol. Un tour de potier se trouvait en plein milieu de la pièce. Mon lit, qui était couvert de bazar, était poussé contre le mur. Des pièces, peintes pour certaines, étaient posées sur les étagères à proximité.

— Où dormez-vous ?

— Le canapé du salon se révèle être un très bon lit. J'ai récemment transformé ma chambre en espace artistique. Un jour, j'aurai une chambre et un atelier de poterie, mais pour le moment, c'est comme ça.

Il déambula dans la pièce en observant mes œuvres.

— Naturellement, c'est vous qui avez fait tout ça ?

— Oui.

— Vous avez évoqué des études d'art, c'est ça ?

— Je suis allée à l'École de design de Rhode Island à Providence pendant un an, mais j'ai fini par arrêter.

— Pourquoi ?

— J'ai pris conscience qu'une partie de la beauté d'être un artiste est de ne pas avoir de pression sur les épaules en ce qui concerne la création. Et quand on m'a mis cette pression, ma créativité s'est pour ainsi dire envolée. J'aime assez jeter de l'argile brute sur mon tour et laisser faire les choses. Contre toute attente, un bol se transforme souvent en vase et vice versa. Parfois, mon travail mène à des catastrophes, et d'autres fois, à de belles pièces.

— Comme celle que vous aviez faite pour Iris et que vous avez cassée à cause de moi. C'était l'une des pièces réussies, n'est-ce pas ?

— Malheureusement, oui.

— Je m'en doutais, répliqua-t-il en souriant.

Son sourire était comme un cadeau. Il était rare d'en voir un, mais quand ça arrivait, il me consumait totalement, jusqu'à ce qu'il disparaisse.

— Y a-t-il une pièce que vous préférez ? m'interrogea-t-il.

— Vous allez être surpris.

J'avançai doucement vers l'un des coins de la chambre pour attraper un petit bol.

— En fait, c'est celui-ci. Il ne paie pas de mine au premier abord, mais si vous regardez attentivement et que vous vous familiarisez avec lui, vous verrez qu'il est parfaitement équilibré. Il est petit, pas flashy, mais coloré. Vraiment délicat.

— En effet, confirma-t-il en me fixant droit dans les yeux.

La température semblait avoir augmenté dans la chambre.

— Honnêtement, je ne pensais pas que vous étiez aussi douée, continua-t-il. C'est très impressionnant.

— Waouh, j'ai impressionné Reed Eastwood.

— Ce n'est pas chose facile.

— C'est vrai.

Son expression d'ordinaire sévère s'était adoucie. Ses yeux sondaient les miens, et je ressentis quelque chose d'indescriptible, bien que très fort, entre nous à ce moment-là. Son corps était près du mien, et j'avais l'impression qu'il aurait pu facilement se pencher vers moi pour m'embrasser. Peut-être que c'était juste parce que je *mourais d'envie* qu'il le fasse. Ce soir, nous avions atteint un degré d'intimité qui n'existait pas avant. C'était sans doute ce qui rendait le besoin physique encore plus intense.

Je pus sentir un peu son souffle quand il reprit la parole.

— Vous feriez mieux d'aller vous asseoir pour reposer votre pied.

CHAPITRE 22
REED

JE ME SENTAIS MAL.

Je pense que c'était peut-être une réaction à la poussière de fée de Charlotte, ou au sort qu'elle m'avait jeté.

Je l'avais conduite au bureau ces derniers jours. Le problème n'était pas que je n'avais pas envie de le faire. C'était le contraire. J'attendais avec impatience chaque long trajet matinal immergé dans son odeur. J'avais hâte d'entendre son rire et de combler son besoin ridicule d'aller à deux endroits différents pour le petit déjeuner. Le premier pour le café, et le second pour une sorte spéciale de muffins.

Je ressentais ça depuis le soir de son petit accident. Chez elle, quand nous avions parlé de sa naissance mystère, j'avais vu une vulnérabilité dans son regard que je n'avais jamais remarquée auparavant. Et lorsqu'elle m'avait montré son espace artistique, j'avais vraiment été soufflé par son talent.

Lorsque j'étais rentré chez moi ce soir-là, je n'avais pas réussi à arrêter de penser à elle, et j'avais passé une heure à chercher sur Google « église Saint Andrew bébé Poughkeepsie ».

Il n'y avait probablement qu'une seule chose plus mignonne que la version adulte de Charlotte Darling. Il s'agissait de sa version chérubin au visage rose datant d'il y avait vingt-sept ans. Il se pourrait que j'aie imprimé cette photo pour la mettre de côté, et j'emporterais ce secret dans ma tombe.

L'histoire décrite était exactement telle qu'elle me l'avait racontée : un mystère total. Un bébé emmitouflé dans un panier fut trouvé devant le presbytère de l'église. La personne a sonné à la porte et s'est enfuie, laissant bébé Charlotte aux mains de l'Église, puis de l'État, avant qu'elle finisse par être adoptée.

Peut-être était-ce à cause de la beauté de cette petite fille, mais ce fait divers continua à faire les gros titres pendant un moment, suivant le sort de Charlotte depuis le tout début, jusqu'à ce qu'elle soit adoptée six mois plus tard.

Assis à mon bureau en train de réfléchir à mon assistante, elle passa par là en portant quelques paquets. Je remarquai qu'elle marchait parfaitement bien, sans même boiter, ce qui n'était pas le cas ce matin.

Hmm.

J'en vins à me demander si elle ne jouait pas un jeu avec moi.

Je décidai de lui envoyer un message.

Reed : À en juger par votre démarche virevoltante lorsque vous êtes passée devant mon bureau, votre cheville semble aller beaucoup mieux. Je suppose que vous n'aurez pas besoin que je vous conduise au travail demain.

Charlotte : LOL. Je pensais que vous étiez à un déjeuner d'affaires dans l'Upper West Side.

Reed : Annulé.

Charlotte : Ah, d'accord. Je vais bien mieux. Les trajets en voiture m'ont beaucoup aidée. Bien que j'aie beaucoup apprécié votre charmante personnalité matinale, vous avez raison. Je pense pouvoir me débrouiller toute seule, à présent. J'ai récupéré bien plus vite que ce que j'aurais pensé.

Reed : Et moi donc, à tel point que ça semble totalement incroyable. Dans tous les cas, je suis ravi de voir que vous allez mieux. Je présume que vous pouvez désormais aller chercher mes affaires au pressing. J'ai des chemises à récupérer au Union Street Cleaners.

Même si les tâches ingrates comme faire du café faisaient partie de la description technique du travail de Charlotte, nous ne lui demandions plus que rarement de réaliser ce genre de choses. La plupart de ses responsabilités lui demandaient de rester au bureau ou d'assister aux visites. Son rôle dans la société était en pleine expansion, alors je ne faisais que la taquiner en lui demandant de passer au pressing.

Charlotte : Je serai ravie d'aller chercher vos chemises. Elles sont prêtes ?

Reed : Je plaisantais. Je peux passer chercher mes propres affaires. Vous n'avez pas besoin de le faire.

Charlotte : Oh.

Quelques instants plus tard, elle apparut à ma porte. Elle avait rougi, et elle semblait avoir quelque chose d'important en tête.

— Est-ce que je peux entrer ?

— Vous n'avez pas besoin de demander.

Je pouvais voir qu'elle était nerveuse. Je retirai mes lunettes et les posai sur mon bureau.

— Que se passe-t-il ?

Elle ferma la porte, et ses talons claquèrent lorsqu'elle s'approcha lentement de mon bureau.

— Est-ce que tout va bien, Charlotte ?

— Oui, répondit-elle en frottant ses paumes sur sa jupe. Je suis juste nerveuse de vous poser une question, mais je me suis convaincue de le faire quand même.

— D'accord...

— Je me demandais... si vous aimeriez... eh bien...

— Dites-le.

Elle baissa les yeux.

— Ces derniers temps, je me suis dit que j'allais faire plus d'efforts pour obtenir ce que je voulais dans la vie, et prendre le taureau par les cornes, si vous voulez. Et, enfin... j'apprécie beaucoup votre compagnie. Je me demandais si vous aimeriez sortir avec moi un jour, en dehors du travail ? Lors d'un rencard.

Elle poussa un long soupir.

J'avais le souffle totalement coupé.

Je. Ne. M'attendais. Pas. À. Ça.

Charlotte me proposait de sortir avec elle.

Elle était dingue. Et gonflée. Et tellement adorable.

Et j'avais envie de lui dire oui. Bon sang, ça faisait tellement longtemps que je n'avais pas eu autant envie de quelque chose.

Mais je savais que je ne pouvais pas l'encourager dans ce sens, même si j'adorais passer du temps avec elle. Même si être avec elle me rendait heureux. Même si je la trouvais magnifique.

Mon absence de réponse lui fit faire marche arrière.

— Oh, mon Dieu, Reed. Oubliez ce que j'ai dit. C'était juste un acte impulsif. J'ai vraiment apprécié de passer du temps avec vous cette semaine, et je vous trouve... très... séduisant... et parfois, vous me regardez comme si vous ressentiez la même chose, et la dernière fois avec le string dans mon bureau... c'était bizarre, mais sexy... et j'ai cru que peut-être...

— Je ne peux pas, Charlotte. Je suis désolé. Je ne peux sortir avec personne pour l'instant. Les raisons sont trop compliquées à expliquer, mais le fait que je refuse n'a rien à voir avec vous et elles me concernent entièrement. Je vous trouve remarquable. Je veux que vous le sachiez.

— D'accord, répliqua-t-elle en hochant la tête à plusieurs reprises. D'accord. Est-ce qu'on peut oublier ce que je viens de demander, alors ?

— C'est déjà oublié.

Elle fit demi-tour et s'enfuit.

Après son départ, j'eus l'impression que mon cœur avait été arraché de ma poitrine. Ce qu'elle venait de faire demandait énormément de courage. Je savais que peu importe ce que j'aurais dit, elle l'aurait pris personnellement d'une certaine manière, et ça me tuait. Je m'en voulais terriblement. Il était impossible qu'elle sache à quel point j'avais envie d'accepter.

Et son audace... C'était tellement sexy. Savoir qu'elle me désirait rendait encore plus difficile le fait de ne pas pouvoir l'avoir.

L'après-midi défila, mais j'étais toujours obsédé par l'idée d'avoir pu blesser Charlotte d'une certaine manière. Je me demandais s'il y avait un moyen de contourner ça, si je pouvais passer du temps avec elle en dehors du travail sans que ce soit perçu comme un rencard.

Au fond de moi, je savais que je me racontais des histoires, mais si je faisais en sorte de n'être jamais seul avec elle, où serait le mal dans le fait de passer du temps ensemble ?

Encore une fois, au fond de moi, je *savais* que c'étaient des conneries. Pourtant, je me rendis quand même à son bureau.

— Charlotte, est-ce que je peux vous parler un instant ?

Elle sembla particulièrement sur ses gardes.

— Oui...

Je tirai une chaise en face d'elle.

— J'ai réfléchi à ce que vous m'avez dit tout à l'heure, et je me demandais si... plutôt qu'un rencard, vous seriez intéressée à l'idée de passer du temps avec moi d'une autre manière, plus en tant qu'amis.

— Comment ça ?

Faire en sorte que Charlotte se sente mieux après mon rejet de tout à l'heure était ma plus grande priorité. Je savais que d'une certaine manière, cette proposition n'allait faire que compliquer davantage la situation. Toutefois, je voulais récompenser son honnêteté brutale, même si ça signifiait tenter le diable.

— J'aimerais beaucoup que vous m'aidiez à réaliser certains points de ma liste, comme l'escalade, pour commencer, étant donné que vous êtes à présent une experte. Je parle d'escalade en extérieur. Je connais un endroit dans les Adirondacks qui propose un apprentissage guidé. Je peux vous envoyer les informations. On pourrait y aller ce samedi. Il faudrait passer une nuit sur place, dans des chambres séparées, évidemment. Est-ce que ça vous intéresserait ?

***

Le vendredi soir, mon portable vibra lorsque je fermai ma porte. Il était plus de dix-neuf heures et le silence régnait au travail. Même Charlotte était partie à l'heure, pour une fois. Ça ne m'empêcha pas de faire mon détour juste pour passer devant son bureau.

Je verrouillai ma porte et sortis mon téléphone de ma poche. Le nom de Josh Decker apparaissait à l'écran. Josh était un inspecteur de police à la retraite qui était devenu le détective privé qui vérifiait les antécédents de tous nos employés. Malheureusement, nous nous étions fait avoir quelques années plus tôt, lorsque nous avions engagé un agent immobilier sans avoir fait suffisamment de vérifications. En fait, il avait utilisé Eastwood Properties comme couverture pour avoir accès aux appartements de nos clients fortunés et y voler ce qu'il voulait. Désormais, nous poussions tellement loin nos recherches que nous avions parfois l'impression de franchir les limites et de nous introduire dans l'intimité d'un employé potentiel.

— Salut, Josh. Quoi de neuf?

— La routine. Je travaille tard, histoire d'avoir une excuse pour ne pas manger le ragoût de thon de Beverly.

— Et si elle te garde les restes?

— Oh, elle le fait toujours. Et je les jette dans la benne devant mon immeuble avant de rentrer. Une fois, j'ai essayé d'en donner aux chats errants devant mon bureau, mais même ces pauvres bêtes affamées n'en ont pas voulu.

Je me mis à rire.

— Est-ce que l'enquête sur Erickson avance?

J'avais demandé à Josh de se pencher sur le cas d'un bailleur potentiel.

— Il a l'air clean. Il s'est fait arrêter une fois à la fac pour avoir fumé un joint, mais l'affaire a été effacée de son casier.

— Effacée, hein? Ça ne veut pas dire que ça ne devrait plus apparaître? Pourtant, tu m'en parles, donc tu as dû le voir quelque part.

— Rien ne s'efface totalement. Il y a toujours des empreintes, fiston.

Je tournai à gauche, traversai le couloir vers la sortie, et ralentis en approchant d'une certaine porte fermée. **CHARLOTTE DARLING**. Je m'arrêtai pour lire la plaque dorée sur sa porte, et je me demandai ce qu'elle avait ajouté à sa liste de « et puis merde » dernièrement.

— Josh... Dis-moi... Est-ce que tu penses pouvoir retrouver les parents biologiques de quelqu'un ?

— J'ai retrouvé le père d'une femme il y a quelques mois. Il avait vendu son sperme quand il était à la fac vingt ans plus tôt, et il était sans-abri depuis. Il vivait sous un pont à Brooklyn.

Waouh. Je fixai le nom de Charlotte en y réfléchissant une minute.

— J'ai une mission pour toi. J'ai besoin de retrouver quelqu'un. C'est personnel, ça ne concerne pas Eastwood Properties, alors j'aimerais que ça reste discret. Pas un mot à ma grand-mère ni à personne d'autre. Surtout pas à notre personnel administratif. Est-ce que ça te pose problème ?

— Discrétion est mon deuxième prénom. Envoie-moi les détails par e-mail depuis ton compte personnel.

— D'accord. Merci, Josh.

Je raccrochai et passai mon doigt sur la plaque.

— Il se pourrait qu'on découvre qui vous êtes vraiment, Charlotte Darling.

CHAPITRE 23

CHARLOTTE

SAMEDI, À CINQ HEURES trente du matin, tous mes vêtements étaient posés en tas sur le canapé lorsque Reed sonna pour me prévenir de son arrivée. J'appuyai sur l'interphone avant de presser le bouton pour déverrouiller la porte du bas.

— Je suis un peu en retard. Montez boire un café.

J'entrouvris ma porte d'entrée et me remis à chercher désespérément quelle tenue porter. Je voulais être belle – voire même un peu sexy –, mais je ne voulais pas avoir l'air *d'essayer* de l'être. Et puis, comme si ce n'était pas assez compliqué, il fallait aussi que la tenue soit adaptée à l'escalade d'une fichue montagne.

Reed frappa à la porte avant d'entrer. Je passai en coup de vent devant lui dans la cuisine, l'air affolé, puis me dirigeai vers la salle de bain pour aller chercher des élastiques. Il dut comprendre mon humeur, car il me taquina d'un ton prudent.

— Bonjour, mon petit rayon de soleil.

— Je n'ai rien à me mettre.

Il baissa les yeux et secoua la tête.

— Portez ce que vous voulez du moment que c'est confortable.

Je poussai un grognement et me remis à retourner mon armoire, tandis qu'il se faisait un café et restait dans le couloir pour m'observer galérer à finir mes bagages.

— Vous savez qu'on ne passe qu'une nuit sur place, n'est-ce pas ? demanda-t-il en inclinant sa tasse en direction de ma valise déjà pleine.

Je le fusillai du regard. C'était tellement facile pour les hommes. Il portait un jogging et un T-shirt ajusté, qui d'ailleurs lui allait à merveille.

— Je ne sais pas quoi prendre.

Il sourit.

— Le petit short que vous portiez pour gravir le mur en pierre a eu beaucoup de succès.

— Je pensais que vous aviez dit qu'il en révélait trop, répliquai-je en posant mes mains sur mes hanches.

Reed gratta son menton qui arborait une fine barbe – que j'adorais, d'ailleurs.

— Laissez-moi vous poser une question. On est samedi, alors techniquement, je ne suis pas votre patron, je me trompe ?

— Non, les week-ends ne font pas partie de mon temps de travail. Où voulez-vous en venir ?

— Et nous sommes amis, n'est-ce pas ? Les amis se protègent l'un l'autre et se tutoient. C'est normal, pas vrai ?

— Crachez le morceau, Eastwood...

— Eh bien, ton short était révélateur à cause de la façon dont il moulait tes fesses. Alors, le problème n'est pas vraiment de porter un short pour faire de l'escalade. En réalité, si on posait la question à un grimpeur professionnel, il nous dirait de porter des vêtements moulants, même des shorts comme celui que tu portais. Mais en tant que *ton ami*, et non pas en tant qu'homme, je me dois de te dire que tu as de jolies fesses, alors si tu ne veux pas que les hommes qui se trouvent en dessous te reluquent, tu ferais mieux de porter quelque chose d'un peu plus large.

Je haussai les sourcils.

— Donc, tu n'as pas remarqué mon derrière en tant qu'homme. Seulement en tant qu'ami, c'est ça ?

— C'est ça, confirma-t-il en croisant les bras.

— Est-ce que tu vas grimper en dessous de moi aujourd'hui ?

— C'est comme ça que ça fonctionne, oui. Le grimpeur le plus expérimenté monte en dernier. De cette façon, je peux regarder au-dessus et te guider pour trouver les prises. Et si je tombe, je ne te toucherai pas.

J'avais du mal à contenir mon sourire. Il venait juste de m'aider à décider ce que j'allais porter.

— Ça m'aide beaucoup. Je reviens tout de suite. Je vais me changer.

Dans le tiroir du bas de ma commode se trouvait une tenue de yoga violet vif que j'avais achetée l'année dernière, mais jamais portée. Je l'avais adorée dans le magasin peu éclairé, mais quand j'étais rentrée, je m'étais rendu compte qu'elle épousait non seulement mon corps comme une seconde peau, mais qu'elle était aussi irisée. Sans parler du fait qu'elle exposait mon ventre et avait un grand décolleté, pour une tenue de sport. Je l'avais jugée trop sexy pour pouvoir la porter pendant mes exercices et je l'avais mise de côté. Cependant, étant donné que Reed était seulement *un ami* et non un homme ce week-end, j'étais certaine qu'il ne remarquerait rien. J'étouffai un rire après l'avoir enfilée, et m'observai dans le miroir. Mon short rose vif de la dernière fois semblait discret comparé à cet ensemble.

Je revins dans le salon et fis de mon mieux pour paraître nonchalante. Reed sirotait son café et observait les photos encadrées au mur. Il dut y regarder à deux fois lorsqu'il aperçut ma tenue.

— Tu vas porter ça ?

— Oui. Tu aimes ?

Je fis un tour sur moi-même pour lui montrer que c'était tout aussi moulant devant que derrière.

— C'est un peu près du corps, mais tu as dit que c'était ce que les experts recommanderaient. Et puisque tu seras derrière moi aujourd'hui, je me suis dit que seul *mon ami* passerait sa journée à regarder mon cul dans un legging moulant, et non pas un homme.

***

Je n'avais pas vraiment réfléchi à ce qu'une journée à faire de l'escalade avec une débutante allait ressembler pour Reed. Je pense que je nous avais juste imaginés gravir le mont Everest aujourd'hui, plutôt que la réalité d'apprendre à grimper en extérieur. Puisque le groupe dans lequel il nous avait inscrits était composé uniquement de débutants, nous avions passé toute la matinée à apprendre les techniques d'escalade de base, comme la descente en rappel et l'assurage. Nous avions fait une pause déjeuner sans qu'aucun de nous ne soit monté à plus d'un mètre cinquante pendant l'entraînement.

— Je m'en veux. Tu es coincé ici à écouter tout ça, alors que tu pourrais être en train d'escalader pour de vrai.

La compagnie d'excursions avec laquelle nous passions la journée avait apporté des pique-niques pour tout le monde, et Reed et moi étions allés nous asseoir sur un gros rocher plat pour manger à l'écart du groupe.

— Ce n'est pas grave. Ça fait un moment que je n'ai pas fait d'escalade. C'est un sport dans lequel il faut absolument être prudent, alors le cours de rattrapage ne peut pas faire de mal.

Je déballai mon sandwich jambon-fromage. Reed avait choisi celui à la dinde, et il avait l'air super bon aussi.

— Tu aimes le jambon ? On fait moitié-moitié ?

— Bien sûr.

C'est moi qui pris la plus grosse bouchée.

— Oh, mon Dieu. N'est-ce pas la chose la plus délicieuse que tu aies jamais goûtée ? Ou est-ce que c'est juste moi qui étais affamée ?

Reed sourit.

— L'escalade en plein air ouvre l'appétit. Je peux passer des heures à gravir des murs en intérieur sans jamais avoir faim, et pourtant, il me suffit d'une seule montée ici pour avoir une faim de loup. Ça doit être l'air frais associé à l'euphorie de ne pas avoir de prises synthétiques auxquelles s'accrocher.

Il avait raison. J'avais gravi à peine quelques dizaines de centimètres pendant l'entraînement, et c'était déjà complètement grisant.

— Ça fait combien de temps que tu n'en as pas fait ?

— À peu près deux ans, il me semble.

— Qu'est-ce qui t'a fait arrêter ?

L'expression de Reed changea. L'homme ouvert et décontracté était devenu tendu et renfermé en l'espace d'une simple question.

— Le moment était venu, répondit-il.

Puisqu'il ne pouvait s'enfuir nulle part, cette fois, j'insistai.

— C'est vague. Je peux avoir une réponse plus précise ?

Il enfourna un énorme morceau de sandwich dans sa bouche. *Il essayait clairement de gagner du temps.* Je gardai les yeux rivés sur lui, lui faisant comprendre que j'attendrais qu'il réponde. Et puis, la façon dont sa pomme d'Adam bougeait quand il avalait était bien trop sexy à regarder.

— Il y a eu beaucoup de changements dans ma vie en une année, alors je suppose que l'escalade est passée au second plan.

— Tu veux dire, à cause d'Allison ?

— Entre autres choses, oui.

— Quelles autres choses ?

— Charlotte... lança-t-il d'une voix visant à me mettre en garde.

— Ne prends pas ce ton avec moi. On est censés être *amis*, tu t'en souviens ? C'est ce que font les *amis*. Ils parlent. Ils partagent.

— Un homme et une femme ne s'assoient pas pour parler de leurs vies et se raconter des secrets à moins qu'ils soient en couple.

Je redressai le dos.

— Alors fais comme si j'étais un homme.

Reed baissa les yeux sur mon décolleté, avant de les reposer sur mon visage.

— C'est impossible.

Je soupirai.

— Tu sais ce qui se passe quand deux personnes s'ouvrent l'une à l'autre ?

Reed ne répondit pas, alors je continuai en imageant mes propos. Je mis mes mains l'une contre l'autre comme si je tenais une balle.

— Voilà une personne renfermée. Personne ne peut entrer. Mais rien ne peut sortir non plus.

J'ouvris mes mains et les mis côte à côte, comme si j'attendais que quelqu'un mette quelque chose dedans.

— Tu vois, c'est ouvert... Tu dois peut-être laisser entrer une personne à laquelle tu ne t'attendais pas, mais... ça permet aussi de laisser partir ceux qui sont coincés à l'intérieur.

Reed me fixa pendant un long moment, puis se leva brusquement.

— Je vais marcher un peu. Je serai de retour avant que la séance de l'après-midi commence à treize heures.

***

Reed revint juste au moment où tout le groupe se rassemblait de nouveau. Ce qui, je présume, était le but. Je ne pouvais pas lui poser de questions devant les autres. Enfin, je *pourrais*... mais il était plutôt certain que je ne le ferais pas.

Il se tint juste derrière moi pendant que l'instructeur parlait de la première montée que nous allions effectuer. Ma peau se couvrit de chair de poule, et ça n'avait rien à voir avec la température extérieure. Cet homme me faisait énormément d'effet. Et j'étais certaine de ne pas être la seule à ressentir ça. Je savais qu'à certains moments, je faisais réagir son corps aussi. La seule différence, c'était que je n'essayais pas de le combattre. Je m'étais fait avoir par quelqu'un à qui je tenais, tout comme lui, pourtant, j'avais quand même envie d'explorer ce qu'il se passait entre nous.

Je sentais son souffle chaud chatouiller ma nuque, et quelque chose me frappa. Je ne m'y étais pas prise de la bonne manière avec Reed. J'avais essayé de me rapprocher de lui en le poussant à me parler, à s'ouvrir à moi. Toutefois, il était tellement renfermé qu'il me rejetait à chaque tentative. Peut-être que la discussion n'était pas le bon moyen pour réussir à l'approcher, en fin de compte. Même un diamant possède un point faible où la pierre précieuse peut être fendue. Le point faible de Reed ne se trouvait pas dans la communication verbale. C'était l'attirance physique qu'il ressentait pour moi. Et ça ne me gênait pas de faire avec le peu d'outils à ma disposition.

Je reculai d'un pas pour que mes fesses effleurent l'avant de son pantalon, puis tournai la tête pour lui parler, ce qui était un geste anodin en apparence.

— Je suis désolée d'avoir été si indiscrète tout à l'heure, murmurai-je.

Reed se racla la gorge.

— Ce n'est rien, chuchota-t-il à son tour.

Je ne ravançai pas après notre court échange. Et Reed ne recula pas non plus. Quelque chose me disait que lorsque j'allais tenter de m'en prendre au petit faible de cet homme, *petit* serait le dernier mot qui me viendrait à l'esprit.

***

— Oh, mon Dieu ! Je l'ai fait !

Après être parvenue à me hisser au sommet de la paroi que nous devions escalader, je me levai et sautai sur place.

Reed, qui arriva juste après moi, m'offrit un sourire sincère.

— Tu t'es bien débrouillée.

Même si nous avions dû escalader seulement neuf mètres pour atteindre le plateau sur lequel nous nous trouvions, j'avais l'impression d'avoir gravi toute une montagne.

— Je suis un gecko ! m'écriai-je en levant les bras en l'air.

— Un quoi ? demanda-t-il en riant.

— Un gecko. Tu sais, répondis-je en tirant rapidement la langue plusieurs fois de suite. L'espèce de lézard de la pub pour Geico. Un gecko. Ils escaladent les murs, non ?

Reed secoua la tête.

— En réalité, tu ressemblais plus à Spider-Woman qu'à un gecko, mais je comprends ce que tu veux dire. Ça fait un moment pour moi aussi. J'avais oublié à quel point ça me faisait me sentir vivant.

— Est-ce que la société organise une fête d'Halloween ? Je pourrais carrément me déguiser en Spider-Woman. Et toi en Spider-Man ! ajoutai-je, sans pouvoir contrôler mon débit de parole. Oh, mon Dieu, c'était tellement amusant !

— Je suis content qu'on fasse une pause de trente minutes avant le prochain plateau. Quant à toi, on dirait tu es prête à escalader la paroi en piétinant les gens au-dessus de toi. Tu es pleine d'énergie.

— Je vois vraiment pourquoi ça peut devenir addictif. Il se passe quelque chose de physique. J'ai été terrifiée dès que mes pieds ont quitté terre, même si je savais que je n'étais qu'à soixante centimètres du sol et que je ne me ferais pas mal si je sautais en bas. Le sang a commencé à battre dans mes veines et mon cœur a commencé à s'emballer, mais je me suis forcée à monter une jambe, et un sentiment incroyable s'est emparé de moi. C'était comme si j'étais attirée par le sommet de la montagne et que je *devais* la gravir. Plus je montais, plus c'était dangereux, et pourtant, moins je me préoccupais des conséquences en cas de chute. Je mourais seulement d'envie d'atteindre le sommet et rien n'aurait pu m'arrêter. Est-ce que c'est ce que tu ressens ?

Reed me fixait d'un air moins amusé et plus sérieux, à présent.

— Oui.

J'avais enfilé une veste légère par-dessus mon petit haut de yoga, mais la montée avait fait chauffer mes muscles et monter ma température corporelle. Maintenant que je m'étais arrêtée, la sueur commençait à perler. Ça m'arrivait aussi quand je faisais de l'exercice. Je me mettais soudain à suer abondamment après avoir arrêté de bouger. J'ouvris ma veste, la retirai et la nouai autour de ma taille.

— Je crois que je vais être incapable de penser à autre chose qu'à ça dans les prochains jours. Ça doit être difficile de s'éloigner de ça et de ne pas y penser sans cesse, n'est-ce pas ?

— Tu n'en as absolument aucune idée.

La voix de Reed semblait bizarre, et lorsque je levai les yeux, je compris pourquoi. Son regard était rivé sur mon décolleté humide. Constater cela me rendit presque aussi essoufflée que je l'étais quelques minutes plus tôt, en escaladant la roche. Ça me rappela aussi la faiblesse de Reed. Je fis un pas en avant pour m'approcher de lui, puis me mis sur la pointe des pieds pour déposer un baiser sur sa joue.

— Merci de partager ça avec moi, Reed.

Il se racla la gorge et cilla plusieurs fois.

— De rien.

Après une autre montée revigorante, notre instructeur arrêta là pour aujourd'hui. Reed et moi ne nous étions inscrits que pour une journée, mais lorsque le moniteur nous apprit qu'il y avait une montée de niveau intermédiaire le lendemain au petit matin, j'encourageai Reed à y participer.

— Tu devrais y aller. Je dormirai, ou je craquerai peut-être pour un massage dans la matinée. J'ai fait travailler des muscles dont je ne connaissais même pas l'existence, aujourd'hui. Je suis sûre d'avoir des courbatures en me réveillant, de toute façon. Mais toi, tu as passé toute la journée à prendre soin de moi. Va faire la montée intermédiaire demain matin. Tu l'as méritée.

Avant qu'il puisse refuser, je rejoignis l'instructeur qui était en train de ranger son matériel, pour lui dire que je souhaitais inscrire mon ami pour l'ascension du lendemain.

— Est-ce qu'il a déjà fait de l'escalade ?

Reed termina de ranger ses propres affaires et nous rejoignit en pleine conversation.

— Oui, c'était un grimpeur assidu, mais il a fait une pause pendant un moment.

— D'accord. Dis-lui de nous rejoindre à l'entrée ouest du sentier de randonnée.

Je souris et me tournai vers Reed.

— Rejoins-les à l'entrée ouest du sentier de randonnée.

Le moniteur nous regarda tour à tour.

— Oh, tu parlais de Reed ?

— Oui.

— Tu as parlé d'un ami. Je pensais que vous étiez en couple. On part à sept heures, ajouta-t-il à l'attention de mon patron. Ce ne sera pas moi le guide de l'ascension du matin. Ce sera Heath. Vous l'avez rencontré tout à l'heure quand il est venu apporter l'équipement que nous avons utilisé.

Reed hocha la tête et se tourna vers moi.

— Tu es sûre que ça ne te dérange pas ?

— Pas du tout. Je trouverai de quoi m'occuper. Ne t'inquiète pas pour moi.

— Je fais de la randonnée les dimanches matins, indiqua l'instructeur, après avoir hésité un moment. Ce n'est pas une visite guidée ni quoi que ce soit. Juste la nature et moi, pour le plaisir. Pourquoi ne pas te joindre à moi pendant que ton ami fait de l'escalade ?

— Euh.

Je jetai un coup d'œil à Reed et aperçus une veine enfler dans son cou.

— Merci pour l'invitation, mais je pense que je serai trop fatiguée pour faire une randonnée.

Ne remarquant pas l'air menaçant de mon ami, le moniteur sortit son portefeuille de sa poche arrière. Il en retira une carte de visite, qu'il me tendit avec un sourire charmeur.

— Mon numéro de téléphone est noté sur cette carte. On pourrait raccourcir la randonnée et aller prendre un petit déjeuner après. Réfléchis-y.

— Euh, d'accord. Merci.

Reed ne dit rien en rejoignant la voiture. Comme toujours, il passa d'abord du côté passager pour m'ouvrir la portière. Seulement, il ne la referma pas derrière moi comme il le faisait d'habitude. Il la *claqua*. Le malaise continua à s'intensifier pendant le trajet jusqu'à l'hôtel, qui se fit en silence. Je savais ce qui l'énervait. Ce n'était pas comme s'il pouvait cacher sa jalousie évidente.

Toutefois, j'étais curieuse de voir ce qu'il allait en faire, alors je n'essayai pas non plus de faire la conversation. Je le laissai mariner dans cette situation inconfortable.

Il se gara devant l'hôtel et se mit enfin à parler. Enfin, grogner serait probablement un terme plus approprié.

— Sois prudente pendant ta *randonnée* demain.

Est-ce qu'il pensait vraiment que j'allais la faire ?

— Tu m'as entendue dire que j'allais y aller ?

— Tu as pris sa carte.

— C'était pour être *polie*.

— Je ne savais pas que la politesse impliquait de flirter et d'attiser les ardeurs des hommes.

J'écarquillai les yeux.

— Flirter ? Attiser les ardeurs des hommes ? Tu dis que je suis dingue, et moi je pense qu'il te manque quelques cases aussi, Eastwood. Je lui ai posé la question pour une ascension *pour toi*. Je n'ai pas du tout flirté. Et je n'avais certainement pas l'intention de l'appeler.

— Je ne pense pas qu'il ait compris le message.

Exaspérée, je levai les bras en l'air, avant de les laisser retomber sur mes jambes.

— Tu sais quoi ? *Va te faire voir.*

J'ouvris la portière, mais me tournai ensuite vers lui.

— Peut-être que je vais l'appeler, en fait. Ça fait très longtemps que je ne me suis pas *envoyée en l'air*. Et tu sais très bien que tu m'as repoussée quand je t'ai demandé de sortir avec moi. Alors je ferais mieux d'aller de l'avant et de trouver quelqu'un d'autre pour prendre mon pied.

Je sortis du véhicule et claquai la portière aussi brusquement qu'il l'avait fait tout à l'heure.

— Charlotte ! m'interpela-t-il, alors que je me précipitais vers l'ascenseur.

Je lui répondis sans me retourner, en levant mon majeur par-dessus mon épaule, tout en continuant à marcher.

Va te faire voir, Reed Eastwood. Je laisse tomber.

CHAPITRE 24
REED

UNE FOIS ENCORE, j'avais merdé.

Ça semblait être récurrent quand Charlotte Darling était impliquée. Je disais ou faisais quelque chose qui la contrariait car j'étais fâché, et des heures plus tard, je regrettais et m'en voulais d'avoir agi de la sorte. En temps normal, elle était compréhensive. Nous avions établi un genre de routine. Soit j'étais jaloux de la voir en contact avec un autre homme, ou alors je m'énervais car je ne pouvais pas la coller contre un mur pour lui montrer ce qu'elle me faisait ressentir. Ensuite, je me défoulais et elle se mettait en colère. Sa fureur augmentait au point de la contrarier, et ma culpabilité me rongeait. Enfin, je m'excusais et nous redevenions amis. *Laver. Rincer. Répéter.*

Seulement cette fois, elle ne me laissait pas m'excuser. Même si sa chambre d'hôtel était juste à côté de la mienne et que je l'avais entendue se déplacer à l'intérieur, elle faisait mine de ne pas être là quand je toquais. Je lui avais aussi envoyé un message qu'elle avait lu, mais elle ne m'avait pas répondu non plus. C'était à présent la seconde fois que j'appelais sa chambre, et le téléphone ne faisait que sonner.

Je pris une douche, répondis à quelques e-mails professionnels, puis décidai que j'avais besoin d'un verre. Sur le chemin pour me rendre au bar du hall, je frappai une dernière fois à sa porte. Sans surprise, elle ne répondit pas. Après avoir passé une minute devant sa chambre en silence, j'entendis du mouvement à l'intérieur, alors je tentai ma chance et lui parlai, le front collé à la porte.

— Je vais aller manger quelque chose en bas. Je sais que je suis un abruti. Si tu veux te joindre à moi pour me hurler dessus en mangeant un steak et en buvant un verre de vin, tu sais où me trouver.

Je m'éloignai de quelques pas, avant de me rapprocher de nouveau.

— J'espère que tu te joindras à moi, Charlotte.

Le premier scotch descendit tout seul, alors je décidai d'en commander un deuxième et d'avaler des poignées de cacahuètes au bar, plutôt que de manger un steak. Je m'étais installé dans un coin en face de l'entrée, pour pouvoir observer qui entrait. Chaque fois que quelqu'un approchait, mon cœur pathétique s'emballait. Ensuite, je me rendais compte que ce n'était pas elle, et je noyais mon chagrin avec une autre gorgée de liquide ambré. Après un troisième verre en une heure et demie, je décidai de sauter le repas et d'aller dormir un peu.

Je faillis trébucher en sortant de l'ascenseur à notre étage. Un plateau de room service se trouvait devant la porte de Charlotte. Je soulevai la cloche de son assiette pour voir ce qu'elle avait choisi, et découvris un cheeseburger intact. Il y avait également un cheesecake dont il manquait un morceau, et… un bouchon de liège. *Il semblerait que nous ayons pris le même repas.*

Je pris une grande inspiration et frappai une nouvelle fois, au cas où elle voudrait écouter mes excuses, mais sans m'attendre à ce qu'elle réponde. Toutefois, elle le fit. Et lorsque la porte s'ouvrit, m'excuser fut la dernière chose qui me vint à l'esprit.

Charlotte se tenait là, ne portant rien d'autre qu'un soutien-gorge et une culotte en dentelle noire.

***

— Tu l'avais tellement aimé dans le sac, que j'ai pensé que tu aimerais le voir porté.

Mes yeux étaient déjà rivés sur la petite rose rouge cousue sur l'élastique de son string. Après ce jour dans son bureau où je lui avais demandé de me montrer la lingerie qu'elle avait achetée, j'avais passé des semaines à l'imaginer la porter pour moi à la nuit tombée. Je me voyais utiliser mes dents pour attraper cette rose et faire glisser la dentelle le long de ses jambes magnifiques. Cependant, rien de ce que j'avais visualisé ne faisait le poids face à la vision qui se trouvait devant moi.

Charlotte était tout simplement superbe. Je l'observai, et j'en eus le souffle coupé. Toute cette peau laiteuse et tonique, ces magnifiques courbes à tomber couvertes uniquement par quelques morceaux minuscules de dentelle noire. *Putain.* Ses seins généreux suppliaient d'être libérés de ce petit soutien-gorge échancré et... je pouvais voir ses tétons à travers le tissu transparent. Des tétons roses, délicieux, durs, magnifiques, qui ne demandaient qu'à être sucés.

Je savais qu'elle m'observait, mais je ne pouvais détacher mes yeux de son corps assez longtemps pour regarder son visage.

— Qu'est-ce que tu en penses ? murmura-t-elle.

Charlotte fit un tour sur elle-même lentement et d'une manière séductrice, en s'arrêtant pour que je puisse avoir un long et parfait aperçu de son cul complètement exposé, à l'exception de la ficelle qui remontait au milieu. J'imaginai à quoi pourrait ressembler mon empreinte sur ses fesses rondes.

Lorsqu'elle finit de tourner, nos regards se croisèrent. Je n'avais plus aucune volonté. J'avais envie de sucer sa peau plus que tout au monde. Je voulais l'aspirer fort et y laisser des marques, l'entendre crier mon nom quand mes dents s'enfonceraient en elle. Je n'allais pas y aller doucement. Pas du tout.

— Charlotte... Tu es tellement belle. Tout... ton corps, ton visage. Toi, à l'intérieur aussi bien qu'à l'extérieur.

Ma voix rauque peinait à parler. Ce n'était pas facile compte tenu de l'afflux de sang massif qui se dirigeait vers le sud.

— À ton tour de me montrer ton corps, m'ordonna-t-elle. Je t'ai montré le mien, alors c'est à toi de me montrer le mien.

Je souris, en trouvant d'abord mignon qu'elle s'emmêle dans ses propos, puis... elle hoqueta. Avant de glousser.

J'essayai d'ignorer ma conscience, même en entendant la sonnette d'alarme retentir. J'avais vraiment envie d'elle, mais... *Un bouchon sur son plateau de room service. Du mal à parler. Le hoquet et les gloussements.*

Je regardai par-dessus son épaule et aperçus la bouteille de vin vide sur la commode.

— Tu as bu toute cette bouteille toute seule ?

— Je n'en ai pas gardé...

Un autre hoquet.

— ... pour toi, patron.

Merde.

Putain.

J'avais failli le faire. J'avais failli tendre la main vers elle pour faire ce dont j'avais envie depuis le moment où elle était entrée dans ma vie. Enfin, jusqu'à ce que je me rende compte à quel point elle était ivre. Je fus ramené à la réalité. On aurait dit que j'avais oublié que je ne pouvais pas l'avoir, de toute façon.

Charlotte se contenta de continuer à me regarder avec ses yeux vitreux. J'étais à moitié saoul moi-même, et je n'avais pas du tout envie de bouger pour retourner dans ma chambre. Je restai là à observer son corps magnifique.

— Parfois, Reed, tu me regardes et je pourrais jurer que tu as envie de me mettre une fessée.

— « Envie » n'est pas un mot assez fort pour décrire ce que je veux faire à ton cul.

Putain. Qu'est-ce que je disais ? Je perdais la tête.

Charlotte baissa les yeux. Ma queue m'avait complètement trahi en étirant mon pantalon, exposant une érection plus qu'évidente. J'étais dur comme la pierre, et je ne pouvais rien y faire.

— On dirait que quelqu'un est content de me voir, même si tu essaies de te convaincre du contraire. Je peux peut-être t'aider à éclaircir cette confusion.

Charlotte passa les mains dans son dos.

Qu'est-ce qu'elle faisait ?

Elle dégrafa son soutien-gorge et le laissa tomber au sol.

Non. Non. Non.

Sa superbe poitrine était désormais exposée. Je déglutis, à peine capable de me retenir de la lécher. Ses tétons étaient dressés, et la peau autour était couverte de chair de poule. Mes yeux se posèrent ensuite sur un petit amas de taches de rousseur. Les seins de Charlotte étaient magnifiques, ronds, et avaient un galbe naturel, contrairement aux faux seins figés d'Allison.

Saute pour moi, Charlotte. Je veux les voir rebondir.

— Touche-moi, haleta-t-elle.

Je mis aussitôt mes mains dans mon dos.

— Je ne peux déjà pas te toucher en temps normal, Charlotte, mais je peux encore moins le faire lorsque tu es ivre.

— Qu'est-ce qui t'en empêche à chaque fois ? Tu as clairement envie de moi. Tu as donné ton cœur à quelqu'un comme Allison, mais tu refuses d'explorer ne serait-ce qu'un peu les choses avec moi pour voir où ça pourrait mener. Dis-moi ce qui ne va pas chez moi. Je peux encaisser.

Bon sang, je détestais la laisser penser que mon hésitation avait quelque chose à voir avec Allison. Enfin, c'était le cas, mais pas de la façon dont elle le pensait.

Elle fit deux pas vers moi et sembla perdre l'équilibre. Charlotte enroula ensuite ses bras autour de mon cou, et avant que je puisse m'en rendre compte, ses lèvres furent sur les miennes.

J'émis un bruit que je ne pus identifier. J'avais l'impression que tout l'oxygène de mon corps s'échappait dans sa bouche, alors que je cédais au besoin de l'embrasser. Mes mains agrippèrent désespérément ses cheveux, et mes lèvres enveloppèrent les siennes. Son goût était sucré et enivrant, avec une pointe de vin blanc. Je laissai ma langue se glisser dans sa bouche juste quelques secondes, et le plaisir fut à la limite du supportable.

Je m'écartai brusquement d'elle dans un ultime effort pour éviter de faire une énorme erreur dont je ne me remettrais jamais.

Du dos de la main, j'essuyai sa salive de ma bouche, mais non pas parce que je n'en voulais pas. Bien au contraire. Ma main tremblait.

L'air humiliée, Charlotte couvrit ses seins et se pencha pour ramasser son soutien-gorge, avant de le remettre. C'était probablement la première fois que je la voyais aussi furieuse. Je ne pouvais pas lui en vouloir. J'étais certain qu'elle ne comprenait rien à tout ce qu'il se passait.

— Va-t'en ! s'écria-t-elle, les yeux brillants.

— Je ne peux pas.

— Quoi ?

— Je ne peux pas te laisser quand tu es fâchée comme ça.

— Va te faire foutre, Eastwood, souffla-t-elle, avant de se diriger vers le lit.

Charlotte enfouit son visage dans l'oreiller. Je ne savais pas si elle pleurait ou si elle était en train de s'endormir. Il était probable qu'elle ne se souvienne même pas de cet échange demain. Enfin, c'était ce que j'espérais.

Debout comme un crétin avec les mains dans les poches, je l'observai, étendue sur le ventre.

Après quelques minutes, je me déplaçai pour m'asseoir au bord de son lit, puis finis par y poser mes pieds aussi. La pièce tournait un peu. Je me tournai vers elle alors qu'elle était toujours allongée, le visage dans l'oreiller, la respiration lourde.

— Charlotte. Que vais-je faire de toi? demandai-je à voix basse.

Mes yeux se posèrent sur ses fesses à moitié nue, alors que mon sexe était toujours dur. Mes testicules me faisaient mal.

— Je sais que rien de tout ça n'a de sens, commençai-je à m'ouvrir, en sachant qu'elle n'allait vraisemblablement pas retenir ce que j'allais dire. Je suis vraiment désolé de t'avoir blessée. Je ne sais plus comment me comporter avec toi. Ne prends pas mon appréhension pour un manque d'intérêt. En fait, c'est tout l'opposé, c'est une bataille constante. La vérité, c'est que je lutte contre ce que je ressens pour toi depuis un long moment, et c'est la chose la plus difficile que j'ai jamais eu à faire. Mais ce dont je suis absolument certain, c'est que je ne suis pas l'homme qu'il te faut. Tu es une rêveuse, Charlotte. La plus grande rêveuse qui soit. Et tu mérites d'être avec quelqu'un qui ne t'empêchera jamais d'avancer.

Je fermai les yeux et poussai un long soupir.

— J'essaie vraiment de prendre la meilleure décision. Si je m'écoute et que je m'autorise à être avec toi, je ne pourrai jamais te laisser partir. Et ce ne serait pas juste. Je rêve de ce que ça ferait de me perdre complètement en toi, de ne me soucier de rien d'autre. Bon sang, tu me ferais sûrement enfermer si tu savais tous les trucs que j'ai imaginé te faire. J'ai envie de faire des choses folles avec toi. C'est si proche que je peux le goûter, mais en même temps tellement loin. Bref, je suis désolé. Je suis désolé de t'avoir fait du mal ce soir. Tu mérites mieux que ça. Tu mérites le meilleur. Et un jour, tu feras d'un petit veinard l'homme le plus heureux de la planète.

Ma poitrine se serra en y pensant. Imaginer Charlotte avec un autre homme me rendait vraiment malade. Toutefois, je ne pouvais pas être avec elle, et il fallait que j'apprenne à la laisser partir.

Sa respirait avait ralenti. J'étais presque sûr qu'elle dormait. Tout ce que je désirais, c'était enfouir mon visage dans ses cheveux et la sentir jusqu'à perdre conscience. Au lieu de ça, je fis un compromis. Je replaçai mon oreiller et m'approchai d'elle pour pouvoir au moins la sentir sans la toucher.

Je fermai les yeux et me laissai sombrer.

J'étais aussi proche du bonheur que possible.

CHAPITRE 25
CHARLOTTE

J'OUVRIS LES YEUX et regardai de l'autre côté du lit. Je n'arrivais pas à me souvenir du moment où Reed était parti hier soir. Je ne me souvenais pas de grand-chose, d'ailleurs.

L'heure affichée sur le réveil me coupa le souffle. J'avais dormi jusqu'à midi ? Bon sang ! Pourquoi Reed ne m'avait-il pas appelée pour me réveiller ?

Un vague souvenir de lui me murmurant des excuses à l'oreille me revint, mais impossible de savoir si c'était réel. Et... est-ce que nous nous étions embrassés ? Je pensais que oui, mais je ne pouvais pas être certaine de ne pas avoir aussi imaginé ça.

Une sensation de vide s'empara de moi, alors que ma tête me faisait souffrir. Mon téléphone sonna. C'était un numéro que je ne reconnaissais pas.

— Allô ?

— Bonjour, Charlotte. C'est John.

John était le moniteur d'hier qui avait essayé de me convaincre de sortir avec lui.

— Comment as-tu eu mon numéro ?

— Il était sur tes documents d'inscription.

— Oh. En quoi puis-je t'aider ?

— Ton ami Reed vient juste d'être emmené à l'hôpital. Son instructeur l'y a conduit. Mais il va bien.

Mon cœur s'emballa.

— Quoi ?

Je me souvins alors que Reed devait se rendre à une ascension tôt ce matin.

— Il escaladait et il est tombé. Ses jambes ont lâché. La politique de l'entreprise nous demande d'emmener le client à l'hôpital pour qu'il soit examiné s'il se passe quoi que ce soit sous notre surveillance.

— Mais tu as dit qu'il allait bien ?

— Oui. Il était cohérent... il marchait et agissait normalement. Il boitait juste un peu. Encore une fois, ce n'est que la procédure.

— Quel hôpital ?

— Newton Memorial.

— Est-ce que tu peux m'y emmener ?

Il hésita.

— Euh... bien sûr.

John me rejoignit devant l'hôtel et me conduisit à l'hôpital qui se trouvait à trois kilomètres de là. J'insistai pour qu'il ne fasse que me déposer, puisque je m'étais dit que Reed et moi appellerions un Uber dès qu'il aurait l'autorisation de partir.

Après de longues recherches, je repérai mon patron dans l'une des salles d'examen, en train de parler à un médecin. Je ne savais pas vraiment si je devais lui révéler ma présence, alors je choisis de rester derrière la porte. Je ne pus m'empêcher d'écouter leur conversation.

— C'est juste que… je me suis senti vraiment bien ces derniers temps. Je n'aurais pas organisé cette excursion si je pensais que les spasmes musculaires allaient revenir.

— Donc vous avez déjà eu des symptômes…

— Oui, mais ils sont passagers. J'en suis encore au tout premier stade.

— La sclérose en plaques peut effectivement être sournoise. Et la vérité, c'est que vous pourrez passer plusieurs semaines, ou même des mois, sans aucun symptôme, avant qu'ils ne reviennent. Avez-vous ressenti autre chose ces dernières semaines ?

— Mis à part quelques légers vertiges, non.

— Êtes-vous venu seul dans les Adirondacks ?

— Non, avec une amie. Elle ne sait pas que je suis à l'hôpital et elle ne sait rien à propos de la sclérose en plaques.

Sclérose en plaques ?

Reed… a une sclérose en plaques ?

Il a une sclérose en plaques.

Quoi ?

J'avais l'impression que le hall de l'hôpital était en train de tourner, et que mon cœur était prêt à exploser, alors que je me dirigeais vers l'ascenseur en courant. J'avais besoin d'air.

Une fois dehors, je m'accroupis sur la pelouse devant le bâtiment, la tête entre les jambes.

Respire.

Tout semblait soudain logique. Le mariage annulé. Tout le monde disant que Reed avait ses raisons d'être tel qu'il était. Pourquoi il ne s'autorisait pas à être avec moi. La liste de vœux. *Oh, mon Dieu ! La liste de vœux.*

Mes épaules remuèrent lorsque je me mis à pleurer dans mes mains. C'était la première fois que j'avais aussi mal pour quelqu'un, et en même temps, quelque chose d'autre explosa en moi, tandis que tous les moments que j'avais partagés avec Reed me revinrent à l'esprit.

J'hésitais à appeler mes sentiments pour Reed de l'amour. Tout ce que je savais, c'était que je n'avais jamais ressenti ça auparavant. Je savais depuis longtemps que ça dépassait le béguin habituel. Maintenant que je comprenais vraiment pourquoi il nous empêchait de passer à l'étape supérieure, je m'autorisais pour la première fois à réellement ressentir ces sentiments pour lui. J'étais passée du stade où je ne comprenais rien à celui où je comprenais tout. *Tout.*

Reed pensait me protéger.

« Tu mérites d'être avec quelqu'un qui ne t'empêchera jamais d'avancer. »

D'où est-ce que ça venait ? Est-ce qu'il me l'avait dit ? C'était enfoui quelque part dans ma mémoire. Est-ce qu'il l'avait dit hier soir ?

Ensuite, je repensai à la robe et au mot bleu. Il ne savait pas ce qui l'attendait quand il avait écrit ce mot à Allison. Les espoirs et les rêves de Reed avaient probablement été réduits en miettes quelque temps après. Mais pourquoi aurait-ce été le cas ? Il n'avait sûrement pas pu tout abandonner juste parce qu'Allison l'avait quitté ? C'était une lâche qui ne l'avait jamais vraiment aimé.

Je commençais véritablement à comprendre ce qu'elle lui avait fait. *Elle l'a quitté à cause de sa sclérose en plaques.* «Dans la santé et dans la maladie» ne lui disait donc rien? Et dire que j'avais cru que ce mot bleu cousu dans sa robe représentait l'amour inconditionnel. Le conte de fées n'était qu'une illusion. En réalité, Allison ne comprendrait pas la signification de l'amour inconditionnel même si on la lui collait sous le nez.

Un besoin irrésistible d'informations s'empara de moi. Je me fis la promesse de lire ce soir tout ce que je pourrais trouver en ligne sur la sclérose en plaques, jusqu'à ce que mon cerveau se mette à saigner. Il fallait que je trouve le moindre renseignement disponible pour lui redonner espoir.

Je me souvenais d'avoir regardé cet animateur de talk-show, Montel Williams, à la télévision. Il avait la même maladie, mais il soulevait des poids et avait l'air plus en forme que la plupart des gens. Il devait y avoir un moyen de contourner ça. J'avais besoin qu'il y ait de l'espoir. Reed ne pouvait pas laisser cette maladie diriger sa vie.

Et voilà que les larmes se remettaient à couler. Comment étais-je censée me maîtriser aujourd'hui si je ne lui disais pas que je savais? Il n'avait clairement jamais souhaité que je sois au courant de son souci de santé. Il ne me l'aurait *jamais* dit. Je le savais.

Il fallait que je réfléchisse longuement à tout ça, parce que je ne voulais pas le contrarier. Il méritait d'avoir le droit de me le dire à sa façon. Le découvrir de cette manière était une violation involontaire de sa vie privée.

Mon cœur. Il semblait si lourd, comme s'il pesait dans mon corps.

J'appelai John pour qu'il revienne me chercher, en lui demandant de ne pas dire à Reed que j'étais venue à l'hôpital.

De retour à l'hôtel, je retournai dans ma chambre et ouvris un site médical sur mon téléphone. Je fis défiler les articles en faisant tout mon possible pour en apprendre plus sur la sclérose en plaques, durant le peu de temps qu'il me restait avant le retour de Reed.

J'avais besoin de trouver comment j'allais aborder ça, alors je décidai de ne pas lui dire que je savais. Du moins, pas encore. Lorsque mon portable sonna, je décrochai.

— Reed, où es-tu ?

— Comment tu te sens aujourd'hui ?

— Un peu mal à la tête, mais ça va. Pourquoi tu n'es pas venu me réveiller ce matin ?

— Crois-moi, tu avais besoin de dormir.

Il marqua une pause.

— Écoute, il faut que tu saches que... j'ai glissé pendant la montée de ce matin. Ils m'ont fait aller à l'hôpital juste par précaution. J'ai quelques égratignures, mais je vais bien. Je suis déjà de retour dans ma chambre.

— Tu es sûr que ça va ? demandai-je, en essayant de paraître surprise.

— Oui. Je serai capable de conduire pour rentrer.

— On part à quelle heure ?

— Dès que tu es prête.

— J'aimerais ne pas tarder, indiquai-je.

— D'accord. Et si je passais dans ta chambre dans environ vingt minutes? On pourrait aller déjeuner avant de prendre la route.

— Ça me va.

***

Le trajet du retour jusqu'à Manhattan fut paisible. J'avais peur de ne pas pouvoir dissimuler mes sentiments si j'ouvrais la bouche, alors je choisis de ne rien dire du tout.

Reed se tourna vers moi, alors que le soleil commençait à se coucher au-dessus de l'autoroute.

— Tu vas bien?

— Oui, ça va, répondis-je en le regardant enfin.

Il sembla préoccupé.

— Tu te souviens d'hier soir? demanda-t-il après un autre moment de silence.

Hier soir.

Même si je m'étais rappelé les détails de notre rencontre alcoolisée dans ma chambre, je n'avais plus que la bombe que j'avais apprise plus tôt en tête.

— Quelques bribes.

— Est-ce que tu te souviens... du baiser? ajouta-t-il en baissant la voix.

Alors, c'était réel.

— Vaguement.

Il contracta la mâchoire.

— Il ne s'est rien passé d'autre, au cas où tu te poserais la question.

— Ce n'est pas le cas.

C'était bien le cadet de mes soucis.

— Tu t'es endormie. Je suis resté un peu et je me suis endormi aussi. Et ensuite, je suis parti très tôt.

— Pourquoi tu es resté ?

— Je ne me sentais pas bien à l'idée de te laisser. Tu étais fâchée.

— Eh bien, merci… d'être resté.

— J'assume l'entière responsabilité d'être venu dans ta chambre, mais on ne peut plus se laisser emporter comme ça.

Je me contentai de continuer à hocher la tête, et je pouvais sentir les larmes me monter aux yeux. *Merde.* Voilà pourquoi je ne pouvais pas lui parler. Je tournai la tête pour regarder par la vitre, tout en espérant qu'il n'ait pas remarqué ma perte totale de contrôle.

Reed augmenta le volume de la radio quand *I Can't Make You Love Me* de Bonnie Raitt démarra. Les paroles me faisaient beaucoup penser à ma situation avec Reed, car on ne pouvait pas vraiment contrôler les sentiments de l'autre. Je ne pouvais pas forcer Reed à voir son avenir à ma manière. Il fallait qu'il en arrive à cette conclusion lui-même. La chanson ne m'aidait pas dans cette situation délicate.

— Charlotte, regarde-moi.

Lorsque je lui obéis, il put voir mes larmes.

— Qu'est-ce que… Ne pleure pas. Pourquoi tu pleures ?

Parce que tu as une sclérose en plaques.

Et parce que tu crois que ça changerait quelque chose pour moi.

— Ça n'a rien à voir avec ce que tu as dit. C'est juste que je suis émue.

Je tendis la main.

— C'est cette chanson… *I Can't Make You Love Me*. C'est déprimant. Et c'est aussi la mauvaise période du mois, mentis-je.

Reed acquiesça simplement d'un air compréhensif. Il sembla accepter cette explication sans me questionner davantage.

Tout garder en moi me faisait mal, et je n'avais découvert ça que depuis quelques heures. Ça ne faisait même pas une journée entière et je n'arrivais pas à tenir le coup.

Le reste du trajet se passa en silence.

Après que Reed m'eut déposée chez moi, j'appelai immédiatement un Uber pour me rendre chez Iris.

Son gardien me connaissait et me laissa monter.

— Vous savez? demandai-je dès qu'elle ouvrit la porte.

J'entrai en passant devant elle.

Elle prit un air inquiet.

— De quoi parlez-vous, Charlotte?

— La sclérose en plaques, lâchai-je, à bout de souffle.

Iris ferma les yeux et se dirigea vers le canapé.

— Venez vous asseoir.

Je m'installai et pris ma tête dans mes mains.

— Iris, mon cœur saigne. Dites-moi ce que je dois faire.

— Il vous l'a dit? s'enquit-elle en posant sa main sur mon genou.

— Non, je ne suis pas censée le savoir. Je l'ai découvert par accident.

Elle sembla choquée.

— Comment ?

— Pour résumer, on est allés faire de l'escalade dans les Adirondacks. Reed va bien, mais il est tombé et a dû se faire examiner. Je n'étais pas avec lui quand c'est arrivé. Je l'ai rejoint à l'hôpital et j'ai surpris une conversation entre le médecin et lui. Il ne sait pas que j'étais là et que je suis au courant.

Je reposai ma tête dans mes mains et me retrouvai de nouveau au bord des larmes.

— Je ne sais pas comment gérer ça. Je ne peux pas simplement faire comme si je ne savais pas, mais j'ai peur qu'il soit furieux s'il le découvre.

Iris hocha la tête d'un air compréhensif.

— Prenez le temps de réfléchir. La bonne réponse viendra à vous.

Je levai les yeux vers elle.

— Vous aviez raison. Vous avez toujours dit qu'il avait ses raisons pour être aussi renfermé, mais je n'avais pas imaginé ça.

Elle poussa un long soupir.

— Charlotte... vous savez... la sclérose en plaques n'est pas synonyme de mort. Reed était en réalité relativement optimiste quand il l'a appris. Il a vu tous les meilleurs spécialistes de Manhattan, et ils l'ont tous rassuré en lui disant que beaucoup de gens peuvent vivre normalement avec cette maladie. C'est juste que certains n'ont pas autant de chance. Il n'y a aucun moyen de savoir dans quelle catégorie Reed va tomber. Seul le temps nous le dira. Mais quand Allison a décidé qu'elle ne pouvait pas supporter l'éventualité du scénario le plus pessimiste, Reed a été pris de court. Son point de vue a changé après ça, et aucun de nous n'a réussi à le ramener à la raison. Il a commencé à se concentrer sur le négatif... sur les « et si ». Il a perdu la foi et n'a pas été capable de reprendre le dessus.

— Il l'aimait vraiment...

C'était la seule chose que j'avais su dès le début.

— C'est vrai. Mais elle n'est clairement pas faite pour lui. Il est déterminé à ne laisser aucune chance à l'amour, Charlotte. Je ne peux pas affirmer avec certitude qu'il changera un jour d'avis là-dessus. Cependant, imaginer mon petit-fils vivre sa vie sans expérimenter les joies de l'amour et d'avoir une famille à lui me fait atrocement mal au cœur.

Les larmes me piquaient les yeux. Moi aussi, ça me brisait le cœur d'imaginer que Reed pourrait ne jamais pouvoir retomber amoureux.

CHAPITRE 26

REED

QUELQUE CHOSE CLOCHAIT vraiment avec Charlotte depuis notre retour des Adirondacks. C'était certain.

Elle m'avait évité ces deux derniers jours, et même si je savais que c'était mieux comme ça, ma curiosité avait eu raison de moi. J'avais fait en sorte qu'elle vienne m'aider lors d'une visite dans l'une des propriétés les plus spectaculaires de toute ma carrière. Elle avait insisté pour avoir un chauffeur et ne pas se rendre dans les Hamptons avec moi, en inventant une excuse à propos de son emploi du temps. Cependant, je savais que c'était pour éviter d'être seule en ma compagnie. Ça aurait dû me rendre heureux, mais j'étais perplexe. Est-ce que c'était parce que j'avais refusé ses avances ? Je ne pouvais pas en être certain.

La maison d'Easthampton était si près de l'eau qu'elle se trouvait quasiment sur l'océan. Le bien de vingt millions de dollars de style européen avait été conçu du sol au plafond avec les meilleurs matériaux importés, et n'allait pas rester longtemps sur le marché. Nous avions trois rendez-vous d'affilée, et je m'attendais à conclure l'affaire d'ici demain, une fois que les trois parties auraient eu le temps de réfléchir à leurs offres concurrentielles.

Une fois les visites terminées, j'eus l'occasion de parler à Charlotte pour la première fois de la journée. Elle avait retiré ses chaussures, et nous nous promenions le long de la plage.

— Laisse-moi te demander quelque chose, Reed.

— Je t'en prie.

— D'après ton enthousiasme à faire visiter cette propriété, et la lueur dans tes yeux quand tu parlais de son élégance majestueuse à la Gatsby, j'ai eu le sentiment... qu'elle te plaisait beaucoup. Cependant, est-ce que tu pourrais vraiment vivre ici, dans cette maison ?

— Oui, absolument, affirmai-je sans hésiter une seconde.

— Et si je te disais que je ne pourrais pas vivre ici car c'est tellement proche de l'eau que j'aurais peur de ce qui pourrait arriver en cas d'ouragan ?

— Je te répondrais que tu es sacrément folle.

Elle inclina la tête.

— Ah oui ? Pourquoi ?

Où voulait-elle en venir ?

— Parce que cette maison est la plus belle propriété que j'ai eu la chance de faire visiter. Ne pas vouloir y vivre, ne pas vouloir profiter de toute sa splendeur chaque jour parce que tu t'inquiètes d'une potentielle tempête est ridicule.

— Tu penses que ma peur ne devrait pas m'empêcher de profiter pleinement de cette magnifique demeure...

— C'est ça.

— Parce qu'il se pourrait que la tempête n'ait jamais lieu, ajouta-t-elle.

— Tout à fait.

— Donc, si cet endroit représentait la vie... alors tu crois qu'il ne faudrait pas laisser la peur dicter notre vie ?

Son air sérieux me fit marquer une pause. J'arrêtai de marcher. La brise marine faisait voler ses cheveux. Vu sa façon de me fixer droit dans les yeux... quelque chose clochait. Charlotte me posait cette question pour une raison précise.

Nous ne parlions pas vraiment de la maison.

Soudain, l'adrénaline se répandit en moi. Avait-elle compris ? Avait-elle je ne sais comment eu accès à mon dossier médical ? Pouvait-elle savoir ce que j'avais ? Non. C'était impossible. J'avais fait tout ce qui était en mon pouvoir pour que cette information reste privée.

Toutefois, nous parlions de Charlotte Darling. Avec elle, tout était possible.

Il fallait que je sache.

— De quoi parles-tu réellement, Charlotte ?

Elle ne me répondit pas immédiatement.

— Je suis au courant, Reed, avoua-t-elle ensuite simplement.

— Au courant... de quoi ?

— Je sais que tu as une sclérose en plaques.

Mon cœur se serra. Se mots me firent l'effet d'un coup de poing dans le ventre. Je me sentais tout bonnement... mis à nu.

— Dis-moi comment tu l'as découvert, lui intimai-je.

Elle devint rouge comme une tomate.

— C'était un accident. S'il te plaît, ne te mets pas en colère. J'étais venue à l'hôpital pour voir comment tu allais. J'étais devant la porte quand tu parlais avec le médecin. Je n'ai pas pu m'empêcher d'entendre.

Bien que mon instinct me dise de m'énerver contre elle, ce ne serait pas juste. Elle n'avait pas fouiné. Elle n'avait rien fait de mal, et son air inquiet était sincère.

Je posai ma main sur sa joue.

— Viens t'asseoir avec moi.

Charlotte me suivit jusqu'à un gros rocher qui surplombait l'océan.

— Tu n'es pas fâché ?

Je poussai un long soupir et secouai lentement la tête en signe de dénégation.

— Dieu merci. Je pensais que tu le serais.

— Une partie de moi est soulagée que tu le saches, mais j'ai besoin que tu comprennes que ça ne change rien, Charlotte.

— Écoute. J'ai fait beaucoup de recherches et...

— Laisse-moi finir, l'interrompis-je.

— Très bien.

— Je sais que tu as probablement dû parcourir tous les sites Internet à la recherche d'informations pouvant te rassurer à ce sujet. Je sais que tu as probablement des tas de points de vue positifs là-dessus. Mais la vérité, c'est que... je ne peux pas ignorer ce qui est *là*. Les moments où j'ai des problèmes de mobilité, les moments où ma vision devient floue, ou quand mes jambes s'engourdissent. Les fois où j'ai l'impression de perdre la tête. C'est passager, mais c'est *là*.

J'inspirai l'air marin pour me ressaisir.

— Ce ne sont que des murmures pour l'instant, mais la vérité… c'est que ça me rattrapera un jour. C'est déjà suffisamment lourd sans avoir à m'inquiéter de devenir un fardeau pour quelqu'un d'autre. Je ne peux pas vivre en sachant que ça pourrait arriver, Charlotte. Le seul service qu'Allison m'ait rendu, c'est de me quitter avant qu'on en arrive à ce stade.

— Allison a fait une énorme erreur en pensant qu'un avenir avec toi n'en valait pas la peine, rétorqua-t-elle en levant la voix. Je ne verrai jamais les choses comme toi, Reed. Je ne comprendrai jamais comment quelqu'un pourrait refuser de passer des moments privilégiés avec la personne qu'il aime, et préférer ne rien avoir du tout. Là encore, il n'est pas question d'amour quand on est capable de tourner le dos à l'autre. La vie n'est pas parfaite. Je pourrais me faire renverser par un bus demain. En fait, ça a failli arriver ce matin !

Je n'étais pas censé rire à ça. Ce n'était pas drôle du tout, mais bizarrement, la façon dont elle l'avait dit m'avait fait rire.

— Ceci dit, je comprends tes peurs, continua-t-elle. La seule chose que je ne peux pas faire, c'est te forcer à penser comme moi. Si c'est ce que tu ressens vraiment, alors je veux que tu saches que je serai toujours ton amie.

Elle baissa ensuite les yeux sur son téléphone et se leva brusquement.

— Je dois partir.

— Où tu vas ?

— Mon chauffeur est là.

Je me levai à mon tour.

— Je pensais que tu rentrerais avec moi.

— Non, j'ai appelé un taxi.

— Très bien, déclarai-je, ne sachant où poser le regard tellement j'étais confus.

Même si elle avait insisté pour partir, Charlotte n'allait *pas* bien.

— Bonnie Raitt avait raison, ajouta-t-elle, en ayant l'air d'être au bord des larmes.

Puis elle s'éloigna, me laissant là, au bord de l'océan.

Bonnie Raitt avait raison.

Bonnie Raitt avait raison.

Qu'est-ce que ça voulait dire ? Soudain, je compris. La chanson.

I Can't Make You Love Me. Je ne peux pas te forcer à m'aimer.

Je restai un moment sur la plage en réfléchissant à ce qu'avait dit Charlotte. Sans compter que j'avais désormais la chanson dans la tête. J'étais déterminé à ne pas la laisser m'influencer. Les choses étaient telles qu'elles devaient l'être. Charlotte ne pouvait pas prendre en considération les implications à long terme d'une relation avec moi, car elle voyait le monde à travers des lunettes roses. Il fallait que je sois le plus rationnel de nous deux dans cette histoire. J'étais certain qu'elle imaginait la meilleure issue possible, sans me voir potentiellement contraint à rester dans un lit ou un fauteuil roulant, incapable de communiquer ou de manger correctement. Toutefois, il n'en demeurait pas moins que le pire des scénarios n'était pas impossible.

Allison avait fait ce qu'elle pensait être le mieux pour elle, et avait pris le moins de risques possible. Aucun mari avec une maladie invalidante n'entraverait sa liberté. C'était ce que je voulais pour Charlotte, qu'elle puisse vivre tous ses rêves « et puis merde » sans que rien ne la retienne.

Mon téléphone sonna, interrompant le fil de mes pensées. Je jetai un coup d'œil à l'écran et m'aperçus que c'était Josh, le détective privé.

Je décrochai.

— Ici Reed.

— Eastwood... Je t'appelle à propos de l'enquête sur Charlotte Darling que tu m'as confiée à Poughkeepsie. Je crois que j'ai trouvé quelque chose.

CHAPITRE 27

REED

J'AVAIS TOUJOURS été doué pour garder des secrets.

Pourtant, curieusement, j'avais à peine réussi à regarder Charlotte depuis que Josh m'avait appelé pour me donner des informations sur sa mère biologique. Évidemment, je savais que garder ça pour moi était la meilleure chose à faire jusqu'à ce que Josh puisse vérifier tout ce qu'il avait découvert. Surtout étant donné que la plupart venaient du bouche-à-oreille. Il était hors de question que je partage ce genre de renseignements non vérifiés avec Charlotte.

Et puis, il y avait aussi le fait que j'ignorais totalement comment elle allait réagir à ce que j'avais fait. Nous étions tous les deux des inconnus envahissant la vie privée de l'autre. Curieusement, ça semblait être notre truc à nous. J'avais espionné ses réseaux sociaux et ouvert sa liste de « et puis merde », et en échange, elle m'avait offert une tasse de Noël sur laquelle apparaissait mon rêve de jeunesse le plus personnel, que je n'avais jamais partagé avec elle. Cependant, aller chercher sa mère, découvrir sa véritable identité et son histoire atteignait un niveau encore plus dingue. Le fait que ce que j'avais trouvé n'était pas bon n'arrangeait rien.

Plus tôt dans l'après-midi, j'avais envoyé un message à Charlotte pour lui demander à quelle heure elle avait prévu de quitter le travail ce soir. Elle m'avait répondu qu'elle partirait à dix-huit heures, alors j'attendis jusqu'à dix-huit heures trente pour déposer sur son bureau les dossiers sur lesquels j'avais besoin qu'elle travaille demain. J'utilisai ma clé pour déverrouiller sa porte, en m'attendant à trouver la pièce vide.

Seulement, mon assistante était clairement encore là.

— *Merde.* Tu ne sais pas toquer ?

Elle remonta la robe qui lui arrivait à la taille, couvrant ainsi son soutien-gorge.

Je restai figé à la fixer, au lieu d'être poli et de me retourner.

— Désolé. Tu as dit que tu allais partir à dix-huit heures, et ta porte était verrouillée.

— Je l'ai verrouillée pour pouvoir me changer.

Je cillai plusieurs fois, en parvenant enfin à me reprendre.

— Désolé.

Je fis demi-tour et refermai derrière moi, mais Charlotte m'interpela.

— Attends !

Je laissai la porte entrouverte pour ne pas la voir.

— Qu'y a-t-il ?

— Est-ce que tu peux... m'aider avec cette fermeture ? Elle se coince toujours.

Je levai les yeux au ciel et comptai jusqu'à dix dans ma tête.

— Est-ce que tu es couverte ?

— Oui.

J'ouvris, et pus voir ce qu'elle portait. J'avais été tellement distrait par le contraste de son soutien-gorge noir en dentelle sur sa peau pâle qu'elle aurait pu porter un costume de clown sans que je m'en aperçoive.

J'essayai de garder mes yeux sur son visage, mais j'échouai. La petite robe noire qu'elle portait – une robe avec un décolleté assez profond – était trop irrésistible pour passer à côté. Elle lui arrivait quelques centimètres au-dessus du genou, ce qui allongeait ses jambes galbées qui se terminaient par une paire de chaussures pointues à talons hauts. J'aurais donné n'importe quoi pour les sentir s'enfoncer dans mon dos.

Je déglutis.

— Tu vas quelque part ?

Elle me tourna le dos et ramena ses cheveux sur le côté. Sa robe était fermée jusqu'à la dentelle de son soutien-gorge.

— Est-ce que tu peux monter la fermeture ? Je suis déjà en retard.

Je m'approchai d'elle et inspirai longuement son odeur.

— Tu es magnifique, mais où vas-tu ?

— Je vais boire un verre avec une connaissance.

Ma main s'arrêta. Elle portait une petite robe noire et sentait divinement bon, et pourtant, sa réponse me choquait.

— Une *connaissance* ?

J'avais l'impression d'avoir été percuté par un semi-remorque.

— Oui, et je suis en retard. Alors si tu veux bien…

Par miracle, je parvins à remonter sa fermeture, même si tout ce que j'avais envie de faire, c'était de lui arracher cette robe et lui dire qu'elle n'irait nulle part avec cette *connaissance*.

Elle se tourna et lissa sa tenue.

— De quoi j'ai l'air ?

De quoi j'ai l'air ? Tu as l'air d'être à moi.

Je fis un sérieux effort pour desserrer les poings.

— Je te l'ai dit. Tu es magnifique.

Je sentais qu'elle me regardait, mais je ne pouvais pas croiser son regard. Après une minute, je fis demi-tour pour partir.

— Bonne soirée, Charlotte.

***

J'aurais dû rentrer chez moi, mais je ne le fis pas. Comme un idiot, je me rendis dans le bar que mes amis et moi avions l'habitude de fréquenter avant que je rencontre Allison. Je ne sais pas à quoi je pensais, mais peu importe, c'était sacrément bête.

Je descendis mon troisième verre. Il était dilué au point d'avoir un goût horrible, mais ça faisait l'affaire. Je sortis un billet de cent dollars et le posai sur le bar.

— Je vais en prendre un autre, annonçai-je au barman.

— Tu es sûr ? Tu les descends rapidement, mec.

— La femme dont je suis dingue m'a demandé de l'aider à fermer la petite robe sexy qu'elle porte ce soir à un rencard.

Le barman acquiesça.

— Je me charge de faire suivre les verres.

Alors que je noyais ma peine, une femme se glissa sur le tabouret à côté de moi.

— Reed ? Je savais bien que c'était toi.

Je plissai les yeux en me demandant d'où je la connaissais. Son visage me disait quelque chose, mais je n'arrivais pas à m'en souvenir.

— Tu ne te souviens pas de moi ? demanda-t-elle en faisant la moue. Maya, l'amie d'Allison. Enfin... je présume que techniquement, c'est plutôt ex-amie.

Mes yeux se posèrent sur sa poitrine. J'aurais dû commencer par là. Elle était plutôt jolie, mais c'étaient ses seins énormes qu'on ne pouvait pas oublier. Je me rappelais qu'Allison n'arrêtait pas de dire du mal d'elle – comme le fait que ses seins ne pouvaient pas être naturels, qu'elle devrait être strip-teaseuse –, et pourtant, elle était toujours gentille en face d'elle. J'aurais dû me rendre compte que c'était le premier signe prouvant que la femme avec laquelle je sortais manquait d'intégrité. J'avais été tellement aveugle.

J'étais à moitié ivre et en pleine dépression, alors je ne pouvais même pas dissimuler convenablement ce qui avait attiré mon attention. Ça ne sembla pas déranger Maya. Elle gonfla fièrement la poitrine et se mit à flirter.

— Tu te souviens de moi, maintenant ?

J'ignorai son commentaire et avalai le contenu de mon verre.

— Ex-amie ?

— Oui. Je me suis disputée avec elle il y a quelques mois. Je ne lui ai pas reparlé depuis.

Je hochai la tête. La dernière chose dont j'avais envie, c'était de parler d'Allison.

Le barman revint vers nous et s'adressa à Maya.

— Qu'est-ce que je vous sers ?

— Je vais prendre un Long Island iced tea. Et remettez-lui la même chose, ajouta-t-elle en désignant mon verre. Le prochain est pour moi.

— Ce n'est pas nécessaire.

— Peut-être. Mais on a quelque chose à fêter.

— Quoi donc ? demandai-je en la regardant.

— Le fait qu'on soit tous les deux débarrassés de cette garce d'Allison.

***

Maya tituba en descendant du tabouret. Nous avions définitivement trop bu.

— Je dois aller au petit coin, gloussa-t-elle. Garde ma place.

— Bien sûr.

La dernière tournée avant la fermeture avait été annoncée depuis presque trente minutes, et le bar était presque vide. Il n'allait pas être difficile de lui réserver son siège.

Je finis mon verre. Nous étions assis là depuis longtemps. Finalement, Maya s'était révélée être plutôt sympa. Même si je n'avais aucune envie de parler d'Allison, elle m'avait raconté leur dispute.

Apparemment, mon ex était sortie avec un type que Maya avait fréquenté plusieurs fois, alors même qu'elle savait qu'ils se voyaient.

En général, l'alcool embrouillait l'esprit, mais pour une raison quelconque, il éclaircit le mien ce soir. Plus je réfléchissais à la femme à laquelle j'avais demandé de m'épouser, plus je prenais conscience qu'elle m'avait rendu un grand service en me quittant. La femme que j'avais crue loyale et douce. On dit que l'amour rend aveugle, mais apparemment, dans mon cas, il m'avait aussi rendu sourd et idiot.

Je fis signe au barman pour avoir son attention. *La dernière tournée peut aller se faire voir*. J'avais besoin d'un autre verre.

Tout le monde avait des rencards : Maya, mon ex-fiancée, *Charlotte*... J'étais le seul crétin célibataire actuellement. Peut-être que c'était ce dont j'avais besoin – de m'envoyer en l'air. Ça me ferait oublier la femme optimiste aux yeux bleus portant une petite robe noire sexy lors de son rendez-vous de ce soir avec un enfoiré.

Maya revint des toilettes. Elle était vraiment belle, même sans baisser les yeux sous son visage. Elle sourit et battit ses cils épais, exprimant avec ses grands yeux marron tout ce qui n'avait pas été prononcé. Au lieu de se réinstaller sur le tabouret, elle s'approcha de moi et poussa ses seins énormes contre mon bras.

— J'ai toujours pensé que tu étais trop bien pour Allison.

— Ah oui ? répliquai-je en observant ses lèvres.

— Tu sais ce que je pense d'autre ?

— Quoi donc ?

Elle posa sa main sur ma cuisse.

— Que la meilleure façon de se venger serait que tu viennes chez moi.

Elle avait totalement raison. Allison pèterait les plombs si elle découvrait que j'avais couché avec Maya. Le problème, c'était que je me foutais d'Allison ou de me venger. Et même si ma queue voulait la suivre, je n'en avais simplement pas envie.

Je couvris sa main avec la mienne.

— Tu es magnifique et tu ne sais pas à quel point cette proposition est tentante, mais il y a une autre femme.

— Tu vois quelqu'un ?

Je secouai la tête.

— Non, mais j'aurais quand même l'impression d'être infidèle.

Maya me fixa un instant, puis se mit sur la pointe des pieds et m'embrassa sur la joue.

— J'espère que cette veinarde a conscience de la chance qu'elle a, parce que ce n'était clairement pas le cas d'Allison.

***

Le lendemain matin, je me sentis vraiment mal. Après avoir annulé mon rendez-vous de huit heures à la dernière minute et avoir dormi une heure de plus, je traînai mes fesses au bureau.

Un livreur se trouvait à la réception à mon arrivée. La bile me monta à la gorge lorsque je l'entendis parler.

— Une livraison pour mademoiselle Charlotte Darling.

La réceptionniste signa le reçu et sortit un pourboire de la petite caisse, alors que je fixais la douzaine de roses jaunes.

Mais quel idiot je suis.

Un vrai crétin.

Un foutu crétin célibataire.

J'avais refusé une nuit de vengeance sur l'oreiller, pendant que Charlotte était en train de faire *quelque chose* qui lui rapportait une centaine de dollars de roses. Elle était sortie avec une *connaissance, mon cul oui.* Je savais qu'elle mentait. J'avais tellement chaud d'un coup que de la fumée devait sortir de mon nez et mes oreilles.

La réceptionniste décrocha son téléphone. Je présumai que c'était pour appeler Charlotte.

—N'appelez pas. Je vais les apporter à mademoiselle Darling.

J'hésitai à mettre le vase à la poubelle, mais je ne pouvais pas résister à l'envie de voir la réaction de Charlotte quand je les lui donnerais. Elle était au téléphone au moment où je débarquai.

— Une livraison pour toi.

J'arrachai la carte qui était agrafée au cellophane.

— Tiens, laisse-moi te lire la carte, puisque tu travailles si dur, ajoutai-je d'un ton plein de sarcasme.

J'ouvris la petite enveloppe, tandis qu'elle tentait d'écourter son appel. Je me raclai la gorge avant de commencer ma lecture.

— Ça m'a fait plaisir de te retrouver. J'espère qu'on se reverra bientôt. Blake.

Blake ? On dirait le prénom d'un abruti.

Charlotte raccrocha et se pencha au-dessus de son bureau pour donner un coup sur la carte que je tenais.

— Donne-moi ça.

Je la mis hors de portée et la levai au-dessus de ma tête.

— Je n'aurais pas pensé que tu étais une fille facile, Charlotte. Il faut croire que je me trompais.

Elle se mit à rougir.

— Ce que je fais pendant mon temps libre ne te regarde pas.

— C'est là où tu te trompes. Si ta vie personnelle interfère avec ton travail, ça me regarde totalement.

Elle posa brusquement ses mains sur ses hanches.

— Ma vie personnelle n'interfère pas avec mon travail.

— La livraison de ces fleurs est une interférence. Tu es distraite et ça affecte ton travail.

— Je pense que c'est toi qui es distrait.

Charlotte contourna le bureau et grimpa sur la chaise réservée aux visiteurs à côté de moi. Elle m'arracha la carte des mains et approcha son visage du mien. Nos nez se touchaient presque.

— La jalousie ne te va pas, Eastwood.

— Je ne suis pas jaloux, rétorquai-je en serrant les dents.

Un sourire diabolique étira lentement ses lèvres.

— Ah oui ? Alors ça ne te ferait rien si je te disais à quel point Blake est mignon ?

J'avais envie de faire disparaître ce petit sourire satisfait de son visage – en enfonçant ma langue dans sa bouche.

— Charlotte, ne te fous pas de moi...

— Me foutre de toi ?

Elle s'approcha davantage, et à présent, nos nez se touchaient vraiment.

— Alors tu veux *vraiment* parler de Blake ? insista-t-elle.

— Juste Ciel !

La voix de ma grand-mère interrompit notre concours de cris. Elle claqua la porte derrière elle, nous enfermant tous les trois dans le bureau de Charlotte.

— Qu'est-ce qui ne va pas chez vous ? Tout l'étage peut vous entendre vous hurler dessus.

Merde. Je passai mes mains dans mes cheveux. Cette femme me rendait fou. C'est moi qui disais aux autres de se taire quand ils faisaient trop de bruit ici, et non l'inverse. Et je me faisais reprendre par ma *grand-mère*, qui plus est. La dernière fois qu'elle m'avait réprimandé devait remonter à mon enfance, quand je me disputais avec Max pour un jouet.

Charlotte fut la première à parler.

— Iris. Je suis vraiment désolée. Je ne me suis pas rendu compte qu'on faisait autant de bruit.

— Descendez de cette chaise, lança ma grand-mère. *Elle était énervée.*

Charlotte obéit et se tint à mes côtés. La tête baissée, nous attendîmes tous les deux la colère qui allait venir.

— Vous devez grandir, tous les deux.

Elle porta d'abord son attention sur moi.

— Reed, tu es mon petit-fils, et je t'aime énormément, mais tu peux être un sacré crétin parfois. Non, la vie ne t'a pas gâté, mais ça ne veut pas dire que tu dois te renfermer. Ça veut dire que tu dois prendre une grande inspiration et prendre toutes les cartes merdiques de ton jeu pour les mettre au milieu de la pile et en tirer d'autres. Fais preuve de courage, fiston. Ne te renferme pas comme une mauviette.

Elle se tourna vers Charlotte, et sa voix s'adoucit.

— Trésor, on vit à New York. Il y a deux choses après lesquelles on ne doit pas courir : les métros et les hommes, parce qu'il y en a toujours un autre pour prendre le relai juste après le premier.

Grand-mère fit demi-tour et saisit la poignée. Elle jeta un coup d'œil par-dessus son épaule, avant de continuer.

— À présent, je vais partir et fermer la porte derrière moi pour vous accorder une minute. Ensuite, j'attends que vous vous remettiez au travail comme d'habitude.

Après le départ d'Iris, nous nous regardâmes. Je pris une grande inspiration.

— Je m'excuse pour la façon dont j'ai agi.

— Excuses acceptées. Et je suis désolée de t'avoir traité de connard narcissique.

Je fronçai les sourcils.

— Tu ne l'as pas fait.

— Oh, alors je l'ai pensé, répliqua-t-elle en souriant.

Je ne pus m'empêcher de rire.

— Tu es timbrée, Darling. Amis ? demandai-je en lui tendant ma main.

— Amis, accepta-t-elle en mettant sa petite main dans la mienne.

Je me dirigeai vers la porte et l'ouvris, mais Charlotte m'arrêta.

— Reed ?

Je me retournai.

— Je ne suis pas une fille facile. Il ne s'est rien passé entre Blake et moi.

Elle essayait de me réconforter, mais je me sentis encore plus mal, car j'entendis la fin de la phrase dans ma tête.

« Il ne s'est rien passé entre Blake et moi… enfin, pas encore. »

CHAPITRE 28
CHARLOTTE

— **VOICI LA SYNTHÈSE** des notes de frais concernant la propriété de l'Hudson que vous avez demandée.

Je posai le dossier au coin du bureau d'Iris. Des papiers étaient éparpillés partout. Même s'il était presque dix-neuf heures, elle n'avait pas l'air d'être sur le point de partir.

— Merci, ma belle.

Je hochai la tête et fis demi-tour pour partir, mais il fallait que je dise quelque chose.

— Iris ?

— Hmm ? répondit-elle en levant les yeux.

— Je suis vraiment désolée pour ce matin. Ce n'était pas du tout professionnel et ça ne se reproduira plus. Je vous le promets.

Sans prévenir, les larmes me montèrent aux yeux. Iris retira ses lunettes.

— Fermez la porte, Charlotte. Parlons un peu.

Elle quitta son bureau pour s'asseoir sur l'un des quatre fauteuils qui se faisaient face au fond de la pièce.

— Installez-vous.

Je n'avais jamais été nerveuse en compagnie d'Iris auparavant. Elle était celle à qui j'avais raconté ma vie dans les toilettes des femmes, même pas trois minutes après l'avoir rencontrée. Pourtant, mes paumes étaient moites, et je devais me retenir de me tordre les mains.

— Voulez-vous en parler ? Vous savez que tout ce que vous me dites reste entre vous et moi, n'est-ce pas ?

— Oui, je le sais.

— Parlez-moi de l'homme qui vous a envoyé ces fleurs magnifiques. Votre cœur est-il partagé ? Peut-être voulez-vous avancer, mais avez du mal à le faire ? Je sais que vous tenez à Reed.

— Oui. Non. Oui.

Iris sourit.

— Parfaitement clair, en effet.

Je pris une grande inspiration, avant d'expirer bruyamment.

— Je n'ai pas de mal à avancer et je ne suis pas partagée. Blake est un homme que j'ai connu à la fac. Je suis sortie avec une amie hier soir, et on est tombées sur lui, alors on a discuté un peu. Il m'a proposé de sortir avec lui, mais j'ai dit non. Il m'a envoyé ces fleurs juste pour essayer de me faire changer d'avis, mais ça, je ne l'ai pas vraiment expliqué à Reed quand il les a vues. Il s'est fait des idées, il est devenu jaloux, et j'ai aimé ça.

— Je vois.

— Chaque fois qu'on se rapproche, il relève sa garde.

Je me mis à retirer des peluches imaginaires sur l'accoudoir de mon fauteuil.

— J'ai essayé de faire en sorte qu'il franchisse la limite en... enfin, il s'agit de votre petit-fils, alors je ne veux pas vous effrayer. Disons seulement qu'il a repoussé toutes les avances que j'ai pu lui faire, même celles où j'étais à moitié nue. Je suis même allée jusqu'à lui dire que j'allais sortir avec Max.

— Parce que vous pensiez que le rendre jaloux pourrait le faire réagir ?

Je secouai la tête en fixant le sol.

— Eh bien, en temps normal, j'aurais dit qu'un homme qui ne montre pas son intérêt sans avoir besoin de jouer est un coureur de jupons et ne mérite pas de vous faire perdre votre temps. Mais on sait que le souci de mon petit-fils n'est pas d'être un célibataire ne voulant pas se poser. Il a peur d'imposer un fardeau à la personne qu'il aime à cause de sa maladie.

— C'est bien ça le problème. Reed pense qu'il *est* un fardeau. Mais la vérité, c'est qu'il *porte* un fardeau, et qu'il est plus facile de le gérer en le partageant.

Iris me fixa.

— Vous avez vraiment craqué pour lui, n'est-ce pas ?

Une larme chaude roula sur mon visage, alors que je hochais la tête.

— Je sais qu'il tient à moi, lui aussi. Je peux le voir.

— Vous avez raison, c'est vrai. Vous vous disputez comme un vieux couple marié, vous flirtez comme deux lycéens, et vous vous confiez l'un à l'autre comme des meilleurs amis d'enfance. Mon petit-fils ne vous repousse pas car il a peur de tomber amoureux de vous. Il vous repousse car c'est déjà le cas.

— Que dois-je faire ?

— Poursuivez sur votre lancée. Par tous les moyens nécessaires. Il finira par changer d'avis. J'espère seulement qu'il ne sera pas trop tard quand il le fera.

Iris prit ma main.

— On vous a déjà blessée auparavant, et avec Reed, vous menez un autre combat difficile. N'oubliez pas de penser d'abord à vous. Poussez Reed à avancer, mais continuez de le faire de votre côté aussi, Charlotte.

***

Plus je pensais à ma conversation avec Iris, plus que je me rendais compte qu'elle avait raison. Il fallait que j'avance, que je continue de travailler sur les choses que j'avais laissées de côté au fil des ans. Alors je me promis au moins de progresser sur ma liste de « et puis merde » chaque semaine, ne serait-ce qu'un peu. Je sortis la liste que j'avais imprimée et rangée dans mon tiroir, me servis un verre de vin, puis m'installai à la table de ma cuisine pour réfléchir à quel point je devrais m'atteler en premier.

Modeler un homme nu.

Danser avec un inconnu sous la pluie.

Apprendre le français.

Monter sur le dos d'un éléphant.

Prendre un bain de minuit dans un lac.

Je pouvais barrer celle-ci, pas vrai ?

Retrouver mes parents biologiques.

Faire l'amour à un homme pour la première fois dans une voiture-lit, dans un train traversant l'Italie.

J'avais ajouté un nouveau point à ma liste la semaine dernière, assise à l'arrière d'un Uber sur l'autoroute, en observant les gros camions défiler.

Apprendre à conduire un semi-remorque.

Je mâchonnai le bouchon de mon stylo en décidant à quoi j'allais m'attaquer en premier. Je ne cessais de revenir vers un point en particulier. Honnêtement, l'heure était venue.

Retrouver mes parents biologiques.

Je m'étais posé des questions sur eux toute ma vie. Ma mère et mon père avaient toujours été ouverts à propos de mon adoption, et ils m'avaient encouragée à en parler. Pourtant, j'avais toujours eu peur de le faire et de donner l'impression à mes parents qu'ils ne me suffisaient pas, alors que c'était tout le contraire. Ils étaient tout ce qu'un enfant aurait pu désirer. Toutefois, bizarrement, ça ne comblait toujours pas le vide que je ressentais de ne rien savoir sur mes antécédents familiaux. Je voulais connaître l'histoire de mes parents biologiques. Étaient-ils jeunes? S'aimaient-ils? Je voulais aussi leur faire savoir que j'allais bien, que la décision qu'ils avaient prise était ce qu'il y avait de mieux pour moi, et que je m'en étais bien sortie.

Je finis mon verre de vin, pris une grande inspiration et saisis mon téléphone.

Ça sonna une fois.

Puis deux.

Ma mère décrocha à la troisième sonnerie.

— Bonsoir, maman.

— Charlotte ? Est-ce que tout va bien ?

J'entendis la panique dans sa voix. J'appelais tous les dimanches après-midi sans faute, mais nous étions vendredi soir.

— Oui, tout va très bien.

— Oh, d'accord. C'est super. Quoi de prévu ce soir ?

— Euh...

J'hésitai à me dégonfler, mais je repensai à ce qu'Iris m'avait dit : « Continuez d'avancer. »

— En fait, je suis en train de rédiger une liste de choses que je veux faire. Un peu comme une liste de dernières volontés, mais pas vraiment, puisque je ne suis ni malade ni vieille.

— Tu es sûre que tout va bien, trésor ?

J'avais appelé à l'imprévu pour parler d'une liste de souhaits. J'aurais dû me douter qu'elle allait s'alarmer. Il fallait que je m'explique mieux, sinon elle allait s'inquiéter.

— Oui, tout va très bien, maman. C'est juste que... je me suis un peu oubliée quand Todd et moi étions ensemble. Je m'étais en quelque sorte intégrée à sa vie, et j'avais mis de côté tout ce que je voulais faire dans la mienne. Alors j'ai fait une liste des choses que j'ai envie de réaliser pour me rappeler de vivre ma vie pour moi. Tu vois ce que je veux dire ?

— Oui, je vois, et on dirait que tu as fait un grand travail d'introspection. Je suis contente de t'entendre dire que tu vas te concentrer sur toi-même, mais j'espère que ta liste ne contient rien de dangereux.

— Pas du tout.

Ma mère garda le silence un long moment. Elle me *connaissait*.

— Y a-t-il un point sur lequel je peux t'aider ?

Je pris une autre grande inspiration.

— Oui, maman… Il y en a un.

— Je pensais passer en ville. Pourquoi est-ce que je ne viendrais pas dimanche pour qu'on puisse en parler ensemble ?

— Avec plaisir.

— D'accord. Vers midi, alors ?

— C'est parfait.

Nous discutâmes encore un peu, tout en évitant toutes les deux le sujet qui se profilait à l'horizon. Elle me posa les questions habituelles sur mon travail, mes amis, mes finances.

— Charlotte, tu n'as aucune raison de te sentir coupable, déclara-t-elle juste avant la fin de l'appel. Je sais que tu m'aimes.

Mes épaules se détendirent.

— Merci, maman.

***

Lundi matin, j'arrivai au travail plus tôt que d'habitude. J'avais prévu de prendre un peu d'avance sur ma journée, pour pouvoir partir à l'heure et aller au centre des arts afin de m'inscrire à un cours de modelage.

Toutefois, je m'étais tellement laissée distraire par ce que je lisais sur mon téléphone en attendant que le café finisse de couler, que je ne m'étais même pas rendu compte que la machine avait bipé pour indiquer la fin, et que quelqu'un était apparu derrière moi.

— Du base-ball ? Je n'avais pas remarqué que tu étais fan.

Surprise, je cafouillai et fis tomber mon portable par terre.

— Tu m'as fichu la trouille !

Reed se baissa pour le ramasser.

— Tu es bien agitée ce matin. Encore plus qu'en temps normal, observa-t-il en jetant un coup d'œil à l'écran. Est-ce que tu vas au match de ce soir ?

— Quel match ?

Il sourit.

— Je suppose que ça répond à ma question.

Il me tendit mon téléphone, sortit nos tasses du placard et nous servit du café.

— J'ai vu le logo des Astros de Houston sur ton portable en entrant. Tu lisais les stats, pas vrai ?

— Oh. Oui.

— Tu es fan de base-ball ? demanda-t-il en haussant un sourcil.

— Pas vraiment.

— Tu aimes parier ?

— Hein ?

— Pour quelle autre raison quelqu'un lirait les stats de base-ball s'il n'allait pas à un match, s'il n'était pas fan de ce sport ou s'il ne pariait pas ?

— C'est juste que... je trouve les statistiques fascinantes.

Reed m'observa d'un air dubitatif.

— Quoi ? C'est vrai, insistai-je.

Il finit de nous servir et me tendit ma tasse. Il sirota la sienne en me regardant droit dans les yeux.

— Quelle est la vraie raison, Charlotte ?

Je soupirai. Je n'avais aucune raison de lui mentir. Pourtant, parler à voix haute de mon désir de retrouver mes parents biologiques me donnait l'impression de trahir ma mère adoptive. J'avais du mal, même si elle m'avait assuré que ce n'était pas le cas hier soir. Reed avait déjà vu ma liste de « et puis merde », alors il comprendrait.

— Hier, j'ai parlé de mon adoption à ma mère. Je savais déjà presque tout ce qu'elle m'a dit. La seule nouvelle information que j'ai découverte, c'est que lorsqu'ils m'ont vue à l'hôpital, j'étais enroulée dans une couverture des Astros de Houston.

Quelque chose changea brièvement dans l'expression de Reed.

— Une couverture des Astros de Houston ? répéta-t-il.

Je hochai la tête.

— Je ne savais pas à quoi ressemblait le logo, alors je l'ai cherché sur Internet, et j'ai atterri sur le site de l'équipe. Je présume que j'ai été aspirée dans ma lecture de statistiques pendant que mon esprit s'égarait.

Il me fixait, mais ses yeux semblaient ailleurs. Reed agissait vraiment bizarrement.

— Tu es fan des Yankees et on ne peut plus être amis parce que j'étais emmaillotée dans une couverture des Astros ? plaisantai-je.

— Je dois y aller, lança-t-il brusquement. Je suis en retard à un rendez-vous.

CHAPITRE 29

REED

LA PISTE DU Texas était énorme.

Josh finit par passer deux semaines à Houston à mes frais. J'avais besoin de plus de temps pour trouver comment dire à Charlotte ce qu'il se passait, et comment lui faire oublier l'idée de retrouver ses parents biologiques jusqu'à ce que je sois absolument certain de la façon d'aborder tout ça.

Alors il fallait que je crée une distraction – pour laquelle je devrais probablement aller consulter. J'avais remarqué que Charlotte avait récemment ajouté « apprendre à conduire un semi-remorque » à sa liste sur le serveur. *Il n'y a que Charlotte pour faire ça.*

J'avais décidé que la distraction ultime du vendredi après-midi était de faire en sorte que ça se réalise, et j'étais parvenu à louer un vrai semi-remorque dans une société de distribution. Ils l'avaient garé pour moi sur un parking vide à Hoboken.

Il ne nous restait plus beaucoup de temps avant que le soleil se couche lorsque nous arrivâmes sur place. Charlotte ignorait pourquoi nous étions là.

— Je croyais que tu avais dit qu'on devait aller voir un nouveau bien. Pourquoi on est sur ce parking ?

— Tu as travaillé très dur pour l'entreprise ces deux derniers mois, commençai-je en coupant le moteur. Même si notre relation personnelle est compliquée, je suis aussi ton patron. J'ai l'impression qu'en tant que tel, je ne te dis pas vraiment assez à quel point j'apprécie ce que tu fais.

— Et il fallait que tu m'emmènes sur un parking désert à Hoboken pour me le dire ? Si on était à Jersey, un restaurant aurait été mieux.

— Regarde par ici.

Les yeux de Charlotte se posèrent sur le véhicule imposant.

— C'est un camion.

— Pas seulement un camion. Un semi-remorque.

Elle comprit enfin où je voulais en venir.

— Tu m'as espionnée.

— Tu n'as pas récemment indiqué sur ta liste vouloir conduire un de ces engins ?

Elle prit conscience de ce qu'il se passait, et son visage s'éclaira.

— Tu es sérieux ? On est venus ici pour que j'en conduise un ?

— En fait, on ne peut pas aller sur la route, surtout que tu n'as même pas le permis de conduire. Je ne pense pas que l'un de nous soit prêt à mourir ce soir, mais tu peux t'amuser ici.

J'aperçus celui que je supposais être le moniteur que j'avais engagé, et fis un signe de tête à Charlotte pour lui indiquer de me suivre.

— Allez, viens.

Elle m'accompagna jusqu'au véhicule, sur lequel était peint JB LEMMON DISTRIBUTION sur le côté. Un homme débraillé à la barbe longue et blanche sortit d'une vieille Ford Taurus.

— Bonsoir, tout le monde, lança-t-il en regardant mon amie de la tête aux pieds. Vous devez être Charlotte.

— Oui, monsieur.

— Je m'appelle Ed. Prête à conduire ?

Elle me regarda en souriant, puis se balança sur ses pieds.

— Prête !

Elle s'installa au volant, tandis qu'Ed s'assit sur le siège passager. Je m'accroupis derrière eux dans ce qui semblait être la couchette du conducteur.

— La première chose que vous devez faire, c'est vérifier le niveau de vos liquides.

— Oh, ça ira. J'ai bu beaucoup d'eau aujourd'hui.

Il se mit à rire.

— Les liquides sont à l'avant du véhicule, *darlin'*. Je vais vous montrer.

— *Darlin'*, lui murmurai-je à l'oreille. Est-ce que je devrais le dire comme ça à partir d'aujourd'hui ?

Charlotte le suivit rapidement et ils revinrent quelques minutes plus tard.

— Maintenant, vous n'avez plus qu'à ajuster votre siège avec ces interrupteurs. Vous allez avoir besoin de le monter pour avoir une meilleure vue au-dessus du capot.

Il tira pleinement avantage de la situation en se penchant vers elle depuis le siège passager. Toute cette histoire était en train de m'énerver.

— À présent, vous pouvez démarrer votre diesel, mais avant ça, appuyez sur l'embrayage et assurez-vous d'avoir passé la deuxième vitesse.

Charlotte démarra le moteur. Le ronronnement résonna dans l'habitacle, et les vapeurs emplirent l'air.

— Maintenant, faites semblant de vérifier si d'autres véhicules arrivent. Si la voie est libre, vous allez relâcher lentement l'embrayage.

Charlotte continua à suivre soigneusement ses instructions.

— Vous pouvez désormais appuyer sur le champignon. Montez à environ 1 200 tours par minute, et ensuite, embrayez, puis débrayez.

Elle posa des questions, comme si elle prévoyait sérieusement de conduire un de ces engins un jour. Mes yeux restèrent rivés sur les mains du moniteur posées sur les siennes lorsqu'ils passaient les vitesses. Des gouttes de sueur se formèrent sur mon front au moment où le gros camion se mit à bouger. J'étais une cause perdue.

— Youhou ! s'exclama Charlotte en faisant son premier tour sur le parking.

Après une demi-heure de conduite, elle mit le véhicule au point mort.

Ed sortit, me laissant seul avec Charlotte dans l'habitacle.

— C'était vraiment incroyable, Reed.

— Je suis content que ça t'ait plu.

Ce qui avait commencé comme une tactique pour gagner du temps était devenu une expérience que j'étais ravi de partager avec elle. La joie de Charlotte était toujours contagieuse. Ça me faisait aussi du bien de l'aider à rayer un autre point de sa liste.

Le silence régnait dans le camion. Le seul bruit venait de la circulation sur l'autoroute au loin.

Charlotte décida de grimper à l'arrière, où j'étais installé, et s'étendit sur le lit qui était situé juste derrière le siège conducteur dans la cabine. Je me déplaçai rapidement sur le siège passager.

Elle posa ses pieds sur le lit.

— C'est donc ainsi que les routiers vivent, hein ? Je pense que ça doit être un métier sympa de parcourir le pays, de s'arrêter et de dormir dans différents endroits.

— Si on ne prend pas en compte le risque de s'endormir et de se tuer... je suppose que ça peut être... amusant, répliquai-je d'un ton sarcastique.

Elle me jeta un oreiller en riant.

— Évidemment, ils sont seuls. Je ne voudrais pas voyager seule.

En la voyant s'installer confortablement sur le lit, il était évident que Charlotte n'avait pas l'intention de quitter ce camion de sitôt. Bon sang, je mourais d'envie de m'allonger à côté d'elle. Si j'avais su que je l'amenais dans un repaire sexuel roulant, j'aurais très certainement réfléchi à deux fois à propos de cette aventure en camion. Je n'avais pas pensé qu'il pourrait y avoir un lit.

Je restai collé au siège passager, déterminé à ne pas me faire aspirer dans ce vortex.

— Est-ce qu'on peut rester un peu ici ? demanda-t-elle.

— Je ne pense pas que ce soit une bonne idée.

— Pourquoi pas ? C'est si paisible.

— Je pense simplement qu'il vaudrait mieux qu'on rentre.

— Parce que tu ne te fais pas confiance quand on est seuls ?

Je refusais de répondre à cette question, alors je décidai d'inverser les rôles.

— Tu n'es pas attendue quelque part, comme à un rendez-vous avec... Blake ?

Je prononçai son nom comme une insulte.

— Non... Je ne sors pas avec Blake. Mais pourquoi est-ce que tu me demandes ça ? Tu serais jaloux si c'était le cas ?

Ne voulant pas lui mentir, je choisis de garder le silence. De toute façon, j'avais déjà clairement affiché ma jalousie quelques semaines plus tôt.

— Pourquoi serais-tu jaloux alors que tu sais qu'on pourrait être ensemble, Reed ?

— On ne peut pas être ensemble, rétorquai-je.

— Oh, mais si. C'est juste que tu as peur.

— Arrête, soufflai-je en serrant les dents, alors que je mourais d'envie de l'entendre dire les choses qu'elle me laisserait lui faire.

Je secouai la tête et soupirai.

— D'où viens-tu, Charlotte ?

— Tu me poses toujours cette question. Je ne peux pas te dire d'où je viens, mais je sais exactement comment je suis entrée dans ta vie. Il y a... quelque chose que tu ignores. Quelque chose que je ne t'ai jamais dit.

Où voulait-elle en venir ?

— Je ne te suis pas.

— Est-ce que je peux te raconter l'histoire de notre rencontre ?

— Je sais comment on s'est rencontrés.

— C'est ce que tu crois, mais ce n'est pas le cas. Tu as toujours pensé que je jouais une sorte de jeu quand je suis venue à la visite de la Millennium Tower. L'histoire est beaucoup plus compliquée que ça.

Je m'étais toujours demandé comment tout ça était arrivé, comment elle avait débarqué là en premier lieu. Je n'avais jamais compris pourquoi. Il me manquait un élément.

— Pourquoi tu ne m'éclairerais pas, alors ? Comment es-tu entrée dans ma vie, Charlotte Darling ?

Elle tapota la place à côté d'elle dans le lit.

— Tu veux bien venir ici ? À côté de moi ?

— Je ne préférerais pas.

— S'il te plaît ?

Je m'installai à ses côtés avec réticence. Nos épaules se touchèrent lorsque je tournai les yeux vers elle.

— D'accord, Charlotte. Dis-moi comment nous nous sommes rencontrés.

— C'était le destin, affirma-t-elle d'une façon détachée.

— Le destin... répétai-je en riant.

— Oui.

— Comment tu le sais ?

— J'avais apporté ma robe de mariée dans une friperie pour la vendre. Sur place, je suis tombée amoureuse d'une robe rose pâle à plumes magnifique.

Robe à plumes.

Soudain, ce ne fut plus du tout amusant. Je déglutis, sachant *parfaitement* à quelle robe elle faisait référence. Même si voir la robe de la mariée était censé porter malheur avant un mariage, Allison avait insisté pour que j'approuve son choix. Bien que peu conventionnelle, celle qu'elle avait choisie était d'une beauté spectaculaire.

— Je connais cette robe, murmurai-je.

— Alors tu l'as vue ? Elle te l'avait montrée ?

— Oui.

— J'ai trouvé le mot bleu que tu lui avais écrit sur ton papier personnalisé. Il était cousu à l'intérieur. C'est comme ça que j'ai eu ton nom. En fait, j'ai ramené la robe chez moi, car les vendeuses voulaient seulement me donner un avoir pour la mienne. Alors c'était un échange équitable. Je l'ai encore. Elle est accrochée dans ma penderie. J'étais curieuse à propos de l'homme qui avait rédigé le mot, car il était simple et pourtant vraiment beau.

Je n'arrivais pas à croire ce que j'entendais. Je me mordis la lèvre et gardai le silence, alors qu'elle continuait à me raconter l'histoire.

— Quand je t'ai trouvé sur Facebook, j'ai trouvé des indices indiquant que le mariage n'avait peut-être jamais eu lieu. Bref, tu sais déjà tout ce qui est arrivé après que j'ai pris rendez-vous. De toute évidence, je ne m'attendais pas à ce que ça se finisse comme ça. Mais cette robe m'a parlé, et à présent, je sais que c'était plus qu'une simple robe. Sans parler du fait que je sois tombée sur Iris dans les toilettes. Je penserai toujours que j'étais destinée à te trouver.

Bordel.

Je ne pus m'empêcher de lui prendre la main à ce moment-là. J'avais plaisanté au sujet de Charlotte Darling et sa poussière de fée. Elle avait *vraiment* quelque chose de magique, vu la façon dont elle était entrée dans ma vie et l'avait chamboulée. Je devais admettre que cette histoire me faisait un peu peur, mais en même temps, ça semblait logique.

Je me raclai la gorge.

— Je ne sais pas quoi dire.

— Tu n'es pas en colère contre moi ?

— Pourquoi est-ce que je serais en colère pour ça ?

— Parce que j'ai violé ton intimité ?

— Je ne peux pas t'en vouloir. Malgré la façon dont tu es arrivée là... tu es entrée dans ma vie et tu lui as redonné un nouveau souffle quand j'en avais réellement besoin.

— Et maintenant, tu me repousses.

— Charlotte... On en a déjà parlé.

— Tu sais, même si ça me fait du mal, je ne regrette pas la façon dont tout ça a commencé, déclara-t-elle après un instant de silence. Ce mot m'a vraiment aidée. Je l'ai lu, et il m'a redonné espoir en l'amour et la romance, à un moment où rien n'allait pour moi, que ce soit dans ma vie ou au niveau sentimental. Même si ce n'était qu'une illusion, ça m'a aidée à prendre un nouveau départ malgré tout.

Elle était si sincère. Pourquoi ne pouvais-je pas en faire autant ? Je voulais qu'elle sache que *tout* n'était pas illusion.

— Tu ne faisais pas vraiment fausse route à propos de moi, Charlotte, admis-je. Le mot était sincère. C'est seulement avec le recul que j'arrive à voir la situation pour ce qu'elle était, à savoir qu'Allison ne m'aimait pas autant que je pouvais l'aimer. Alors l'amour que je ressentais pour elle était basé sur un faux idéal. Cependant, l'homme que tu pensais connaître d'après ce mot... existe en partie.

Je poussai un long soupir saccadé.

— C'est drôle. Ce mot représentait quelque chose pour toi, continuai-je. Moi aussi je m'accrochais à un mot, celui qu'Allison avait écrit, mais pour une tout autre raison. Lorsqu'elle a rompu nos fiançailles, ce n'était pas vraiment un moment plein d'émotion. Elle a débarqué dans mon bureau une semaine avant le mariage, s'est assise en face de moi et m'a dit que lorsqu'elle avait accepté de m'épouser, elle pensait que j'allais prendre soin d'elle pour le restant de sa vie, et pas le contraire. Je pense que je suis resté sous le choc plusieurs minutes après ça, pendant qu'elle continuait à parler. C'était très froid et professionnel. Et avant de partir, elle a pris un feuillet sur ce même bloc-notes et y a écrit son nouveau numéro de téléphone. Elle s'était apparemment acheté un nouveau portable puisque c'était moi qui payais son forfait. J'ai gardé ce papier dans mon tiroir pendant très longtemps. Pas parce que j'envisageais de l'appeler, mais pour me rappeler de ce que j'avais ressenti à ce moment-là.

Je secouai la tête et baissai les yeux.

— Voir ce mot tous les jours revenait à verser du sel sur une plaie. Il y a deux jours, j'ai ouvert le tiroir, j'ai regardé ce message une dernière fois, je l'ai froissé, et je l'ai jeté à la poubelle. Je ne sais même pas vraiment ce qui m'a poussé à le faire. Je pense simplement que le moment était venu.

Charlotte me fixa, et le silence emplit l'habitacle. Vu toutes les émotions qui régnaient entre nous, plus les secondes défilaient, plus j'avais l'impression qu'être coincé dans ce camion avec elle était dangereux.

— Chaque fois que je le porte, je pense à toi. D'ailleurs, c'est le cas en ce moment, indiqua-t-elle.

Il me fallut quelques secondes pour comprendre de quoi elle parlait. Ce n'était pas la robe. *Quelque chose qu'elle porte actuellement.*

Oh.

— Tu veux le voir sur moi ?

Oui.

Oui.

Encore oui.

— Non.

Elle choisit de ne pas m'écouter lorsqu'elle releva sa jupe et écarta les jambes, révélant mon string noir préféré avec la petite rose rouge. Elle essayait clairement de me tuer.

— J'imagine tes mains caresser la dentelle chaque fois que je le mets.

— Serre les jambes, répliquai-je d'un ton brusque.

— Pourquoi ? Tu penses que ça fait de moi une traînée parce que je veux te le montrer ? Je n'en suis vraiment pas une. Ça fait une éternité que je n'ai couché avec personne, et même si j'aimerais pouvoir avancer, je n'ai envie de partager ça qu'avec un seul homme.

Ma température corporelle grimpa rapidement.

— Baisse ta jupe.

— C'est vraiment ce que tu veux ? Parce que ça n'a pas l'air d'être le cas. Tu transpires, et tu ne l'as pas quittée des yeux. Je ne pense pas que tu en aies envie. Je pense que ta tête te dit une chose, et que ton corps t'en dit une autre. Mais d'accord, je peux serrer les jambes.

Juste au moment où mon pouls commençait à se calmer légèrement, je me rendis compte qu'elle avait bien fait ce que je lui avais demandé, mais qu'elle était maintenant en train de retirer son string.

Charlotte me le mit devant les yeux.

— Tu le veux ?

Oui.

Oui.

Encore oui.

— Non.

— Tiens.

Elle ouvrit ma main et y déposa son sous-vêtement, avant de refermer mes doigts dessus.

Je fus choqué de sentir l'humidité dans ma paume. Non seulement elle m'avait donné son string, mais elle m'avait donné son string mouillé. Ma queue s'agita.

Charlotte enroula ses bras autour de ses genoux et m'observa commencer à me désagréger.

Incapable de résister, j'enfouis mon nez dans la dentelle et inspirai profondément la douce odeur féminine de son excitation. Et c'était fini. C'est ce qui eut raison de moi, comme une drogue faisant disparaître toutes mes inhibitions.

J'avais besoin de plus.

Je me tournai vers elle et posai la main sur son ventre, en essayant de sauver la moindre trace de bon sens qu'il me restait. Mais il n'y en avait plus. Je fermai les yeux en approchant ma tête de ses jambes, puis les écartai. Charlotte laissa échapper un petit rire nerveux.

— Tu trouves ça drôle ? demandai-je en embrassant voracement l'intérieur de ses cuisses.

— Oui. Je...

Elle se tut au moment où ma bouche atterrit brusquement sur sa chatte, qui était totalement imberbe. Impossible de me lasser de sa peau douce, alors que ma langue courait sur sa chair gonflée. Ma fine barbe devait peut-être l'érafler, mais ça ne semblait pas la déranger. Son clitoris palpitant en était la preuve.

Juste cette fois, ne cessai-je de me répéter. Je n'avais jamais eu envie de pleurer contre un vagin avant aujourd'hui, car imaginer ne plus jamais avoir ça de nouveau était une vraie torture. Ce goût, cette chatte, cette femme... auraient raison de moi. Dans mes tripes, dans mon cœur, je savais que Charlotte était faite pour moi, et l'abandonner serait comme gifler l'univers lui-même qui me l'avait apportée.

J'ignorais totalement comment j'allais la laisser partir.

— Tu es encore plus délicieuse que ce que j'avais imaginé.

Elle posa ses mains sur ma tête et m'enfouit encore plus en elle. Cette femme que je désirais depuis si longtemps se retrouva soudain à jouir contre ma bouche. Ça semblait surréaliste. Je ne m'étais pas attendu à ce que son orgasme arrive si vite. Mon sexe était prêt à exploser.

— Désolée, souffla-t-elle.

— Ne t'excuse pas. C'était la plus belle chose que j'aie vue.

— Alors on est d'accord sur certaines choses, répliqua Charlotte en se relevant pour venir me chevaucher. À ton tour.

— Non.

Même si je protestais, j'agrippai ses hanches et poussai sa chatte nue contre mon érection dure comme la pierre qui étirait mon pantalon.

Ma bouche enveloppa la sienne. Je fermai les yeux et savourai la sensation de sa chaleur lorsqu'elle remua contre moi. Je l'embrassai plus fort en glissant mes doigts dans ses cheveux soyeux. Bon sang, je ne savais pas comment arrêter ça.

— Ma queue reste dans mon pantalon, prononçai-je contre ses lèvres. On ne peut rien faire de plus que ça. Tu comprends ? Ce moment de faiblesse ne change absolument rien.

Mes paroles étaient peut-être provocantes, mais mes actes envoyaient le message contraire. Je lui retirai son haut, puis soulevai son soutien-gorge au-dessus de sa poitrine magnifique, dont je rêvais depuis les Adirondacks. Je ne perdis pas de temps et posai ma bouche sur un de ses seins, que je suçai si fort qu'on aurait dit que j'essayais d'en extraire du nectar.

Qu'est-ce que je m'imaginais ? Ça n'allait pas se terminer en ma faveur.

Mon téléphone sonna, mais je l'ignorai.

— Est-ce que tu dois répondre ? demanda-t-elle.

— Non, tant pis, grognai-je en aspirant son sein encore plus fort.

Lorsqu'il continua à sonner, malgré plusieurs tentatives pour l'ignorer, je m'écartai à contrecœur de Charlotte, juste assez longtemps pour vérifier le nom de la personne qui cherchait à me joindre, au cas où il s'agirait d'une urgence.

C'était Josh, le détective privé. *Pourquoi m'appellerait-il à plusieurs reprises s'il ne se passait rien d'important ?* Je fus ramené à la réalité. Charlotte resta assise sur mon entrejambe lorsque je répondis.

— Allô ?

— Eastwood, commença-t-il d'un ton sérieux. Tu ferais mieux de faire tes bagages et de venir ici dès que possible.

CHAPITRE 30

CHARLOTTE

REED SEMBLA TROUBLÉ en écoutant ce que la personne au bout du fil lui disait. Son sexe continuait à tressaillir sous mes fesses, à travers son pantalon. J'étais encore sur un petit nuage, malgré la nature visiblement urgente de son appel.

Mon cœur se mit à battre rapidement lorsque je commençai vraiment à me rendre compte que quelque chose n'allait pas.

— Que se passe-t-il ? l'interrompis-je.

Il leva son index, tout en continuant à se concentrer sur les informations qu'on lui donnait.

— Il faut que tu m'envoies ça par e-mail aussi vite que possible.

Il marqua une pause.

— Très bien. Bon travail, Josh. Merci.

Il jeta son téléphone sur le côté et passa ses doigts dans ses cheveux.

— Habille-toi, Charlotte. On doit parler.

— Qu'y a-t-il ?

— S'il te plaît, contente-toi de t'habiller, insista-t-il, nerveux.

— Très bien.

— Il faut que je te dise quelque chose et ça va te contrarier, déclara-t-il après que je me fus rhabillée. Toutefois, je veux que tu saches que mes intentions étaient bonnes.

— D'accord...

— Charlotte, peu importe ce qu'il se passe entre nous, je te considère comme l'une des personnes les plus importantes de ma vie. Je veux que tu puisses tourner la page et trouver la paix en découvrant d'où tu viens. Je voulais t'aider à trouver tes parents biologiques. Je savais que si tu devais te débrouiller toute seule, ça aurait pu te prendre des années, au bas mot. J'ai un détective privé à ma disposition, alors je l'ai mis sur l'affaire à plein temps.

— Oh, mon Dieu. Tu as quoi ?

— Josh est dessus depuis quelques semaines. Il a passé énormément de temps à Poughkeepsie et à Houston.

— Houston ?

— Oui.

— Qu'a-t-il trouvé ?

— Il semblerait qu'une semaine avant ton abandon, une fille ait donné naissance à un bébé qui n'a jamais été affilié à la sécurité sociale. L'adolescente a quitté l'hôpital avant d'en avoir fait la demande. Josh a mis la main sur le formulaire d'admission de la fille. Elle s'était enregistrée sous un faux nom, mais elle avait indiqué que Brad Spears était son plus proche parent, et ce nom était vrai. Josh a localisé Brad, qui lui a révélé le vrai nom de son amie, qui avait disparu des années plus tôt. Elle s'appelle Lydia Van der Kamp. Elle était originaire du Texas et avait apparemment caché sa grossesse à ses parents.

Mon cœur s'emballa.

— Lydia est ma mère ?

Reed hocha la tête.

— On dirait bien. Ce fameux Brad était le correspondant de Lydia lorsqu'elle a fui sa famille religieuse pour venir à New York. Il n'était pas le père de l'enfant, mais Brad avait le béguin pour elle. Le plan était qu'elle le rejoigne, qu'elle ait le bébé, et qu'ils s'enfuient ensemble. C'est là que les choses deviennent un peu floues. Pour une raison que j'ignore, Lydia a changé d'avis. Elle a disparu de l'hôpital avec le bébé sans prévenir Brad, et il n'en sait pas plus. Peu de temps après, tu as été découverte à l'église. Josh a trouvé une Lydia Van der Kamp à Houston. C'était la seule à porter ce nom dans la région. C'est à peu près à ce moment-là que tu m'as appris avoir été retrouvée dans une couverture des Astros. Ça corroborait le lien avec le Texas.

Je me couvris la bouche.

— Oh, mon Dieu.

— Entretemps, Josh est allé au Texas et a parlé aux enfants de Lydia.

— Ses enfants ?

J'ai des frères et sœurs ?

Reed afficha un petit sourire.

— Oui. Elle a deux fils. Ils ont confirmé que leur mère avait récemment avoué avoir abandonné un enfant dans une église new-yorkaise pendant son adolescence. Nous n'avons pas d'analyses de sang pour confirmer tout ça, mais je pense qu'on peut affirmer qu'on a trouvé ta mère.

Je voulais savoir à quoi elle ressemblait.

— Est-ce que tu as une photo d'elle ?

— Malheureusement, non. Mais je peux t'en trouver une.

— D'accord... répondis-je, en acquiesçant à de nombreuses reprises pour digérer tout ça.

J'eus le sentiment qu'il hésitait à m'en dire plus.

— Est-ce qu'il y a autre chose ?

Il prit une grande inspiration et ferma les yeux.

— Elle est mourante, Charlotte.

— Quoi ?

J'eus l'impression que mon cœur était en train de se désintégrer.

— Le coup de fil que je viens de recevoir m'a apporté de mauvaises nouvelles. Apparemment, Lydia souffre de complications liées à la maladie de Crohn, qui l'a touchée très fortement quand elle était jeune. Elle a ce qui s'appelle une cholangite sclérosante, qui a conduit à une insuffisance hépatique. Elle est actuellement sous assistance respiratoire et ne devrait pas survivre.

Ma mère est mourante ? Elle est si jeune.

— Oh, mon Dieu. Qu'est-ce que ça signifie ?

Il marqua une pause.

— Ça signifie qu'on part pour le Texas.

CHAPITRE 31

REED

JE DÉTESTAIS DEVOIR la mettre dans cette situation, mais quelle alternative y avait-il? Elle aurait regretté toute sa vie de ne pas être venue au Texas.

Nous nous trouvions devant l'hôpital, sous une chaleur accablante, alors que le ciel couvert complétait parfaitement cette journée sinistre.

Charlotte s'arrêta net devant l'entrée.

— Je ne suis pas encore prête à y aller.

— On peut rester là aussi longtemps que nécessaire. Est-ce que tu as besoin de quelque chose? ajoutai-je en posant une main sur son épaule.

— Je pense que j'ai besoin d'eau.

— Allons à la cafétéria.

— Non. Je veux rester dehors. Est-ce que tu peux aller m'en chercher et me la rapporter?

— Bien sûr.

Elle n'était définitivement pas dans son état normal

aujourd'hui. Qui pourrait lui en vouloir ? J'en eus une preuve supplémentaire lorsque je la rejoignis.

La pluie s'était mise à tomber. Je revenais avec deux bouteilles d'eau, quand j'aperçus Charlotte en train de danser avec l'homme qui fumait au moment où je l'avais laissée. Ils riaient et souriaient en se balançant d'un côté et de l'autre, leurs mains entrelacées.

C'est quoi ce bordel ?

Puis je compris.

Danser avec un inconnu sous la pluie.

Elle avait profité de cette occasion pour rayer un point de sa liste. Le moment choisi pour faire ça était étrange, mais quand on connaissait Charlotte, on savait qu'il fallait s'attendre à tout. Elle avait sûrement eu besoin de cette distraction à cet instant précis à cause du stress, et elle avait sauté sur l'occasion.

J'essayai de ne pas laisser ma jalousie intervenir.

Charlotte arrêta de danser quand elle me vit approcher.

— Cet homme a gentiment accepté de me faire plaisir. Je lui ai expliqué la liste des « et puis merde ».

— Ne vous inquiétez pas, déclara-t-il en souriant. Je suis heureux dans mon mariage. Je ne voulais offenser personne.

L'expression sur mon visage devait en dire long.

— Je ne le prends pas mal.

Elle se tourna vers lui.

— Merci. J'en avais vraiment besoin.

— Avec plaisir.

Je parlai à l'oreille de Charlotte, alors qu'il s'éloignait.

— Comment s'appelle-t-il ?

— Aucune idée. Ça aurait été à l'encontre du but recherché.

Je secouai la tête et me mis à rire.

— Tiens, voilà ton eau.

— Merci.

Elle ouvrit la bouteille et en but la moitié en une longue gorgée.

Nous patientâmes quelques minutes juste devant la porte, puis je me tournai vers elle.

— Prête ?

Elle souffla longuement en se tenant le ventre.

— Autant que possible.

Après que nous avions essoré nos vêtements, on nous permit d'accéder à la chambre de Lydia Van der Kamp, juste en disant que nous étions de sa famille. Personne ne prit la peine de nous poser de questions. Nous ne savions pas vraiment si nous allions croiser ses enfants, mais lorsque nous arrivâmes dans la pièce, elle était seule avec une infirmière.

— Bonjour, nous salua-t-elle en nous offrant un sourire amical.

— Bonjour, répondit Charlotte, le regard rivé sur la femme dans le coma avec des tubes qui lui sortaient de la bouche.

— Vous êtes venus voir mademoiselle Lydia ?

— Oui.

— Vous devez être sa fille. Vous vous ressemblez. Je change juste ses draps.

— Est-ce qu'elle peut entendre ce qu'on dit ? demanda Charlotte.

— Eh bien, elle est lourdement sédatée, alors on ne sait pas vraiment ce qu'elle peut entendre ou non.

Après le départ de l'infirmière, je restai dans le coin de la pièce pour laisser un peu d'espace à mon amie, qui se dirigea au chevet de Lydia.

La femme faisait plus que son âge, sûrement à cause du stress lié à sa maladie. Elle était reliée à une multitude de tubes, comme si la vie l'avait quittée. Malgré tout, je pus voir une ressemblance avec sa fille.

Il fallut un certain temps à Charlotte pour trouver le courage de parler.

— Bonjour, Lydia... Je ne sais pas si tu peux m'entendre. Je m'appelle Charlotte, et je suis... ta fille. En fait, je viens juste de découvrir ton existence. Je me suis précipitée ici dès que j'ai su que tu étais malade. J'ai rêvé de te rencontrer dans d'autres circonstances. Je suis désolée pour ce qui t'arrive. Tu es trop jeune. Ce n'est pas juste. Je peux voir à quel point on se ressemble. Maintenant, je sais d'où viennent mes cheveux blond très clair.

Elle me jeta un coup d'œil. Ses yeux brillaient, et je pris ça comme un signal pour aller à ses côtés, en pensant qu'elle avait besoin de réconfort. Je lui tins la main pendant qu'elle continuait à parler.

— Bref, je suis venue ici pour te dire quelque chose. Si tu ressens de la culpabilité pour m'avoir laissée devant cette église, laisse-la partir. Tout s'est passé tel que c'était prévu. J'ai des parents merveilleux que j'adore, alors n'aie pas l'impression d'avoir fait quelque chose de mal. Tu étais jeune, et tu as fait ce que tu pensais être le mieux pour moi. Merci d'avoir choisi une église... et pas... je ne sais pas... une station essence ou un autre endroit au hasard. Ils ont pris bien soin de moi. J'espère que tu peux m'entendre. Tout le monde mérite la paix, et j'espère pouvoir te la donner. Merci d'avoir choisi de me garder. Je t'en serai toujours reconnaissante, et je t'aimerai toujours pour m'avoir donné la vie.

Elle posa doucement sa tête au bord du lit, à côté du corps presque sans vie de Lydia.

Quelques instants plus tard, Charlotte sursauta.

— Tu as vu ça ?

— Quoi ?

— Elle vient de me serrer la main !

— Je n'ai rien vu, mais si tu l'as senti, c'est génial.

— J'espère que ça veut dire qu'elle m'a entendue.

Je posai mes mains sur ses épaules. Moi aussi, je l'espérais. J'avais vraiment de la peine pour elle. Je n'aurais jamais pu imaginer rencontrer ma mère pour la première fois dans de telles circonstances. Elle était très forte, et j'étais vraiment fier d'elle.

Le fumeur qui avait dansé dehors sous la pluie avec elle apparut soudain sur le seuil. Pourquoi était-il là ?

— Est-ce que je peux vous aider ? proposai-je.

— Ça dépend. Est-ce que vous pouvez ramener ma mère à la vie ? demanda-t-il en entrant dans la pièce.

Mon amie se figea.

— Je viens juste de comprendre qui tu es, Charlotte. On parle de toi tous les jours depuis le départ du détective. Je trouvais déjà que tu me rappelais quelqu'un tout à l'heure, mais à présent, je me rends compte que c'était juste parce que tu ressembles à une version plus jeune de maman. Nous nous sommes déjà rencontrés, mais je suis Jason... ton frère.

Charlotte eut les larmes aux yeux en le serrant dans ses bras.

— Oh, mon Dieu. Salut.

Les mains de Jason tremblaient un peu lorsqu'il les enroula autour de sa sœur. Il avait une odeur de cendrier froid, mais à première vue, il semblait être quelqu'un de bien.

C'était sacrément surréaliste. Il devait ressembler à son père, parce que je n'aurais jamais pu deviner que cet homme aux cheveux foncés était le frère de Charlotte.

— Depuis combien de temps va-t-elle aussi mal ? lui demanda-t-elle.

— Environ un mois.

— Est-ce qu'il y a de l'espoir ?

Il fronça les sourcils.

— J'ai bien peur que non. Elle dépend entièrement des machines à ce stade. Nous nous retrouvons face à des décisions difficiles à prendre.

Elle retourna à sa place près de Lydia, puis leva les yeux vers Jason.

— Je suis vraiment désolée.

— Elle t'aimait, Charlotte. Elle ne nous a parlé de toi que récemment. Maman avait peur de te rechercher parce qu'elle pensait que tu pourrais peut-être la détester. Mais elle t'a toujours portée dans son cœur.

Les larmes qui menaçaient de couler se mirent à rouler sur les joues de Charlotte, alors qu'elle fixait son frère fraîchement retrouvé.

— Est-ce que je peux rester ? Jusqu'à ce que... Je... Je veux passer du temps avec elle. Et avec toi. Et mon autre frère, si c'est possible.

Il sourit.

— Maman adorerait ça. En fait, je pense que rien d'autre n'aurait pu lui apporter un plus grand sentiment de paix que de t'avoir ici aujourd'hui.

— Combien de temps lui reste-t-il ?

Jason se dirigea de l'autre côté du lit de sa mère – de leur mère –, et couvrit l'autre main de la femme avec la sienne.

— Pas longtemps. Quelques semaines... quelques jours... peut-être même quelques heures. On a du mal à se décider à débrancher le respirateur. On a tous eu le sentiment que ce n'était pas encore le bon moment.

Il observa Charlotte.

— Maintenant, ça me semble logique. On t'attendait tous. *Elle* t'attendait.

***

— Salut, murmura Charlotte en me regardant avec des yeux ensommeillés.

Quelques heures plus tôt, elle s'était roulée en boule sur le fauteuil à côté de sa mère et s'était endormie. Il était presque deux heures du matin au Texas. Elle étira ses bras au-dessus de sa tête et laissa échapper un grand bâillement.

— J'ai dormi combien de temps ?

— Pas assez longtemps. Deux heures.

— Est-ce que Jason est parti ?

Ma première impression sur lui s'était révélée correcte. C'était vraiment quelqu'un de bien. Nous avions passé les deux heures durant lesquelles Charlotte avait dormi à faire connaissance. À seulement vingt-deux ans, il avait déjà servi quatre ans dans l'armée, et il s'était marié avec sa copine du lycée. Il avait également été le seul à s'occuper de sa mère ces derniers mois, depuis que sa santé s'était fortement dégradée, et elle était tout pour lui. Je secouai la tête.

— Il est descendu nous chercher du café. Je ne voulais pas m'éloigner au cas où tu te serais réveillée et que tu serais perdue.

Elle m'offrit un sourire triste.

— Perdue dans le sens où hier encore, j'étais une fille unique servant du café à mon patron à New York, et que ce soir, c'est mon frère qui s'en charge, alors qu'on a traversé la moitié du pays ?

Je posai ma main sur son genou et le pressai.

— Oui, dans ce sens-là, petite maligne.

— Est-ce que tu as dormi un peu ?

— Pas encore. Mais je nous ai réservé une chambre d'hôtel pas très loin d'ici pendant que tu ronflais.

Charlotte haussa un sourcil.

— *Une* chambre d'hôtel ? Au singulier et pas au pluriel ?

— J'ai réservé une suite avec deux lits. Je ne veux pas que tu sois seule.

— Ou... peut-être que tu espérais que je relève encore ma jupe pour toi ? me murmura-t-elle à l'oreille.

Jason fit son retour dans la chambre, m'évitant ainsi de devoir répondre à cette question. En réalité, pendant une heure et demie, je m'étais demandé combien de chambres réserver. Finalement, je m'étais dit que je l'avais déjà vue nue, que j'avais déjà goûté à sa chatte et qu'elle m'avait déjà fait perdre la tête. J'avais largement franchi les limites, alors la réconforter et rester à ses côtés pendant qu'elle traversait cette période difficile ne pouvait pas empirer les choses. Son frère me tendit un des cafés sur le support en carton, puis se tourna vers Charlotte.

— J'en ai pris un avec du lait et du sucre pour toi. Je ne savais pas comment tu le prenais. Maman et moi l'aimons léger et sucré, alors je me suis dit que c'était peut-être héréditaire.

Elle sourit.

— C'est parfait, merci.

Jason s'assit de l'autre côté du lit.

— Je ne sais pas combien de temps vous avez prévu de rester, mais vous devriez probablement vous reposer un peu. Je n'ai pas beaucoup de place dans mon petit appartement. Je vis dans un studio avec ma femme, mais vous pouvez rester chez maman si vous voulez. J'ai ses clés et ce n'est pas très loin d'ici, à environ quinze minutes.

— Merci, mais Reed a déjà réservé dans un hôtel à côté.

— Tu as un bon mari, fit-il remarquer en me regardant. Même si je pense qu'un peu de sommeil lui ferait du bien. Il te surveillait de près pendant que tu dormais, et il avait l'air aussi tendu que toi quand tu étais éveillée.

Il ne m'était pas venu à l'esprit que nous ne lui avions pas parlé de notre relation. Étant donné que j'étais resté en permanence près de Charlotte, sa conclusion était logique.

— Oh. Reed n'est pas mon mari. C'est mon… patron, révéla-t-elle, non sans peine.

Jason haussa un sourcil et sirota son café.

— Ton patron ?

— Oui, à New York, c'est mon patron. Je travaille dans sa société.

— Vu son regard meurtrier quand il nous a vus danser dehors, et la façon dont il t'observait quand tu dormais… j'ai supposé que vous étiez ensemble.

Charlotte jeta un coup d'œil dans ma direction, avant de se tourner de nouveau vers son frère.

— C'est… compliqué.

— J'imagine, oui, répliqua-t-il en affichant un sourire en coin.

Une fois nos cafés terminés, Jason suggéra de nouveau que nous allions dormir. Même si Charlotte semblait hésitante, elle accepta lorsqu'il nous dit de revenir vers dix heures, puisque c'était à ce moment-là qu'ils faisaient les visites.

L'hôtel que j'avais réservé sur mon téléphone était accessible à pied depuis l'hôpital, et l'enregistrement se fit rapidement et sans difficulté. Ce ne fut que lorsque nous nous retrouvâmes seuls dans la chambre silencieuse que je commençai à me demander si j'avais pris la bonne décision en choisissant une suite avec deux immenses lits.

— Je vais prendre une douche rapide, annonça Charlotte

— Est-ce que tu as faim ? L'hôtel a un menu disponible jour et nuit avec le room service. Tu veux que je nous commande quelque chose ? Tu n'as rien mangé depuis qu'on a quitté New York.

— Oui, pourquoi pas. C'est une bonne idée. Merci.

— Qu'est-ce que tu aimerais ?

— La même chose que toi.

Les épaules tombantes et la tristesse dans la voix de Charlotte me tuaient.

— Alors deux doubles cheeseburgers avec des frites, un milkshake et un dessert ?

— D'accord.

J'avais voulu la taquiner, car je pensais bien qu'elle n'avait pas vraiment envie de toute cette nourriture. Alors je la testai pour voir si elle écoutait vraiment.

— Très bien. Je commanderai aussi deux jarrets de porc et des écureuils rôtis.

— Ça me va, répondit-elle lorsque je posai les yeux sur elle.

Elle n'avait rien entendu de ce que je venais de dire.

Le room service arriva juste au moment où Charlotte sortit de la salle de bain. Je ne savais pas vraiment si la commande était arrivée très rapidement ou si sa douche avait été très longue. Je soulevai la cloche du premier plat.

— Salade Caesar ?

Je la reposai, puis soulevai celle du second plat.

— Ou penne alla vodka ?

— Je suis désolée, je n'ai pas très faim.

Elle soupira. Charlotte portait un peignoir blanc épais, et ses cheveux mouillés étaient enroulés dans une serviette au-dessus de sa tête. Elle n'était déjà pas grande en temps normal, mais couverte comme ça, elle semblait minuscule. Je frottai un endroit précis de ma poitrine, même si la douleur était à l'intérieur.

— Viens par là.

J'ouvris les bras, et elle s'y blottit sans hésiter. Elle ferma les yeux et laissa échapper un autre long soupir, alors que je la serrais contre moi et caressais son dos.

— Ça a été une longue journée. Ou deux longues journées. Tu devrais dormir un peu.

Elle ne tenta pas de bouger, mais hocha la tête.

— Est-ce que tu veux bien me tenir ? Enfin, t'allonger avec moi, je veux dire.

— Bien sûr.

Nous nous dirigeâmes ensemble vers la chambre. Je retirai mes chaussures et ma chemise, mais je n'allai pas jusqu'à enlever mon pantalon et mon maillot blanc. Charlotte avait besoin de mon soutien, pas d'une érection pressée contre ses fesses. Je tirai les couvertures, me glissai dans le lit, et tendis les bras pour qu'elle vienne me rejoindre. Elle ôta la serviette de ses cheveux et se blottit contre moi, sa tête posée sur ma poitrine, juste au-dessus de mon cœur.

J'avais envie de dire quelque chose, de lui offrir un quelconque soutien verbal, mais j'avais l'impression que les mots étaient coincés dans ma gorge. Au lieu de ça, je fis ce qui me semblait naturel et caressai sa tête d'une main, et son dos de l'autre.

— Merci pour ce cadeau, Reed, murmura-t-elle après environ dix minutes, alors que je la croyais endormie. Même si j'ai le cœur en miettes parce qu'elle est en train de s'éteindre et que je ne pourrai jamais la connaître, bizarrement, j'ai l'impression que c'est la première fois que je me sens complète. Il m'a toujours semblé que quelques pièces me manquaient.

J'embrassai le haut de son crâne et la serrai plus fort.

— Avec plaisir, Charlotte. J'aurais vraiment aimé que les choses soient différentes concernant sa santé.

Elle s'endormit quelques minutes plus tard. Je choisis de rester éveillé pour profiter de pouvoir la sentir dormir paisiblement dans mes bras. Ça semblait si évident, si bon de ne rien faire d'autre que d'être allongé là, avec la femme pour qui j'avais craqué installée sur mon torse, et faire comme si c'était ma vie.

Je *désirais* plus que tout que ce soit le cas.

Toutefois, voir la souffrance émotionnelle que Charlotte ressentait à observer une femme qu'elle venait juste de rencontrer en train de mourir était un rappel flagrant que ça ne pouvait pas être ma vie.

Cette femme était enfin complète, et je n'allais pas prendre une partie d'elle que je ne serais jamais capable de lui rendre.

CHAPITRE 32

CHARLOTTE

— **EST-CE QU'ELLE** va souffrir ?

Reed se tenait derrière moi, ses mains serrant mes épaules, alors que nous parlions aux médecins devant la chambre de Lydia. Jason avait dit qu'ils se retrouvaient face à des décisions difficiles, mais entendre l'équipe de docteurs conseiller de débrancher le respirateur ce matin rendait les choses plus réelles. *Vraiment réelles.*

— Nous lui donnons des sédatifs et des antidouleurs pour qu'elle soit calme et détendue, indiqua le docteur Cohen. Nous augmenterons le dosage avant d'arrêter la machine, pour qu'elle ne ressente rien.

— Combien de temps va-t-elle... Est-elle au moins capable de respirer seule ? demanda Jason.

— C'est difficile à dire. Il y a toujours des exceptions, mais en général, les patients dans l'état de votre mère ne tiennent jamais plus de quelques jours. Probablement moins.

Jason déglutit. Je pouvais voir qu'il essayait de retenir ses larmes. Reed et moi nous tenions à gauche des trois médecins qui étaient venus faire leurs visites, et mon frère se trouvait à leur droite, seul. Je le rejoignis et lui pris la main. Il me regarda, hocha la tête, et se racla la gorge.

— Nous avons un autre frère qui va à la fac en Californie. Il arrivera demain. J'aimerais l'attendre pour en discuter avec lui et lui laisser l'occasion de la voir.

— Bien sûr, répondit le docteur Cohen. Prenez votre temps et réunissez votre famille. Nous ne voulons pas vous précipiter. Votre mère ne souffre pas. C'est juste qu'à ce stade, il n'y a aucune perspective significative d'amélioration. Alors c'est une question de temps, et le moment doit être le bon pour vous et votre famille. Si je sentais qu'elle souffrait, j'insisterais davantage, mais prenez un jour ou deux pour y réfléchir.

Il fouilla dans la poche avant de sa blouse blanche et en sortit une carte de visite, ainsi qu'un stylo. Il nota quelque chose au dos et la tendit à Jason.

— Voici mon numéro personnel. Si vous ou votre famille avez des questions, appelez-moi. À n'importe quel moment. Je repasserai demain matin pour tout vérifier.

— Merci, répondit mon frère, en même temps que Reed et moi.

Après avoir pris quelques minutes pour parler sans les médecins dans le couloir, nous retournâmes tous les trois dans la chambre de Lydia. Je sentis que Jason avait besoin d'un peu de temps seul, alors je demandai à

Reed de venir se promener avec moi, puis prévins mon frère que nous allions chercher de quoi déjeuner.

La chaleur du Texas était accablante à l'extérieur. Nous marchâmes côte à côte, perdus dans nos pensées, sur le chemin longeant le bâtiment.

— Il faut que j'appelle Iris, déclarai-je. Je me sens mal de m'absenter alors que je ne fais partie de la société que depuis quelques mois, mais je ne peux pas partir.

— Évidemment. Et inutile de l'appeler, sauf si tu veux discuter. Je suis resté en contact avec elle, et elle sait ce qu'il se passe. Nous avions une intérimaire à long terme avant qu'Iris t'engage, alors j'ai contacté l'agence pour laquelle elle travaillait pour voir si elle était disponible pour une mission de trente jours. Je me suis dit que tu aurais besoin de passer du temps ici... maintenant, mais aussi après, ajouta-t-il en me regardant.

— Merci, répondis-je en secouant la tête. Honnêtement, je ne sais pas comment te remercier pour tout, Reed. Merci de l'avoir trouvée, de m'avoir fait venir ici, d'être resté avec moi, de m'avoir étreinte pendant que je dormais. Rien de tout ça ne serait possible sans toi.

— Arrête de me remercier, Charlotte. Si les rôles étaient inversés, tu aurais fait la même chose pour moi. J'en suis certain.

Nous continuâmes à marcher autour de l'hôpital dans un silence confortable, mais je n'arrivais pas à arrêter de penser à tout ce que Reed avait fait pour moi. Il avait totalement raison quand il disait que si les rôles étaient inversés et que j'avais pu l'aider, je l'aurais fait. Ce qui me fit réfléchir à la valeur de ma relation précédente.

Après quatre ans passés avec mon ex-fiancé, j'avais de la chance si Todd me rapportait de la soupe de poulet du restaurant chinois quand j'étais malade. Tout en sachant qu'il devait passer devant ce restaurant pour venir chez moi. Reed avait mis sa vie sur pause car j'avais besoin de lui dans la mienne. Je ne savais même pas quand il avait pu réserver l'hôtel ou parler à Iris. Il avait dû le faire pendant que je dormais, afin de pouvoir m'accorder toute son attention quand j'étais réveillée. J'avais remarqué qu'il ne passait pas son temps sur son téléphone quand nous étions ensemble. Encore une chose que Todd était incapable de faire pour moi. *Bon sang, Allison est une idiote.* Reed donnait pleinement et sans condition, même à moi, alors qu'il ne prévoyait pas de me confier son cœur, pour le meilleur et pour le pire.

Malheureusement, plus je pensais à sa générosité, plus je me rendais compte que j'avais déjà suffisamment monopolisé son temps. Reed travaillait normalement dix à douze heures par jour. Notre petit voyage allait le mettre en retard de plusieurs semaines.

— Tu devrais rentrer à New York. Tout ira bien pour moi.

— Je ne te laisserai pas seule ici, Charlotte.

— Je t'assure… Je vais bien.

Je vis à sa tête qu'il ne me croyait pas.

— Désolé de te dire ça, mais ce n'est déjà pas le cas en temps normal, Darling.

Je ris.

— C'est vrai. Mais tu ne peux pas rester là éternellement pour me tenir la main. On ne sait pas combien de temps ça va durer. Ça pourrait prendre des semaines.

Reed s'arrêta. Je fis encore quelques pas, avant de me rendre compte que je marchais seule.

— Est-ce que tu veux que je reste avec toi ?

— Bien sûr, mais il faut que tu travailles. Tu en as déjà fait énormément.

— Je peux gérer une grande partie de mon travail à distance.

— Pas les visites, non.

— J'ai du personnel pour me remplacer. Je resterai ici aussi longtemps que tu auras besoin de moi, affirma-t-il en me tendant la main. Et j'aime plutôt bien être là pour toi, si tu veux la vérité.

Je glissai ma main dans la sienne, puis avançai de deux pas pour réduire la distance entre nous. Je me mis sur la pointe des pieds et l'embrassai sur la joue.

— Cette Allison... est une vraie imbécile, lui murmurai-je à l'oreille.

***

Neuf jours après notre arrivée à Houston, Lydia Van der Kamp mourut à vingt-trois heures trois, un dimanche. Reed, Jason, mon plus jeune frère, Justin, et moi étions à ses côtés lorsqu'elle rendit son dernier souffle. Moins de vingt-quatre heures s'étaient écoulées depuis l'arrêt du respirateur.

Rien n'aurait pu me préparer à ce moment. Après que le médecin eut prononcé légalement son décès, un prêtre entra et prononça quelques mots. Ensuite, nous

nous relayâmes pour faire nos adieux. Reed proposa de rester avec moi quand vint mon tour, mais j'avais le sentiment que c'était quelque chose que je devais faire seule.

Elle était partie, mais j'espérais que son âme pouvait m'entendre lorsque je me mis à parler.

— Bonjour, maman. Je suis vraiment contente d'avoir pu te connaître. Tu penses peut-être que je suis un peu folle de dire ça alors que tu n'as pas été éveillée une seule fois depuis que je suis là. Mais j'ai réellement pu te connaître, parce que j'ai rencontré mes deux frères, et que tu as élevés. Ils sont aimants, gentils, et le type d'hommes qui témoignent d'une bonne éducation. Alors même si on n'a pas eu l'occasion de discuter, j'ai pu apprendre à te connaître à travers eux. Et tu es plutôt géniale.

J'essuyai quelques larmes sur ma joue.

— Je sais que ça n'a pas dû être facile de m'abandonner. Mes frères m'ont dit que tu as toujours eu l'impression que j'avais pris un morceau de ton cœur le jour où tu m'as laissée à l'église. Eh bien, je ressens exactement la même chose actuellement. Un bout de mon cœur que je venais juste de retrouver a disparu une nouvelle fois quand tu as rendu ton dernier souffle. Un jour, on se retrouvera et on sera de nouveau complètes.

Je me penchai pour déposer un dernier baiser sur sa joue.

— En attendant, un ange veillera sur moi.

Je ne me souvins même pas d'avoir quitté une dernière fois sa chambre ni même d'avoir dit au revoir à mes frères avant de quitter l'hôpital. Sur le chemin du retour à l'hôtel, Reed n'arrêta pas de me demander si j'allais bien. Je pensais que oui. Je pensais avoir accepté le fait de l'avoir retrouvée et perdue en à peine plus d'une semaine. Bizarrement, je ne pleurais plus et je ne me sentais pas bouleversée. Cependant, il y avait une différence entre trouver la paix et être engourdie. Ce ne fut que lorsque nous fûmes de retour dans notre chambre et que j'allai me doucher que tout me frappa. J'étais entrée sous l'eau tout habillée.

L'eau chaude coulait sur mon dos, imprégnant mes vêtements, qui s'affaissèrent sous son poids. Je fermai les yeux et me mis à pleurer. Mes épaules tremblaient et des sanglots secouaient mon corps, pourtant, pendant vingt ou trente secondes, aucun son ne sortit. Mais ensuite, le bouchon sauta et tout se déversa. Je pleurai fort. *Très fort*. Un gémissement horrible quitta ma gorge. Il ne semblait même pas venir de moi. Je m'appuyai contre le carrelage pour me maintenir debout.

J'entendis vaguement la porte de la salle de bain s'ouvrir, mais je ne remarquai la présence de Reed qu'au moment où il se retrouva juste derrière moi et enroula ses bras autour de ma taille.

— Tout va bien. Laisse tout sortir. Je suis là.

Je me laissai aller en arrière, quittant le mur pour m'appuyer contre l'homme derrière moi, et posai ma tête contre son torse. Je pleurais pour beaucoup de choses. Pour Lydia mourant si jeune, pour mes frères se retrouvant sans mère, pour le fait de n'avoir jamais l'occasion d'entendre sa voix ou voir ses yeux, pour ma mère – mon incroyable mère adoptive – qui avait fait ce qu'il fallait, mais à qui je ne pouvais donner que quatre-vingt-dix-neuf pour cent de mon cœur, car le reste appartenait à une femme que je n'avais jamais connue.

Reed resta là, une main me maintenant et l'autre caressant mes cheveux trempés. Nous restâmes ainsi pendant un long moment, jusqu'à ce que l'eau devienne froide. Lorsque mes larmes finirent par arrêter de couler, il tourna le robinet qui grinçait pour couper l'eau.

— Laisse-moi te débarrasser de ces vêtements.

Je hochai la tête, tremblante.

Il s'agenouilla devant moi et déboutonna mon jean, puis me le retira.

— Tiens-toi à mes épaules et sors tes pieds, m'ordonna-t-il d'une voix douce, tout en levant les yeux vers moi.

Je fis ce qu'il me dit et enlevai un pied après l'autre.

— Je vais te retirer tous tes habits pour pouvoir t'enfiler quelque chose de sec, d'accord ?

Je hochai de nouveau la tête.

Reed fit glisser ma culotte sur mes jambes, et je levai les pieds sans y être invitée, cette fois-ci.

— Lève les bras.

Il passa mon T-shirt trempé au-dessus de ma tête et dégrafa mon soutien-gorge, laissant les vêtements gorgés d'eau tomber dans un bruit sourd. Je n'avais toujours pas bougé d'un centimètre quand il sortit de la douche, attrapa une serviette et la déplia, avant de l'enrouler autour de moi.

— Tu vas bien ? demanda-t-il une nouvelle fois.

Encore un hochement de tête.

— Viens. Allons t'enfiler quelque chose de chaud et te mettre au lit, sous les couvertures.

— Mais toi aussi tu es mouillé, finis-je par prononcer.

— Je me déshabillerai quand tu seras installée.

— Non, je peux attendre, affirmai-je en secouant la tête.

Reed leva les yeux vers moi et sembla réfléchir à ce que je venais de lui demander. Bien qu'hésitant, il ne pouvait rien me refuser à cet instant. Il ferma les yeux et acquiesça.

La climatisation était glaciale, ce qui rendait les vêtements mouillés encore plus froids. Même enroulée dans une serviette sèche, je tremblais encore. Reed devait être gelé, mais il n'en montrait rien. Il déboutonna sa chemise trempée et la laissa tomber dans la douche. Son maillot suivit. Il hésita au niveau des boutons de son jean, et me regarda une dernière fois avant de les ouvrir. Je le fixai en attendant qu'il continue. Il baissa une jambe, puis l'autre, et finit par retirer son pantalon.

Lorsqu'il se redressa, je compris pourquoi il avait autant hésité.

La grosse bosse qui déformait son boxer fit s'emballer mon cœur.

Reed baissa les yeux sur l'érection qui étirait le tissu mouillé, les sourcils froncés.

— Je suis désolé. Je... Je ne peux rien faire contre.

— Ne le sois pas, murmurai-je. J'aurais été déçue du contraire.

Il étudia mon visage, déglutit, puis passa ses pouces sous l'élastique de son sous-vêtement.

Je retins mon souffle lorsqu'il le retira. Son sexe dur comme la pierre surgit contre le bas de son ventre au moment où il fut libéré. Nous étions peut-être dans une pièce glaciale au milieu de vêtements trempés, mais une vague de chaleur se répandit soudain dans tout mon corps.

Reed observa mon regard parcourir sa peau magnifique. Je n'avais jamais vu un corps aussi parfait. Des abdos dessinés, des épaules larges, une taille fine, mais c'était son excitation indéniable qui attirait le plus mon attention. Reed gémit lorsque je me léchai les lèvres sans en avoir conscience.

— *Putain*, Charlotte, ne me regarde pas comme ça.

Je levai brusquement les yeux vers lui.

— Comme quoi ?

— Comme si tu te sentirais mieux si je te disais de te mettre à genoux et de me sucer. Comme si ça pourrait faire revenir ce sourire qui me manque tant sur ton joli visage.

Je baissai les yeux, puis l'observai de nouveau sous la barrière de mes cils.

— Quoi d'autre pourrait me faire sourire ?

— *Charlotte...* me mit-il en garde.

L'atmosphère changea. Nous le sentîmes tous les deux. La tension emplit l'air. C'était fou comme en si peu de temps, mes émotions pouvaient passer du besoin qu'il me tienne dans ses bras pendant que je pleure, au besoin de l'avoir en moi. Même si j'étais presque certaine d'être instable en ce moment, je savais aussi que je ne regretterais rien de ce qui pourrait se passer entre nous. Ce qui allait provoquer l'étincelle n'aurait aucune importance. Je voulais sentir la brûlure.

Je fis un pas timide vers lui. Il ne me donnerait peut-être jamais son cœur, mais je voulais au moins faire comme s'il m'appartenait pendant une journée. Il était facile d'avoir l'impression que nous étions vraiment en couple vu notre proximité de cette semaine et la façon dont il m'avait maintenue debout quand j'étais prête à tomber. Il fallait que je sente le reste. Mon cœur cognait contre ma cage thoracique.

— J'ai envie de toi, Reed. J'ai juste envie de ressentir quelque chose qui ne fasse pas mal, ce soir.

Mon regard se posa sur son large gland, avant de remonter vers son visage.

— Enfin, ce sera peut-être douloureux, mais c'est une autre sorte de douleur, ajoutai-je.

Les narines de Reed se dilatèrent. Il était tel un taureau coincé derrière une porte verrouillée, observant la cape rouge s'agiter. Je voulais ouvrir grand cette porte et le regarder charger. Je posai la main sur le nœud de la serviette dans laquelle il m'avait enroulée, le défis, et laissai le tissu tomber par terre.

Reed contracta la mâchoire en laissant ses yeux se promener partout sur moi.

— Tu n'as pas envie de ça, Charlotte, répliqua-t-il d'une voix tendue. Tu ne comprends pas.

— C'est là où tu te trompes, Reed. Je comprends *très bien*. Après cette semaine, je comprends mieux que personne, parce que je préfère avoir eu ces neuf jours avec ma mère, même s'ils se finissent dans la douleur, plutôt que de ne pas l'avoir connue du tout. Je me fiche qu'on ait moins de temps ensemble ou que ce soit plus difficile. Je veux juste profiter de ce qu'on peut avoir.

Sa poitrine se souleva, puis s'affaissa.

— Tu es détruite à la fin de ces neuf jours. Pense à ce que ce serait après neuf ans si je n'ai pas de chance.

Il baissa la tête.

— Je ne peux pas te faire de mal, Charlotte. C'est impossible.

Je le sentis s'éloigner de nouveau. La fenêtre se fermait dès qu'on abordait l'idée de quelque chose à long terme. Reed ne me promettrait rien qui impliquait un engagement, car il ne pensait pas pouvoir satisfaire ce dont j'avais besoin. Mais ce soir, j'avais envie de lui malgré tout. Sous quelque forme que ce soit. Je prendrais tout ce qu'il serait capable de me donner, même si ce n'était pas son cœur.

— Alors offre-moi juste cette soirée. J'ai *besoin* de toi, Reed. Aide-moi à oublier, le suppliai-je. *Juste ce soir.*

Il me fixa. Je pouvais voir le débat intérieur qui faisait rage en lui. Décidant qu'il faudrait sûrement plus que des mots pour faire pencher la balance en ma faveur, je glissai une main entre nous et passai doucement le bout de mon pouce sur l'extrémité de son sexe gonflé et brillant. Ensuite, je portai mon doigt à mes lèvres et léchai le liquide séminal qui s'y trouvait. Les yeux de Reed s'enflammèrent.

— *Putaiiiin*, rugit-il en penchant la tête en arrière.

Mon dos heurta soudain le mur de la douche. Reed posa ses mains sur le carrelage, de chaque côté de ma tête, et j'eus l'impression de ne plus pouvoir contrôler ma respiration.

— C'est ça que tu veux ? demanda-t-il en penchant la tête pour aspirer un de mes tétons.

Fort.

Mes lèvres s'entrouvrirent et un gémissement répondit à sa question.

Il me mordit et tira mon mamelon entre ses dents.

— Est-ce que c'est ça que tu veux ? *Réponds-moi.*

— Je... Je veux te sentir.

Il afficha un sourire diabolique en relevant la tête vers moi, collant ainsi son nez contre le mien.

— Tu veux me sentir juste un soir ? Je vais m'assurer que tu me sentes pendant *des jours.*

Reed écrasa sa bouche sur la mienne, avalant ainsi mon gémissement de surprise. Il enroula mes cheveux autour de son poing, puis l'utilisa pour incliner ma tête et approfondir le baiser. Même peau contre peau, coincée contre le mur, mes cheveux empoignés, ce n'était pas suffisant. J'avais besoin plus que tout au monde de ne faire qu'un avec cet homme. Ça me semblait être la seule chose qui importait.

J'enroulai mes bras autour de son cou, puis levai mes jambes pour les enrouler autour de sa taille. Il poussa son sexe dur contre moi, et le frottement contre mon clitoris manqua de me faire perdre la tête. Mes yeux se révulsèrent lorsqu'il aspira ma langue, tout en frottant son érection de haut en bas. Je n'avais jamais été aussi excitée de toute ma vie, et je n'avais jamais eu autant envie de quelqu'un. Mon entrejambe était trempé, et la douche n'y était pour rien.

— Pas de préservatif, murmura-t-il contre ma bouche. Je veux te sentir sans rien entre nous.

— Bon sang, oui.

Il détacha ses lèvres des miennes et s'écarta suffisamment pour pouvoir me regarder dans les yeux. Il haletait, et le désir se lisait sur son visage pendant qu'il m'étudiait en se maîtrisant. Il semblait vouloir s'assurer que j'étais vraiment d'accord avec ce qu'il venait de dire.

— Je prends la pilule, le rassurai-je.

Pendant quelques secondes douloureuses, il ferma les yeux et je me dis qu'il était peut-être en train de changer d'avis. Cependant, je me trompais totalement.

— J'ai rêvé de me glisser en toi depuis la première fois où je t'ai vue, avoua-t-il en secouant la tête. Tu portais cette petite robe noire et tu te baladais dans le penthouse que je faisais visiter, l'air innocent. J'avais envie de te pencher en avant et de te fesser pour m'avoir fait perdre mon temps.

Je ne pus m'empêcher de sourire. C'était *exactement* l'impression que j'avais eu ce jour-là. Je me rappelais parfaitement qu'il avait un air dangereux qui n'allait pas du tout avec son costume sur mesure et son nœud papillon. À ce moment-là, je pensais que c'était le fruit de mon imagination.

— Tu aurais dû le faire. Je n'avais pas réalisé que c'était une option avec tous les équipements de luxe qu'offrait cet endroit, répliquai-je.

— Le jour où tu as reçu ces fleurs de la part de *Blake*, je suis rentré chez moi et je me suis masturbé en m'imaginant te prendre par-derrière, pendant que cet enfoiré nous regardait depuis la fenêtre.

Il avait prononcé son nom comme une insulte.

— Tu étais penchée en avant pour qu'il puisse te voir, mais j'avais couvert ton visage avec mes mains pour qu'il ne puisse pas te regarder jouir avec *ma bite* enfoncée en toi. Voilà à quel point je déteste l'idée de t'imaginer avec un autre homme.

Son aveu me laissa bouche bée. Je savais qu'il attiré par moi, même qu'il avait des sentiments pour moi, mais je n'aurais jamais pensé qu'il admettrait être aussi obsédé par moi que je l'étais par lui. Ça ne fit qu'alimenter mon audace.

Je déplaçai mes mains de ses épaules à ses cheveux et glissai mes doigts dans ses mèches mouillées.

— On pourrait le faire, si tu veux. Je pourrais l'appeler et...

— *Non*, m'interrompit-il. Ne parle pas d'appeler un autre homme. Pas ce soir.

Il empoigna son érection et la guida vers mon sexe.

— Ce soir... Ce soir, tu es à moi, affirma-t-il contre mes lèvres, en croisant de nouveau mon regard.

Il poussa ses hanches en avant, et s'enfonça en moi doucement, mais fermement. Inconsciemment, mes yeux se fermèrent.

— Ouvre-les, Charlotte, m'ordonna-t-il d'un ton brusque.

Je lui obéis et nos regards se croisèrent.

— Garde-les ouverts. Laisse-moi te voir. Je veux observer ton beau visage pendant que je te pénètre. La seule chose encore meilleure que de l'imaginer, c'est de le voir pour de vrai.

Il fit plusieurs va-et-vient.

— *Putain.* C'est tellement bon.

Je n'avais pas eu de relation sexuelle depuis une éternité, et Reed était long et épais. Mon corps épousait son sexe comme un gant.

— Tu es... énorme, observai-je en souriant.

Reed sourit à son tour. Cette vue était à couper le souffle. Lui en moi, alors qu'à cet instant, il avait l'air de se ficher de tout le reste.

Ses mains se posèrent sur mes fesses, et il me souleva pour ajuster notre position. La petite inclinaison de mon bassin lui permit de s'enfoncer encore plus profondément en moi, et son sourire s'évanouit au profit de son air concentré.

— *Bordel.*

Je gémis lorsqu'il passa une main entre nous pour caresser mon clitoris avec deux doigts. Ni lui ni moi n'allions tenir longtemps. Mon corps vibra et mes jambes se mirent à trembler. Reed bougea de plus en plus fort.

— J'ai envie d'aller tout au fond, d'envoyer mon sperme si loin que tu auras toujours un morceau de moi en toi.

Bon sang. Si obscène et pourtant si beau.

Je gémis son nom lorsque mon orgasme s'empara de moi. Mes ongles s'enfoncèrent dans son dos, mon corps commença à frémir et remuer, et je perdis toute conscience du monde qui m'entourait. Nous étions seuls dans un tunnel, à l'écart du reste du monde. Reed me regarda dans les yeux et s'autorisa à me donner tellement plus que son corps. Nous étions connectés à un point que je n'avais jamais connu avant. Nos âmes, nos corps et nos esprits étaient en parfaite harmonie.

Lorsque je me détendis, Reed arrêta de se contenir. Il redoubla le rythme de ses mouvements jusqu'à ce que son corps se fige et que son sperme chaud se répande en moi.

Tout simplement spectaculaire. Mieux que les feux d'artifice du 4 Juillet.

Il continua à faire des va-et-vient un long moment après ça, tout en m'embrassant et en me répétant encore et encore à quel point j'étais belle. Me sentant faible, je m'accrochais autant que possible, tout en reprenant ma respiration. Reed déposa des baisers dans mon cou, sur ma clavicule, sur mes joues, et même sur mes paupières. Ce moment semblait vraiment intime, comme si nous nous trouvions dans une petite bulle qui nous protégeait du monde extérieur.

Toutefois, il finit par se retirer et par me reposer, puis ses lèvres effleurèrent les miennes.

— Merci pour ce soir, Charlotte.

Cette phrase pouvait paraître innocente. Gentille, même. Pourtant, elle fit éclater notre bulle. Reed me remerciait pour ce soir, parce que les choses ne seraient plus les mêmes demain.

CHAPITRE 33
REED

QU'EST-CE QUE *j'avais fait ?*

Je ne voulais pas regretter ce qu'il venait de se produire. Regretter voudrait dire que c'était une erreur, que nous avions fait quelque chose de mal. Et ce qu'il s'était passé entre Charlotte et moi... m'avait semblé être tout le contraire de mal. Rien ne m'avait paru aussi bon depuis très longtemps. Cependant, ça ne signifiait pas que ce n'était pas stupide.

Un soir.

Charlotte n'était *pas* une femme d'un soir, et même si c'était ce que nous avions dit, j'allais seulement finir par lui faire encore plus de mal. Maintenant que le sang avait quitté mon sexe engorgé pour retourner dans mon cerveau, j'en étais douloureusement conscient.

Ces neuf derniers soirs, et depuis la première nuit où je l'avais tenue dans mes bras jusqu'à ce qu'elle s'endorme, je m'étais fait un devoir d'aller me coucher après elle. Peu importe à quel point j'étais fatigué, j'avais attendu qu'elle soit endormie, avant de faire mine de m'assoupir sur le canapé. C'était le moins que je puisse faire pour garder un peu de distance entre nous. Toutefois, prendre mon ordinateur pour faire semblant de travailler après ce qu'il venait de se passer entre nous n'était vraiment pas la meilleure façon d'agir. Le malaise s'installa après que nous nous étions tous les deux changés pour aller au lit.

Afin de gagner du temps, je m'essuyai les cheveux avec une serviette, pendant que Charlotte s'installait dans l'un des lits doubles dans la chambre. Lorsque je me mis à fouiller dans ma valise pour retarder encore les choses, elle soupira bruyamment.

— Est-ce que tu comptes sortir toutes tes affaires pour les replier, et éviter ainsi de venir au lit avec moi ?

Évidemment, elle savait.

Je ris, puis sortis un T-shirt avant d'aller m'asseoir au bord du lit.

— Je ne sais pas où je devrais aller dormir.

— Quelle surprise, répliqua-t-elle en souriant.

— Petite maligne.

— Viens au lit, Reed, reprit-elle en repoussant les couvertures. Et au cas où tu aurais un doute... Je parle de *celui-ci*.

En réalité, je n'aurais voulu être nulle part ailleurs. Et puis mince, un soir représentait plus qu'une heure dans la salle de bain. Elle n'eut pas à demander une seconde fois. Je passai devant l'interrupteur pour éteindre la lumière, puis la rejoignis. Nous positionner fut tout aussi naturel que de la toucher. Je m'allongeai sur le dos, et Charlotte se blottit au creux de mon épaule.

Mon bras l'enveloppa, et ma main caressa le dessus de sa tête.

— Est-ce que tu crois en Dieu, Reed ? demanda-t-elle après quelques minutes.

Pendant des mois après mon diagnostic, j'avais réfléchi à cette même question. Je n'étais pas sûr que ce soit le cas, mais ensuite, je m'étais rendu compte que j'avais peur de ne *pas* y croire, ce qui signifiait que je croyais *vraiment* qu'il y avait quelque chose à craindre.

— Oui.

— Tu crois au paradis ?

— Je crois bien.

— Tu penses que les chiens y vont ?

Je souris dans le noir. *Charlotte dans toute sa splendeur.* Je pensais que nous entrions dans une conversation philosophique à propos de l'existence du paradis et de l'enfer, et elle s'inquiétait de l'endroit où les chiens pouvaient aller.

— Oui. Est-ce que tu es inquiète pour un chien en particulier ?

— Richard Stamps.

— Qui ?

— Mon chien. Il est mort quand j'avais dix-sept ans. Il s'appelait Richard Stamps.

— Est-ce qu'il porte ce nom en l'honneur de quelqu'un ?

— En quelque sorte...

D'après son hésitation, je compris qu'il y avait une histoire là-dessous. Une histoire signée Charlotte.

— Crache le morceau, Darling. D'où tient-il ce nom ?

— Avec un gros ou un petit D ?

— Après l'épisode de la salle de bain, je pense qu'on peut se mettre d'accord sur le fait qu'il n'y a rien de petit.

Elle gloussa. *Bon sang, j'adore ce son.*

— Tu promets de ne pas rire ? m'interrogea-t-elle.

— Absolument pas.

Elle me donna un coup sur le torse.

— Quand j'étais en maternelle, on a appris le serment d'allégeance. Puisqu'on commençait tout juste à lire et qu'il y avait beaucoup de longs mots, l'institutrice nous l'a appris une ligne à la fois. J'étais très fière de l'avoir mémorisé. Alors un soir, j'ai dévissé le drapeau qui était dans le mât du porche de mes parents, et je me suis levée après le dîner pour montrer comme j'étais intelligente.

— Continue...

Elle s'assied sur le lit. Il faisait sombre, mais je pus la voir poser sa main sur sa poitrine.

— *I pledge Allegiance to the flag of the United States of America, and to the republic for* Richard Stamps, *one nation under God, indivisible, with liberty and justice for all*[3].

J'éclatai de rire.

— Tu disais « Richard Stamps » au lieu de « *which it stands* » ?

— Mes parents aussi ont trouvé ça amusant. C'est devenu en quelque sorte notre petite blague à nous.

---

3 Dans sa version non déformée : « Je jure allégeance au drapeau des États-Unis d'Amérique et à la République qu'il représente, une nation placée sous la protection de Dieu, indivisible et garantissant liberté et justice pour tous. »

Chaque fois que mon père demandait à ma mère « Comment s'appelle le type qu'on a rencontré à la dernière soirée ? », elle répondait « Richard Stamps ». Alors quand mes parents m'ont offert un chiot pour mes sept ans, son nom était évidemment déjà tout choisi.

— Évidemment.

— Est-ce que tu te moques de moi ?

Je ris.

— Richard Stamps est au paradis, Charlotte. Je suis aussi quasiment certain que tous les chiens avec des noms comme Spot et Lady sont jaloux de son super prénom.

Charlotte se rallongea. Cette fois, elle posa sa tête sur mon cœur.

— J'espère qu'il est avec ma mère.

— Il est avec elle, ma belle. Il est avec elle.

Elle resta silencieuse un long moment après ça. J'avais commencé à penser qu'elle s'était endormie, mais elle avait visiblement continué à penser à Richard Stamps.

— Pourquoi Dieu pourrait-il laisser mourir quelqu'un d'aussi jeune ?

— J'ai passé beaucoup de temps à réfléchir à cette même question. Et la réponse, c'est que je n'en ai aucune idée. Je ne pense pas que quelqu'un le sache. Mais j'aime penser que le paradis est peut-être un meilleur endroit qu'ici-bas, et que la mort n'est pas toujours une punition. C'est parfois une récompense pour les gens d'abréger leurs souffrances.

Charlotte inclina la tête pour me regarder.

— Waouh. C'est une belle façon de voir les choses.

— Lydia est dans un monde meilleur, ajoutai-je en posant ma main sur sa joue. C'est plus difficile pour les gens qu'elle laisse derrière elle.

— Je n'imagine même pas ce que mes frères ressentent. J'ai l'impression d'avoir un trou au niveau du cœur, alors que je n'ai même pas de souvenirs avec elle.

Son émotion s'attarda dans l'air.

J'embrassai le dessus de sa tête et la serrai contre moi.

— Dors un peu. Demain, on prendra les dispositions nécessaires, et ce sera une longue journée.

— D'accord, accepta-t-elle en bâillant.

Peu de temps après, je commençai à somnoler.

— Reed ? Est-ce que tu dors ?

— Je dormais, oui...

— Je veux juste ajouter une dernière chose.

Elle marqua une pause.

— Je pense qu'il vaut mieux passer des années à chérir un souvenir qui pourrait parfois faire mal, plutôt que de ne jamais en créer aucun.

***

Les gens l'aimaient. Hommes, femmes, jeunes, vieux, ça n'avait aucune importance.

J'observai Charlotte discuter avec un couple plus âgé depuis le fond de la salle de réception. Les seules personnes qu'elle avait rencontrées avant la veillée étaient ses deux frères. Pourtant aujourd'hui, alors que les gens venaient présenter leurs condoléances au salon funéraire, tout le monde savait qui elle était et repartait avec le sourire après avoir bavardé quelques minutes avec elle.

J'avais commencé la journée à ses côtés, car je voulais être près d'elle au cas où elle aurait besoin de mon soutien. Cependant, après un moment, je m'étais éloigné pour lui laisser un peu d'intimité avec sa nouvelle famille. La mère adoptive de Charlotte était arrivée hier soir pour soutenir sa fille. Nous avions pris un dîner tardif, puis un dessert dans un autre restaurant que sa mère avait découvert dans un magazine pendant son vol, ce qui me laissa suffisamment de temps pour me rendre compte que l'excentricité de Charlotte était une chose acquise et non pas innée.

Nancy Darling approcha du rang où j'étais assis. Elle retira le foulard en soie dénoué autour de son cou, puis l'utilisa pour essuyer la chaise inoccupée et propre à côté de moi avant de s'asseoir – chose que j'avais remarqué qu'elle faisait avec n'importe quel siège.

— Elle a l'air d'aller bien, déclarai-je en désignant Charlotte d'un signe de tête. Et vous, vous tenez le coup ?

— C'est difficile d'être là, mais je vais bien. Je suis contente d'avoir pu passer quelques instants seule avec Lydia avant que la salle se remplisse. J'avais beaucoup de raisons de la remercier.

Je hochai la tête.

— Je ne savais pas trop comment Charlotte allait gérer cette journée. Elle a eu une semaine compliquée, mais elle a l'air de bien s'en sortir, elle aussi.

— Ah, erreur de débutant. Vous apprendrez, me taquina-t-elle, même si en réalité, elle ne plaisantait pas.

Ne laissez pas le sourire sur le visage de ma fille vous duper. Ce n'est pas l'émotion qu'elle montre pendant une période difficile qui fait que je m'inquiète pour elle.

Les yeux plissés, j'observai de nouveau Charlotte sourire. Elle avait vraiment *l'air* d'aller bien.

— Que voulez-vous dire ?

Nancy hésita.

— Vous semblez proches tous les deux, et puisque vous travaillez ensemble, vous serez bien plus souvent avec elle que moi. Alors, peut-être que vous pouvez garder un œil sur elle à ma place.

— D'accord...

— Je ne sais pas si vous êtes au courant, mais Charlotte cache une peur de l'abandon. Ce n'est pas inhabituel chez les enfants adoptés, mais les angoisses de chacun peuvent se manifester de manières différentes. L'abandon est un traumatisme et engendre des troubles post-traumatiques. La plupart des gens n'en ont pas conscience.

— Je ne m'étais pas rendu compte qu'elle souffrait de problèmes à long terme, avouai-je.

— Tout le monde a des problèmes. C'est juste que Charlotte a tendance à enfouir les siens et à agir de façon impulsive pour éviter d'avoir à ressentir ce qu'elle ressent vraiment.

Bon sang. De façon impulsive. Comme passer des larmes à vouloir s'envoyer en l'air avec moi sous la douche.

— Le moment le plus difficile pour les personnes qui ont perdu quelqu'un vient généralement quand tout est terminé, continua Nancy. Plus de veillées à l'hôpital ni de famille qui se rassemble. Tout est enterré, au sens propre comme au sens figuré. Ensuite, tout le monde reprend sa vie normale, et on n'est pas encore prêt. C'est là que je vais vraiment m'inquiéter pour Charlotte.

— Comment je peux aider ?

Elle me tapota la cuisse.

— Contentez-vous d'être là pour elle. Quand la personne qui est censée être la plus présente dans notre vie s'en va, on a tendance à être un peu craintif. Sa relation avec ce crétin de Todd n'a rien fait non plus pour la rassurer sur le fait que les gens restent toujours auprès de nous. La meilleure chose qu'on puisse offrir à Charlotte, c'est la continuité. Être digne de confiance quand elle a le plus besoin de nous, de quelque manière que ce soit.

CHAPITRE 34

REED

NOUS ÉTIONS DE retour à New York, mais rien n'était plus comme avant notre séjour au Texas. J'avais l'impression que tout avait changé.

Charlotte prenait un congé bien nécessaire, un peu de temps pour se changer les idées après tout ce qu'elle avait enduré à Houston. Le bureau était complètement terne sans sa présence. Elle avait décidé de rester quelque temps chez ses parents à Poughkeepsie, et je soutenais totalement cette idée. C'était une pause forcée, mais indispensable, et je comptais bien l'utiliser pour déterminer ce que j'allais faire au sujet de Charlotte.

J'étais ravi qu'elle choisisse de se reposer sur ses parents et non sur moi. Ce n'était pas que je ne voulais pas être là pour elle. Je mourais d'envie de pouvoir la réconforter. Toutefois, être près d'elle physiquement après ce qu'il s'était passé dans cette chambre d'hôtel au Texas aurait été beaucoup trop. Le côté rationnel de mon cerveau était inutilisable dès qu'elle était dans le coin. Et j'avais besoin de mon cerveau pour les grandes décisions que je devais prendre.

Une fois seul dans mon bureau, les paroles de la mère de Charlotte passaient en boucle dans ma tête.

« La meilleure chose qu'on puisse offrir à Charlotte, c'est la continuité. *Être digne de confiance quand elle a le plus besoin de nous.* »

Nancy Darling ne se doutait probablement pas que même si je pouvais offrir une continuité et une fiabilité à court terme à sa fille, le fait que je sois là pour elle aujourd'hui serait un désavantage pour elle plus tard. Charlotte pensait savoir ce qui était le mieux pour elle. Elle était jeune, brillante, et naïve. La situation me concernant n'était pas aussi simple que ce qu'elle prétendait. Elle avait dit qu'elle préfèrerait avoir un temps limité avec quelqu'un, plutôt que de ne rien avoir du tout. À l'heure actuelle, elle ne pouvait pas prendre cette décision pour elle-même. Il était facile de dire quelque chose comme ça quand tout le monde était en bonne santé. Est-ce qu'elle penserait la même chose si ce n'était pas mon cas et si mon état se détériorait lentement pendant des années ?

Il fallait que je sois prudent. Nous avions franchi une très grande limite en couchant ensemble.

Un moment incroyable, époustouflant et sauvage que je n'oublierai jamais.

Je lui avais dit que ce serait juste pour un soir, et j'avais l'occasion de tenir parole et de ne pas tout foutre en l'air pour de bon.

Mis à part si j'envisageais une relation à long terme avec Charlotte, il était impératif de ne plus jamais recoucher avec elle. Une fois que la règle d'un seul soir serait brisée... ce serait terminé. Il serait extrêmement difficile de revenir en arrière. Sans parler du fait qu'elle s'attacherait encore plus à moi.

Mais je veux qu'elle s'attache à moi, pas vrai?

Voilà ce qui était dingue. J'étais complètement déchiré entre mon désir égoïste de céder à mon besoin de Charlotte, et le choix plus intelligent de la laisser partir.

Je détestais dire ça, *vraiment*, mais j'avais besoin de mon frère. Max passait la moitié de son temps la tête dans les nuages. Il était égocentrique et pas nécessairement au courant de ce qu'il se passait dans ma vie. C'était en partie dû à mon choix de ne pas m'ouvrir à lui en ce qui concernait la jeune femme. Cependant, quand ça partait en vrille, c'était toujours vers lui que je me tournais pour avoir des conseils de dernière minute.

Puisque Charlotte prenait des congés, c'était l'occasion parfaite de demander à Max de me rejoindre dans mon bureau pour un rendez-vous improvisé, afin de rattraper le temps perdu. Même si ce n'était pas l'une des journées habituelles où il nous honorait de sa présence, il passa spécialement pour me voir, après avoir reçu mon message vocal urgent.

Il débarqua dans mon bureau avec une boîte de donuts et deux cafés, car c'était ce qu'impliquaient visiblement les affaires urgentes. Il était la seule personne que je connaissais qui pouvait consommer une quantité astronomique de cochonneries en gardant un corps musclé.

Il prit une bouchée de son beignet.

— Mec... Tu es mourant ou quoi? s'enquit-il, la bouche pleine. Je n'arrive même pas à me souvenir de la dernière fois où tu m'as fait venir juste pour discuter.

Moi, je m'en souvenais. C'était après avoir découvert que j'avais une sclérose en plaques. C'était la dernière fois que je lui avais demandé de venir me retrouver pour une réunion d'urgence.

— Assieds-toi, mon frère, lançai-je.

— De quoi veux-tu parler?

— De Charlotte.

— Tu en pinces grave pour elle. Grand-mère m'a dit que tu l'as aidée à retrouver sa mère biologique au Texas, et que cette femme est morte. C'est fou. Comment va-t-elle?

— Elle est chez ses parents dans le nord de l'État pour prendre un peu de temps pour elle. Ce voyage au Texas m'a en quelque sorte achevé aussi, à plus d'un titre.

Il plissa les yeux.

— Tu as couché avec elle, pas vrai?

Le fait que je ne le contredise pas fut une réponse suffisante.

— Quel veinard! ajouta-t-il.

— J'ai besoin que tu m'aides à résoudre ça, Max, déclarai-je, après avoir soupiré.

— Résoudre quoi?

— Tu le sais très bien. Je n'ai jamais voulu m'impliquer avec elle, et je n'ai pas voulu non plus que les choses aillent aussi loin à cause de ma maladie. J'ai complètement merdé.

— Non, tu te l'es tapée, et je ne vois pas du tout le problème là-dedans.

Il prit un autre donut et le remua devant moi.

— Tu veux que je te dise comment te débarrasser de la meilleure chose qui te soit arrivée, sans que ça fasse mal ? Tu crois que je suis magicien ? Il n'y a pas de réponse facile à cette situation parce que tu es amoureux de cette fille. Je me trompe ?

Je pris une grande inspiration.

— Éperdument amoureux d'elle, avouai-je.

— Alors *reste* avec elle. Elle est au courant pour toi. Elle l'a accepté. Reste avec elle, Reed.

— Et si je ne pouvais pas ? Et si la culpabilité était trop importante ? Comment je ferais pour la quitter ? Dis-moi comment.

— Il n'y a pas de juste milieu. Soit tu te mets en couple avec elle, soit tu arrêtes. Tu pourrais stopper net. Tu ne la provoques plus, et tu n'essaies pas d'être son ami ou son foutu héros, car on sait tous les deux que ce ne sont que des conneries. Tu as dépassé ce stade. Et je regrette de te le dire, mais vous ne pourrez vraiment plus travailler ensemble si tu décides de mettre un terme à tout ça. Ça ne fonctionnera pas. Tu vas continuer à déraper, vous finirez dans la même situation, et ce n'est pas juste. Donc soit tu te lances, soit tu lâches l'affaire. Et tu ferais mieux de lui trouver un nouveau travail si tu décides d'abandonner. Elle s'en remettra. Crois-moi, des tas d'hommes adoreraient lécher ses blessures.

Je savais qu'il avait ajouté cette dernière partie pour me tester. Il savait que ça me rendrait fou. Ses mots étaient durs, mais je savais que c'était la vérité. Il n'y avait pas de juste milieu avec Charlotte. Soit je me donnais entièrement, soit je ne me donnais pas du tout.

— Max, tu vas toujours droit au but. Merci. J'avais besoin de cette gifle.

***

Ce soir-là, seul dans mon appartement, je fixai l'horizon sans savoir avec plus de certitude ce que je devais faire. La seule chose dont j'étais sûr, c'était que Charlotte et moi ne pourrions jamais être seulement amis. Ce serait trop douloureux de la voir passer à autre chose. Jamais je pourrais ne pas désirer Charlotte plus que tout.

Lorsque mon portable sonna après minuit, je faillis l'ignorer, jusqu'à ce que je voie que c'était elle.

Je décrochai.

— Qu'est-ce que tu fais encore debout si tard ? s'enquit-elle.

— Je n'arrivais pas à dormir.

Mon corps s'éveilla rien qu'en entendant sa voix, ce qui prouvait à quel point j'étais faible dès qu'il s'agissait d'elle. C'était tellement plus facile d'envisager une coupure nette avec Charlotte quand je ne la regardais pas ou que je ne l'entendais pas. Même sans qu'elle soit là, j'avais une érection dès que je repensais à notre nuit ensemble.

— Je suis désolé pour ton insomnie.

— Est-ce que je t'ai réveillé ? demanda-t-elle.

— Non. Et ça n'aurait pas eu d'importance si ça avait été le cas. Comment ça se passe chez toi ?

— Je me sens perdue, comme si j'étais là sans l'être. Je ne sais pas vraiment comment l'expliquer. J'ai passé tellement temps à me demander d'où je venais.

À présent, je ressens un vide étrange, mais c'est bien plus que ça. Ça va au-delà du décès de ma mère. J'ai l'impression d'être à un tournant de ma vie, mais sans savoir quelles sont mes options pour le futur. Je sais juste que quelque chose doit changer. Pourtant, je n'ai pas la force d'y réfléchir ni de comprendre. La plupart du temps, je n'ai même pas la force de sortir de mon lit.

— C'est une dépression, Charlotte. Je connais bien parce que j'en ai fait une pendant un long moment, surtout après le diagnostic de ma maladie, lorsque mon esprit imaginait le pire des scénarios. Ça va aller, je te le promets. Il faut juste que tu tiennes bon.

— À quoi tu pensais exactement à cette époque ? m'interrogea-t-elle.

Même si je ne voulais pas que la conversation tourne autour de moi, je m'ouvris un peu.

— J'ai juste commencé à m'imaginer handicapé, incapable de bouger, ce genre de choses. Et ça ne faisait qu'empirer la dépression.

— Tu sais, si une personne t'aime vraiment, elle préfèrerait avoir un temps limité avec toi plutôt que rien du tout, tu le sais ? reprit-elle après un moment de silence. Quand on aime une personne, même prendre soin d'elle quand elle ne peut pas le faire elle-même est un honneur, pas un fardeau.

Ce qui était dingue, c'était que je commençais vraiment à penser que c'était ce qu'elle ressentait. Seulement, je ne pouvais pas m'imaginer devenir une charge pour quelqu'un que j'aimais, peu importe sa façon de voir les choses. Mon cœur se serra. Il fallait que je change de sujet.

— Revenons-en à toi. Est-ce que c'est la première fois que tu traverses quelque chose de ce genre ?

— Oui. Ça ne m'était jamais arrivé avant.

— Les gens te diront de te lever et de t'occuper, de te changer les idées, mais tu ne peux même pas mettre le doigt sur ce qui ne va pas. C'est juste un sentiment de vide qui te suit partout. Parfois, ça doit juste passer tout seul. Et ça passera. Ton esprit s'éclaircira, tu trouveras ce que tu veux, et ta petite étincelle reviendra.

— Comment ça se passe au bureau ?

C'est vraiment triste sans toi.

— C'est calme. Tu ne loupes rien, ne t'inquiète pas.

— Tu as dit que tu avais l'intérimaire pendant trente jours, c'est ça ?

— Plus, si nécessaire. Prends tout le temps dont tu as besoin.

— Je vais peut-être avoir besoin de plus de temps, oui. Je réfléchis à voyager un peu.

Mon ventre se noua.

— Où vas-tu aller ?

— Je n'ai pas encore décidé.

— Charlotte, si tu as besoin de quoi que ce soit, que ce soit d'argent ou autre chose pour ton voyage, fais-le-moi savoir.

— Non, je n'ai pas besoin de ton argent. Tu en as assez fait pour moi.

Elle marqua une pause.

— Bref, je ferais mieux de te laisser aller dormir, ajouta-t-elle.

— Je peux rester éveillé toute la nuit si tu en as besoin.

— Ça ira. Il faut que j'essaie de dormir aussi.

— Rappelle-moi. S'il te plaît, donne-moi des nouvelles.

— Je le ferai. Bonne nuit, Reed.

— Charlotte ?

— Oui ?

Je ne savais même pas pourquoi j'avais prononcé son nom, pourquoi je ne l'avais pas simplement laissée raccrocher. Ce n'était pas comme si je pouvais dire les choses que j'aurais aimé formuler.

Ça me tue de savoir que tu souffres.

Rentre à la maison, avec moi. Laisse-moi prendre soin de toi.

Je t'aime.

Je t'aime, Charlotte.

— Prends soin de toi, conclus-je simplement.

CHAPITRE 35

CHARLOTTE

LA NOTIFICATION PAR e-mail m'indiquait que je venais de recevoir un paiement immédiat de cinq mille dollars. C'était clairement le plus gros montant que j'avais reçu en un seul versement. La robe de mariée à plumes d'Allison s'était vendue sur eBay en moins d'une journée.

Ça avait été très rapide. Elle en valait bien plus – au moins vingt mille –, mais j'avais besoin de l'argent au plus vite pour financer mon voyage en Europe. Enfin, j'avais déjà acheté les billets, mais cette somme me servirait à payer l'énorme facture de ma carte de crédit qui arriverait à la fin du mois. Le seul moyen de pouvoir obtenir de l'argent rapidement était de vendre à perte.

Je n'avais pas dit à Reed que j'étais rentrée. Pour lui, j'étais toujours chez mes parents à Poughkeepsie. De toute façon, je serai là juste assez longtemps pour expédier la robe et faire mes bagages avant mon vol de ce week-end.

J'avais décidé d'aller visiter Paris pendant quelques jours, avant de prendre un train de nuit en direction de Rome. J'avais réservé une voiture-lit. Ce n'était pas vraiment le scénario que j'avais imaginé sur ma liste, mais c'était le mieux que je pouvais faire.

Après avoir retiré précautionneusement le mot de la robe, je tins le papier dans ma main et lus le message plusieurs fois.

Allison,

« — Pardonne-moi d'être une rêveuse, lui souffla-t-elle.
— Pardonne-moi de ne pas avoir été là plus tôt pour rêver avec toi, répondit-il en la prenant par la main. »
J. Iron Word

Merci d'avoir réalisé tous mes rêves.
Ton amour,
Reed

Comme j'aurais aimé qu'il m'aime. Mais peut-être qu'il n'était plus capable d'aimer autant que lorsqu'il avait écrit ce mot. Il s'était endurci. Même si j'aurais voulu qu'il voie les choses telles que je les voyais, je ne pouvais pas le forcer à le faire. Le fait qu'il résiste m'avait épuisée. Vu ma torpeur des derniers temps, je n'avais plus la force de lutter contre quoi que ce soit, encore moins contre Reed Eastwood.

Alors que j'emballais soigneusement la robe dans une grande boîte blanche et plate, j'espérai qu'elle allait porter chance à Lily Houle de Madison, dans le Wisconsin. Ce serait Lily qui bénéficierait de sa magie, qui semblait ne plus fonctionner pour moi.

Je pensai à la façon dont cette tenue avait changé ma vie. Elle m'avait apporté Reed, et même si lui et moi n'aurions jamais plus que ce qu'il s'était déjà passé, il avait bouleversé ma vie. Il m'avait fait ressentir des choses que je n'avais jamais ressenties auparavant, et il m'avait permis de trouver les réponses à mes questions concernant mes racines.

Je regardai une dernière fois le tissu avant de refermer la boîte, et je fus prête à refermer ce conte de fées. L'amour n'avait rien à voir avec une jolie robe, un mot, ni même avec des paroles émouvantes. C'était rester avec quelqu'un contre vents et marées, partager à la fois les meilleurs et les pires moments de la vie. C'était être là pour quelqu'un comme j'aurais été là pour Reed s'il m'en avait laissé l'opportunité. Je repensai à ma mère biologique. Le vrai amour était aussi pouvoir pardonner.

Ça me rendait triste d'avoir l'impression de renoncer à Reed, surtout après la nuit que nous avions passé à Houston. Cependant, si cette fantastique relation sexuelle n'avait pas pu nous rapprocher, qu'est-ce qui le pourrait ? Son corps me manquait énormément, tout comme le sentir en moi. Ces derniers temps, le manque me tenait éveillée la nuit. Nous n'avions fait qu'un physiquement, pourtant émotionnellement, il était si réservé, si distant. Combien de fois pouvais-je supporter d'être repoussée par un homme ? Je préférerais être seule plutôt que d'être aux côtés d'un

Reed inaccessible, à jouer à ce jeu interminable du chat et de la souris. Je ne voulais pas arrêter de travailler dans la société Eastwood, mais j'allais probablement y être obligée. J'avais de grandes décisions à prendre, et j'espérais que ce voyage à l'étranger pourrait m'aider à clarifier les choses.

***

Le premier jour à Paris se résuma à du pain et du fromage, suivi par du pain et encore plus de fromage.

Assise devant La Fromagerie, je me demandai si j'avais réussi à faire autre chose que prendre deux kilos pendant ce voyage. Je n'allais pas trouver les solutions que je cherchais dans des baguettes, c'était certain. Pourtant, manger seule semblait être ce que j'avais envie de faire. Et ce séjour servait tout aussi bien à ne rien faire qu'à trouver quelque chose d'important.

J'étais entourée de fumeurs parisiens en train de siroter leurs cafés, tout en parlant dans une langue que je ne parvenais pas vraiment à comprendre malgré tous les efforts que j'avais fournis pour l'apprendre. Je restai dans mon monde et savourai le plateau de fromages et de fruits que j'avais commandé.

J'avais pris la décision de visiter autant de cafés que possible, avant de devoir monter à bord du train pour l'Italie.

Je ne me sentais pas seule, même si je l'étais, principalement car toutes les personnes autour de moi appréciaient la solitude. Comme par exemple, l'artiste assis dans le coin en train de dessiner quelque chose. J'étais en bonne compagnie, seule ici. Et c'était réconfortant.

La vue sur la tour Eiffel au loin me rappelait de manière spectaculaire de lever les yeux de mon assiette de temps en temps, et de ne pas oublier la splendeur de la ville dans laquelle je me trouvais. Au lieu d'un hôtel, j'avais choisi de réserver un Airbnb à Saint-Germain-des-Prés, un quartier petit, mais charmant non loin de la tour. Demain, je ferais une pause dans ma visite culinaire pour visiter Notre-Dame et le Louvre.

Mes yeux se posèrent sur un homme qui ressemblait à Reed de dos, avec des cheveux foncés, un costume et des épaules carrées. Mon cœur sembla rater un battement en imaginant à quel point l'avoir ici avec moi aurait été incroyable.

L'homme était assis seul et lisait un journal. Soudain, je pris conscience qu'on pouvait traverser l'Atlantique et chercher toutes les distractions du monde pour faire disparaître notre souffrance... mais qu'un seul petit rappel pouvait tout faire capoter. Quelques instants plus tard, l'homme fut rejoint par une femme et deux enfants aux joues roses. Il se leva de sa chaise et se baissa pour étreindre les deux petits chérubins. Le voyant toujours de dos, je continuai à imaginer que c'était Reed. Et ce que j'observais, c'était Reed et ses enfants. Une vie qu'il aurait pu avoir s'il n'avait pas peur. Une vie que j'aurais pu avoir s'il n'avait pas peur.

Les larmes se mirent à couler sur mon visage. J'étais un vrai régal pour les yeux entre les pleurs et la mastication.

Juste au moment où je m'apprêtais à me lever pour rejoindre ma prochaine destination culinaire, l'artiste assis dans le coin s'approcha de moi. Il dit quelque chose en français que je ne parvins pas à comprendre, puis me fit un clin d'œil et me tendit le portrait sur lequel il avait travaillé. Il détala – vraiment – avant que je puisse lui répondre quoi que ce soit.

Je baissai les yeux et eus le souffle coupé. C'était le portrait de moi le plus hideux du monde. Pas parce qu'il était mal dessiné, mais parce qu'il représentait vraiment bien ce à quoi je ressemblais aujourd'hui. Sur le dessin, ma bouche était ouverte et j'y enfournais un morceau de pain. Mes yeux étaient exorbités, et ils avaient l'air gonflés à force d'avoir trop pleuré. Demain, j'allais aller voir la calme et sereine Mona Lisa. L'épave que je tenais dans mes mains en était le total opposé.

Toutefois, en continuant à fixer mon portrait, je me dis que malgré le fait que ma vie était un désastre, cet inconnu avait trouvé en moi quelque chose digne d'être dessiné. En me contentant d'être moi et de savourer le moment présent, je l'avais en quelque sorte inspiré. J'observai l'image un peu plus encore. Plus je la regardais, moins je voyais la fille perdue mangeant du pain, et plus je voyais la femme indépendante. Une femme qui venait juste de retrouver et perdre sa mère, et qui persévérait quand même, malgré le fait d'être amoureuse d'un homme qu'elle ne pourrait jamais avoir. Elle survivait. En mangeant du fromage. Peut-être était-ce une leçon qui me disait que j'étais bien comme ça : seule et faisant face à ce que la vie mettait sur mon chemin. Peut-être que je me suffisais à moi-même.

Je me suffis à moi-même.

À ce moment-là, je pris conscience que même si ça pouvait prendre un peu de temps, je finirais par aller bien, peu importe ce qui se passerait entre Reed et moi, parce que je m'aurais toujours moi-même. Et j'étais forte, parfaitement imparfaite.

***

Plus tard dans la journée, je passai devant une boutique dans la rue du Commerce, qui vendait des robes de mariées vintages.

Je ne pus m'empêcher de m'arrêter pour jeter un coup d'œil à la robe qui était en vitrine. Elle était magnifique, mais pas dans le même genre que celle d'Allison. Celle-ci était de forme trompette, blanche, et couverte de paillettes. Elle était simple, mais avait une superbe ceinture qui lui donnait du caractère et qui liait l'ensemble.

Je repensai à ma dernière expérience dans une boutique de robes de mariées, tous ces mois auparavant, et à tout ce qu'il s'était passé entretemps, à quel point j'avais changé. Mes goûts avaient évolué, tout comme beaucoup d'autres choses dans ma vie.

Tant de choses étaient encore incertaines. Est-ce que j'allais continuer à travailler pour Eastwood, ou est-ce que j'allais reprendre mes études ? J'aurais beaucoup à penser en rentrant à la maison. Malgré les incertitudes, j'étais certaine désormais de vouloir encore des tas de choses dans ma vie.

J'étais sûre de mériter un homme qui m'aimerait comme Reed aurait pu le faire s'il n'avait pas eu si peur. Et je savais que je ne devrais pas perdre espoir de trouver ça. Même ma mère avait persévéré pour trouver l'amour et vivre une vie heureuse – bien que trop courte – après tout ce qu'elle avait traversé en m'abandonnant.

Je jetai un dernier regard à la robe dans la vitrine. C'était le genre de tenue que j'aurais pu choisir aujourd'hui – pas aussi tape-à-l'œil que celle à plumes, mais pas simple non plus. Si la robe à plumes représentait un idéal erroné, celle-ci *me* représentait.

Simple, mais élégante et pétillante.

CHAPITRE 36
REED

CE N'ÉTAIT PAS facile de faire comme si je ne me demandais pas où elle était ou ce qu'elle faisait à chaque instant de la journée. Je m'étais promis de laisser Charlotte tranquille et de ne pas perturber son voyage. Toutefois, je ne pouvais m'empêcher de me demander si elle était en sécurité ou si elle était toujours triste et déprimée. Tout ce que je savais, c'était qu'elle devait visiter la France et l'Italie, et qu'elle avait prévu d'être absente deux semaines. Elle n'avait pas non plus précisé quand elle reviendrait. J'en venais à douter de son retour dans la société.

Il devenait chaque jour plus difficile de me concentrer au travail. Je fis quelque chose que je ne faisais presque jamais : je m'aventurai à Central Park à l'heure du déjeuner, et décidai de m'asseoir sur un banc pour réfléchir. Les feuilles d'automne volaient autour de moi, alors que mes pensées à propos de Charlotte me consumaient. Malgré tout ce que cette ville avait à offrir, c'était fou de voir à quel point une vie pouvait paraître terne quand la personne qui comptait le plus disparaissait brusquement. Je suppose que ce n'était qu'à ce moment-là, au moment où elle nous quittait, qu'on prenait conscience à quel point cette personne comptait pour nous.

Soudain, je sentis une présence près de moi. Lorsque je me tournai sur ma gauche, je remarquai un jeune homme en fauteuil roulant qui s'était arrêté près de mon banc.

Il devait probablement avoir dix-huit ou dix-neuf ans, et aurait pu être une plus jeune version de moi avec ses cheveux foncés et des traits fins. Un beau gosse.

— Salut, lançai-je en hochant la tête.

Ne m'ayant pas remarqué avant, il se tourna vers moi.

— Salut.

— Belle journée, hein? observai-je, en ayant l'impression de devoir continuer cette conversation.

— Euh... ouais.

Il sourit à moitié, comme s'il avait des dizaines de choses plus intéressantes à faire que de me parler.

— Tu es venu profiter du beau temps? demandai-je.

— Non... Euh, en fait, j'attends mon rencard Tinder.

Oh?

Il dut remarquer mon air surpris parce qu'il plissa les yeux.

— Quoi? Tu penses qu'un type en fauteuil ne peut pas draguer?

— Je n'ai pas dit ça.

— Ouais, eh bien, ton expression parle pour toi.

— Je suis désolé si c'est l'impression que tu as eue.

Quelques instants de silence passèrent. Je levai les yeux vers le ciel, puis me tournai vers lui.

— Alors, Tinder, hein ? Ça marche pour toi ?

— Oh, oui. Tu ne me croirais pas si je te disais le nombre de filles qui veulent jouer au héros avec moi. Enfin, au départ, je les attire avec mon visage. On crée un lien, et elles découvrent plus tard que je suis en fauteuil. Tu penses qu'elles s'enfuient ? Pas du tout. En réalité, c'est ce qui conclut l'affaire. C'est comme si elles pensaient qu'elles allaient me sauver ou une connerie du genre. Alors que moi, je veux juste m'envoyer en l'air. Et ça marche. À chaque fois. Alors tu peux reprendre ton air désolé, parce que c'est moi qui vais m'envoyer en l'air ce soir. Du sexe sur roulettes, ajouta-t-il en se penchant vers moi.

Du sexe sur roulettes.

Je ris en penchant la tête en arrière. Quelque chose me disait que je n'oublierais jamais ce gamin. Il envoyait balader toutes les idées préconçues. Ce môme déchirait.

Quelques instants plus tard, une rousse séduisante promenant un petit chien approcha.

— Tu dois être Adam.

Il roula jusqu'à elle.

— Ashley... Tu es encore plus belle en vrai.

— Merci, répondit-elle en rougissant.

Il me regarda brièvement en affichant un petit sourire en coin.

— On y va ? lui demanda-t-il.

— Avec plaisir.

— Mec, ce fut un plaisir de discuter avec toi, déclara-t-il à mon attention, tout en m'offrant un hochement de tête.

— Pareillement. Prends soin de toi.

Je les observai jusqu'à ce qu'ils disparaissent.

Voilà que ce type, qui vivait pratiquement mon pire cauchemar, était heureux comme un pape. Ça prouvait que dans la vie, tout était dans l'état d'esprit. Il respirait la confiance et ne se privait de rien car il pensait mériter bien plus, et il avait choisi de vivre, et non pas de se cacher.

C'était drôle comme parfois, l'univers plaçait devant nos yeux quelque chose que nous avions besoin de voir exactement à ce moment-là.

Bon sang, je parlais comme Charlotte.

— Tu es sacrément doué, lançai-je en pointant un doigt vers le ciel. Tu as bien failli me convaincre.

***

— Est-ce que tu as eu des nouvelles de Charlotte ? demandai-je, en jouant avec ma montre dans le bureau d'Iris.

— Non, mais elle m'a envoyé un fichier avec son itinéraire en cas d'urgence, pour que je sache où la trouver.

— Et ?

— Eh bien, j'y ai jeté un coup d'œil, et j'ai remarqué qu'elle allait prendre un train de nuit reliant la France à l'Italie dans deux jours.

— Tu veux dire... une voiture-lit ?

— Oui, confirma-t-elle en prenant un air morose. Reed, je ne sais pas si elle voyage seule.

Mon pouls s'emballa.

— Qu'est-ce qui te fait dire ça ?

— C'est juste une intuition. Je pense que ce Blake est peut-être avec elle.

Puis, ça me frappa.

Le point sur sa liste de « et puis merde ».

Faire l'amour à un homme pour la première fois dans une voiture-lit, dans un train traversant l'Italie.

La panique commença à m'envahir. Et si Iris avait raison ? Et si Charlotte n'était pas seule ? Elle n'était pas dans son état normal. Elle était trop vulnérable pour prendre de bonnes décisions. Sans parler du fait qu'elle ne comprenait pas ce que je ressentais vraiment pour elle. Et si elle faisait ce voyage avec Blake pour me punir d'avoir couché avec elle et m'être débiné ensuite ? Elle avait été distante ces derniers temps, et elle n'avait jamais affirmé que les choses étaient terminées avec lui.

Charlotte n'avait aucune idée de l'impact qu'elle avait eu sur ma vie, de la profondeur de mes sentiments pour elle, parce que je ne le lui avais jamais dit. Qui pouvait lui en vouloir de penser qu'elle n'avait rien à perdre à ce stade ? Bon sang, si les rôles étaient inversés, moi aussi je serais dans une voiture-lit avec Blake.

Pendant des mois, je m'étais raconté des conneries, et à Charlotte aussi. Elle croyait que l'homme qui avait écrit le mot avait presque disparu, mais la vérité, c'était que... même si elle n'était pas avec un autre homme, je voulais être celui qui lui ferait l'amour dans ce train.

— Est-ce que ça va, Reed ?

— Non. Non, ça ne va pas. J'ai peur d'avoir vraiment tout foutu en l'air avec Charlotte. Je pensais pouvoir vivre sans elle, mais ce n'est pas le cas, et maintenant, il est peut-être trop tard pour arranger les choses. L'un des éléments de sa liste est de faire l'amour à un homme pour la première fois dans une voiture-lit. Si elle est avec ce Blake, alors elle va coucher avec lui dans ce train, débitai-je à toute vitesse.

Je me levai et fis les cent pas.

— Il n'est pas trop tard, Reed. Charlotte veut être avec *toi*. Même si elle est avec un autre homme, c'est uniquement car tu l'as fait fuir. C'est toi qu'elle veut. Il faut que tu la retrouves et que tu lui dises ce que tu ressens.

Je me retournai brusquement.

— Et si elle est avec lui ?

— Eh bien, tu le fais quand même. Tu ne peux pas la laisser te glisser entre les doigts.

Bon sang, elle avait raison.

— Non, hors de question. C'est la bonne, grand-mère. C'est elle, et cette prise de conscience est terrifiante... mais c'est indéniable.

— Alors vas-y ! Il ne te reste pas beaucoup de temps pour la rejoindre avant qu'elle monte dans ce train.

***

Il fut impossible d'avoir un vol me permettant de prendre le train de Charlotte à Paris. La seule chance que j'avais de monter à bord était de l'attraper lorsqu'il s'arrêterait à Venise, sur le chemin de Rome, ce qui était sa destination finale selon l'itinéraire. Ça pouvait très bien dire que je pourrais arriver et découvrir qu'elle avait déjà réalisé son vœu de faire l'amour dans une voiture-lit avec Blake, puisque le train arriverait à Venise dans la matinée.

Il fallait que je saisisse cette chance.

Lorsque j'atterris à Venise, il ne me restait plus qu'à rejoindre la gare. Seulement, je dépendais du fait d'avoir du réseau sur mon téléphone pour pouvoir trouver mon chemin, et bizarrement, je n'en avais pas. J'eus beau chercher, je ne trouvai personne parlant anglais. Même si je n'avais pas de connexion, je pouvais toujours envoyer des messages.

Note à moi-même : ne jamais faire confiance à Max pour me prendre au sérieux lorsque je lui demande de traduire quelque chose en italien pour moi. Au lieu de me retrouver à la gare la plus proche, je finis au bordel du coin.

Rappelez-moi de lui tordre le cou en rentrant.

J'eus beau récupérer du réseau, ce détour me retarda d'au moins une demi-heure. *Foutu Max.* Ça allait être juste.

Je finis par arriver à la gare Venezia Santa Lucia. Il y avait seize quais, et je devais comprendre comment trouver celui où le train de nuit de Charlotte allait s'arrêter. Apparemment, Venise était le premier arrêt, mais aussi le terminus de certains des passagers. Ceux qui continuaient vers Rome resteraient dans le train. Non seulement je ne savais absolument pas si Charlotte était à bord, mais je ne savais pas non plus si elle était avec ce type. J'avais les nerfs en pelote et mal à l'estomac.

Je parvins enfin à trouver quelqu'un comprenant l'anglais, et je réussis à trouver sur quel quai son train arriverait. J'achetai mon billet pour Rome, puis me rendis de l'autre côté de la gare pour attendre près des rails.

Mon esprit s'emballait. Qu'est-ce que j'allais lui dire ? J'avais l'impression de devoir préparer deux discours pour deux scénarios différents. L'émotion envahit ma poitrine, mais aucun mot ne sembla parvenir à atteindre mon cerveau. J'espérais seulement pouvoir prononcer des paroles cohérentes si j'en avais l'opportunité.

Pile à l'heure, à onze heures cinq, le train arriva en gare. Le cœur battant, j'observai une vague de passagers descendre de la première voiture et récupérer leurs bagages.

Je tendis mon billet au contrôleur, entrai, trouvai un siège et attendis impatiemment. Je ne voulais rien faire qui pourrait m'attirer des ennuis tant que le train était à l'arrêt, car je me disais qu'il y avait moins de risques qu'ils me fichent dehors si nous roulions.

Après le départ, je me levai de mon siège pour me diriger vers l'endroit où étaient situées les cabines. Je frappai à chaque porte. Soit je n'avais aucune réponse, soit j'étais accueilli plus ou moins cordialement par des gens qui n'étaient pas Charlotte Darling.

Était-elle vraiment à bord ?

À ce stade, j'étais presque sûr que je préférerais ne pas la trouver du tout, plutôt que de la surprendre avec un autre homme dans une sorte de situation post-coïtale.

Mon cœur s'arrêta un instant quand j'arrivai au dernier wagon, la voiture-restaurant. Elle était vide, à l'exception d'un ange blond assis dans le coin, en train de manger un croissant et de regarder par la fenêtre. Elle était seule.

CHAPITRE 37

CHARLOTTE

LE TRAIN DE nuit était une erreur. Je n'avais pas réussi à fermer l'œil. Les secousses associées à mon esprit préoccupé avaient empêché tout sommeil réparateur.

Voyager dans une voiture-lit à travers l'Italie n'avait rien à voir avec ce que j'avais imaginé. C'était une expérience solitaire et inconfortable.

La maison me manquait.

Reed me manquait.

Ça me rendait triste, mais c'était la vérité.

Je décidai d'aller prendre un petit déjeuner dans le coin restaurant, et je pris un siège près de la fenêtre. J'avais la voiture pour moi toute seule. Toujours dans mon régime à base de nourriture française, je commandai un croissant et un café.

Je regardai par la vitre et admirai le paysage italien pittoresque. Je restai captivée par les champs sous mes yeux, jusqu'à ce que le reflet d'un homme qui ressemblait terriblement à Reed apparaisse à la fenêtre.

J'étais en train d'halluciner.

Est-ce que manger trop de laitages pouvait causer des hallucinations ?

Je clignai des yeux. Lorsqu'il ne disparut pas, je me tournai sur ma gauche et posai ma main sur ma poitrine en le voyant.

Reed ?

Oh, mon Dieu, Reed !

Il resta là à me fixer, la bouche tremblante.

— Est-ce que tu es seule ?

Incapable de prononcer le moindre mot, je hochai la tête.

Ses épaules bougeaient au rythme de sa respiration. Il avait l'air sauvage, mal rasé, comme s'il avait fait une randonnée à travers l'Europe. Il portait un pantalon cargo et des boots.

Est-ce que c'était un rêve ?

— On dirait que tu pars à la guerre, observai-je.

— C'est ce que je pensais, répondit-il en expirant longuement. Je pensais que tu étais avec un homme.

— Tu as fait tout ce chemin parce que tu pensais que j'étais accompagnée ?

— Oui.

Il ferma les yeux.

— Enfin, non. Je ne sais pas. Je pense que je serais venu dans tous les cas. J'ai tellement de choses à dire, Charlotte.

— Je n'arrive pas à croire que tu sois là.

Il finit par s'approcher pour s'asseoir sur le siège à côté de moi et me prit dans ses bras.

Je le serrai fort contre moi et me mis à pleurer.

— Tu m'as tellement manqué, Reed.

— Oh, ma belle, souffla-t-il dans mon cou. Tu m'as manqué aussi.

Il recula pour m'observer.

— Bonnie Raitt avait raison...

— Comment ça ? demandai-je.

— On ne peut pas forcer quelqu'un à aimer une personne, expliqua-t-il après m'avoir regardée droit dans les yeux pendant plusieurs secondes. Mais l'inverse est aussi vrai. Rien ne peut forcer quelqu'un à *arrêter* d'aimer une personne. J'ai essayé si fort de ne rien ressentir pour toi, Charlotte. Mais je t'aime de tout mon cœur et de toute mon âme.

Mes larmes redoublèrent d'intensité, alors que j'enroulais mes bras autour de son cou.

— Bon sang, Reed, je t'aime tellement.

— Est-ce qu'on peut aller dans ta couchette ? me murmura-t-il à l'oreille.

L'excitation s'empara de moi.

— Oui.

Nous nous levâmes tous les deux précipitamment et nous dirigeâmes vers ma cabine. À l'instant même où la porte se ferma derrière nous, ses lèvres enveloppèrent les miennes. Je ne pourrais pas supporter qu'il me dise de nouveau que nous ne pouvions pas être ensemble. J'aimais cet homme et je ne voulais plus vivre une seule seconde sans lui.

Son érection appuya contre mon ventre lorsqu'il me poussa sur le lit.

— J'ai tellement de choses à dire, commença-t-il sur mes lèvres, tout en se positionnant au-dessus de moi. Mais j'ai besoin d'être en toi pour ça. S'il te plaît.

— D'accord, acceptai-je en haletant et en hochant la tête.

Ses mains tâtonnèrent pour me retirer mon jean. Je l'aidai à le faire glisser le long de mes jambes, sans rompre nos baisers pour autant.

J'étais déjà trempée quand son gland large poussa contre mon sexe. Il s'enfonça en moi en une seule poussée. Il me prenait comme s'il avait traversé le monde entier juste pour faire ça. Enfin, je suppose que c'était le cas.

Je glissai mes mains dans ses cheveux déjà décoiffés. Sa fine barbe égratignait ma peau pendant qu'il dévorait ma bouche.

— Je t'aime, Charlotte, me souffla-t-il à l'oreille tout en me pénétrant. Je t'aime tellement, et je suis vraiment désolé de ne pas savoir comment arrêter. Je ne peux simplement pas. Je suis un connard égoïste. Et j'ai besoin de toi à mes côtés, même si je finis par te gâcher la vie. J'ai besoin de toi.

— Tu m'as *sauvé* la vie, et je ne veux plus jamais vivre sans toi.

— Tant que je respirerai, tu n'auras pas à le faire.

La discussion prit fin lorsqu'il accéléra le rythme de ses va-et-vient. Le lit sur lequel nous étions remua. Le train était en mouvement, mais curieusement, j'avais quand même l'impression que nous le faisions bouger. Notre première fois au Texas m'avait époustouflée; mais il était impossible d'expliquer à quel point c'était bon cette fois-ci. Mon orgasme arriva sans prévenir. Au moment où je criai de plaisir, son corps trembla, avant que son sperme chaud m'emplisse.

Peut-être que c'était différent cette fois, car je savais désormais avec certitude qu'il était à moi.

— Est-ce bien réel, Reed ?

— C'est la chose la plus réelle que j'aie jamais vécue, affirma-t-il en embrassant mon cou, tout en restant en moi. Je veux tout, Charlotte. Je veux me marier avec toi. Je veux avoir des enfants avec toi, si c'est ce que tu veux, et je veux te donner tout ce dont tu as toujours rêvé.

Sa déclaration me fit éclater en sanglots.

— Est-ce que j'ai dit quelque chose de mal ? demanda-t-il.

— Non. Je suis heureuse, Reed.

Nous nous regardâmes droit dans les yeux en souriant. Notre bonheur se lisait sur nos visages.

Il se retira lentement et me prit dans ses bras.

— Tu sais, avant toi, je n'avais jamais vraiment considéré ce qu'il s'était passé avec Allison comme une bénédiction, déclara-t-il contre ma peau. Si elle ne m'avait pas quitté, je ne t'aurais pas rencontrée. L'amour que je ressens pour toi va bien au-delà de tout ce que j'ai pu ressentir pour quelqu'un d'autre, Charlotte. Il n'y a aucune comparaison possible.

— Je pleurais en partie parce que tu as parlé d'enfants. Bizarrement, je craignais que tu aies peur d'en avoir. T'entendre dire que tu en veux avec moi, c'est comme un rêve qui se réalise.

— On n'en a jamais parlé, mais je me suis toujours douté que tu en voudrais, indiqua-t-il.

— Oui, mais pas plus que je ne te veux toi.

— Eh bien, je veux te donner les deux. Je vais devoir faire confiance à Dieu en espérant prendre la bonne décision. Tu sais que je m'inquiète de ma capacité à prendre soin d'eux et de toi, mais rien ne me ferait plus plaisir que d'avoir une mini Charlotte.

J'eus de nouveau les larmes aux yeux.

— Je suis tellement heureuse, Reed.

— Moi aussi. J'ai hâte de découvrir Rome avec toi, ajouta-t-il après m'avoir embrassée. Et si on retournait passer quelques jours à Paris après ça ?

J'écarquillai les yeux.

— Sérieusement ?

— Je veux découvrir cette ville avec toi. Je n'y suis jamais allé.

— J'ai beaucoup de choses à te montrer ! J'ai trouvé des tas de cafés, du bon pain et du fromage !

— Du fromage, hein ? Maintenant, je suis encore plus impatient.

Je me mis à me remémorer les derniers événements.

— Hé... Qu'est-ce qui t'a fait penser que j'étais avec un homme ?

— Iris. Elle m'a mis dans la tête que Blake était avec toi.

Je fermai les yeux et fus obligée de rire. Iris savait très bien que je n'étais pas sortie avec Blake. Elle avait dit ça pour rendre Reed jaloux. Elle l'avait totalement berné.

Il fallait que je me souvienne de la remercier.

CHAPITRE 38

REED

Trois mois plus tard

LES RÉUNIONS DU personnel étaient toujours distrayantes quand Charlotte était là.

Le fait qu'elle avait emménagé dans mon appartement et que je pouvais dormir avec elle chaque soir n'avait aucune importance. Dès qu'elle était dans les parages, je n'arrivais pas à me concentrer sur autre chose. Seulement, aujourd'hui, ce sentiment était particulièrement puissant, et je savais exactement pourquoi.

Iris affichait toujours un sourire quand Charlotte et moi étions dans la même pièce qu'elle. Ma grand-mère la considérait déjà comme un membre de la famille. Dimanche, lors du dîner à Bedford, Iris avait sorti mes vieux enregistrements de chorale. J'aurais pu l'en empêcher, mais je l'avais laissée les faire écouter à Charlotte. Voilà à quel point j'avais confiance en son amour pour moi. Je savais que rien ne pourrait changer sa façon de me voir, peu importe à quel point c'était embarrassant.

Le comptable avait beaucoup à dire au sujet des rapports trimestriels, et honnêtement, je n'avais pas écouté un seul mot de ce qu'il avait raconté.

J'ouvris discrètement le fichier qui contenait ma liste de souhaits sur mon ordinateur, puis ajoutai un nouveau point : Épouser *Charlotte Darling*.

Elle jeta un coup d'œil dans ma direction, et je fermai aussitôt le document, même si elle ne pouvait pas voir ce que j'écrivais. Cependant, j'avais l'impression qu'elle savait que je préparais quelque chose.

Lorsque la réunion toucha à sa fin, je pris mon stylo et écrivis sur mon bloc-notes.

Bureau de Reed Eastwood

Charlotte,
Prends le reste de ton après-midi. Ordre du patron.

Je lui glissai le mot alors que tout le monde se dispersait.

Elle le lut et plissa les yeux.

— Qu'est-ce que tu prépares... *patron* ?

— J'ai annulé mes rendez-vous de l'après-midi. Allons nous détendre à la maison.

— Qui es-tu ? Tu es bien loin du bourreau de travail que j'ai connu.

— Oui, eh bien, j'ai mieux à faire ces temps-ci. Comme m'occuper de toi.

***

De retour à l'appartement, Charlotte venait juste de sortir de la douche lorsque je décidai de lui confier quelques surprises que je lui avais préparées.

— Tu te souviens de la première visite qu'on a faite ensemble à Bridgehampton ? La propriétaire était une artiste qui peignait des tableaux illustrant la rencontre des couples.

— Oui, je me rappelle avoir trouvé ça super.

— Eh bien… Je l'ai cherchée et je lui ai demandé d'en faire un pour nous.

Elle resta bouche bée.

— Tu plaisantes ? demanda-t-elle ensuite.

Puis, elle sembla réfléchir un peu plus.

— Attends… notre *rencontre* ? Ce n'était pas vraiment l'expérience la plus romantique. C'était même le contraire. Ça va être intéressant.

— Oui, je m'en suis rendu compte. Alors, disons juste que je lui ai donné une tournure unique.

Je rejoignis le coin de la pièce et soulevai l'œuvre pour la rapprocher d'elle.

Je retirai le papier bulle et l'ouvris lentement. Je ne l'avais pas vue moi-même, car je voulais être tout aussi surpris que Charlotte.

— Oh, mon Dieu ! s'écria-t-elle.

Elle couvrit sa bouche de sa main, puis se mit à rire de manière incontrôlable.

Moi aussi, je me tenais le ventre tellement je riais.

L'artiste avait fait un travail phénoménal en nous représentant sur une planche de surf, avec un chien devant nous. Nous faisions du surf pour chiens. Son interprétation du visage de Charlotte était parfaite. Je lui avais fourni de vraies photos pour l'aider dans son travail. Sur le tableau, j'étais à l'arrière de la planche et je m'y accrochais désespérément, l'air terrifié, pendant que Charlotte riait sans se soucier du reste du monde. Le chien tirait la langue et avait l'air possédé. Cette œuvre était incontournable et trônerait bien en évidence partout où nous habiterions.

— Sérieusement... C'est le plus beau cadeau qu'on m'ait fait, déclara-t-elle avec un immense sourire.

— Je n'en ai pas vraiment fini avec les cadeaux pour aujourd'hui, l'informai-je.

— Oh ?

Je me frottai les mains et me préparai à ma prochaine surprise.

— Je me disais... La dernière fois que j'ai vérifié, il ne te restait plus qu'un point à réaliser sur ta liste de « et puis merde ».

Ses yeux s'agitèrent, comme si elle y réfléchissait.

— Modeler un homme nu...

— Oui, confirmai-je en souriant nerveusement. Bref... J'aimerais être ton modèle.

— Tu es sérieux ?

— Très.

Ma chambre d'amis était désormais l'espace artistique de Charlotte. Je ne savais même pas si elle avait les bons outils pour faire ça aujourd'hui, mais j'espérais qu'elle allait jouer le jeu.

— C'est dingue... mais dans le bon sens, précisa-t-elle, rayonnante. J'adorerais te modeler.

— Alors, je suis ton homme.

— Je n'arrive pas à croire que tu veuilles vraiment le faire.

— Pourquoi pas ? Ce n'est pas comme si j'avais envie que tu le fasses avec un autre homme nu, pas vrai ?

— Je crois que je vois où tu veux en venir.

— Et je suis quasiment sûr que ça se terminera en partie de jambes en l'air, alors j'ai hâte d'arriver à cette partie-là.

— Tu vas devoir rester là un moment, tu sais.

— Je suis là pour longtemps.

Elle afficha un grand sourire.

— Moi aussi, Reed.

Je savais qu'elle ne faisait pas seulement référence à cette journée.

— Tu te rappelles le premier soir où je suis venu chez toi, quand je t'ai dit qu'Allison avait évité une catastrophe ?

— Oui.

— C'est moi qui l'ai évitée, Charlotte, affirmai-je en posant mes mains sur ses épaules et en la regardant droit dans les yeux. Je ne peux pas m'imaginer l'avoir épousée. Je n'aurais jamais su que le véritable amour de ma vie était toujours là, quelque part. Ce que je ressens pour toi dépasse tout ce que j'ai jamais ressenti dans ma vie. Même la sclérose en plaques... Tout est arrivé ainsi pour que je sois avec toi. Je ne changerais absolument rien si ça signifie te trouver. Je serai toujours reconnaissant envers Allison de m'avoir quitté, parce je sais à présent que je suis encore plus capable d'aimer que ce que je croyais possible. Il aurait été tragique de ne jamais m'en rendre compte. J'espère seulement pouvoir te rendre aussi heureuse que tu me rends heureux.

— Tu as déjà fait de moi la femme la plus comblée du monde. Je ne sais pas si c'était la magie de la robe ou le destin, ou Dieu, mais quelque chose m'a conduite à toi. Il n'y a jamais eu un moment où j'ai douté d'être faite pour te trouver, et faite pour être à toi. J'ai toujours ressenti ton amour pour moi, même quand tu essayais de lutter contre. C'est ce qui m'a empêchée de baisser les bras, Reed. Je suis là pour longtemps parce que j'en ai envie. Tu comprends ?

— Je le comprends maintenant, bébé.

— Bien.

Je souris.

— Peut-on aller dans la salle d'art ?

— Après toi.

Charlotte alluma les lumières et se mit à rassembler son matériel.

— En temps normal, je ferais seulement le buste, mais j'aimerais essayer de sculpter sous la ceinture.

— Tu veux modeler ma bite ? Est-ce que tu as assez d'argile ? demandai-je en lui faisant un clin d'œil.

— Je peux me débrouiller.

— Pour que je sois en érection, il faudrait que tu retires ton haut. Si tu veux que je reste ici, nu pendant une heure, il est normal que j'aie quelque chose à regarder aussi.

Pour mon plus grand plaisir, elle m'obéit et accepta de travailler avec ses magnifiques seins à l'air.

C'était fascinant de la voir si concentrée. Elle déposa un gros morceau d'argile sur une tige de métal, et utilisa ce qui ressemblait à une spatule pour lisser les bords.

— Il faut juste que j'aille chercher de l'eau, annonça-t-elle à un moment donné. Je reviens tout de suite.

Nous y étions. C'était le moment de mettre en place mon plan. D'une certaine manière, il fallait que mon sexe reste *dur* pour que ça fonctionne.

Reste dur.

Reste dur.

Sans Charlotte et ses superbes seins dans la pièce, ce n'était pas garanti. Je fouillai dans la poche de mon pantalon et en sortis la petite pochette en velours, puis nouai les cordons pour former une boucle au bout. Je la glissai sur ma queue encore dressée, et laissai le petit sac pendre sur mon membre, comme si c'était une décoration.

Lorsqu'elle revint, je repris ma pose stoïque et attendis qu'elle remarque ce que j'avais fait.

Quelques secondes plus tard, elle baissa les yeux.

— Qu'est-ce que c'est ?

— Quoi donc ?

— Ce truc noir qui pend à ton sexe.

— Je ne vois pas de quoi tu parles, répliquai-je en me retenant de rire.

Elle pencha la tête.

— Reed...

Je baissai les yeux à mon tour.

— Oh ! Ça... Oui. Pourquoi tu ne viendrais pas y jeter un coup d'œil ? proposai-je en l'y invitant d'un signe de tête.

Elle s'essuya les mains et approcha lentement, avant de retirer la pochette.

— Qu'y a-t-il à l'intérieur ?

Je la lui pris.

— Me modeler nu termine ta liste pour le moment, mais il s'avère que j'ai ajouté un élément très important à la mienne aujourd'hui. Un élément sans lequel ma vie ne serait pas complète.

Je posai un genou à terre et ouvris le petit sac pour en sortir la bague de fiançailles sertie d'un diamant en forme de poire de deux carats, entouré d'autres petits diamants.

— Charlotte Darling, acceptes-tu de m'aider à réaliser le dernier vœu de ma liste de souhaits ? Veux-tu être ma femme ?

Ma main trembla lorsque je glissai l'anneau à son doigt, ce qui donna à réfléchir à Charlotte. Elle baissa les yeux sur moi et je lui offris un sourire rassurant. Je refusais de croire qu'il s'agissait d'un tremblement, et j'essayai de me convaincre que c'était dû au stress.

Pas maintenant. Va te faire voir.

Les larmes coulaient sur ses joues.

— Oui ! Bien sûr que oui, je le veux !

Toujours en tenue d'Adam, je soulevai ma beauté à moitié nue dans les airs.

— Tu viens de faire de moi l'homme le plus heureux de la Terre.

— Je n'arrive pas à croire que tu aies organisé tout ça sans que je m'en rende compte.

— Ce n'était pas si dur.

Elle remua contre moi.

— Permets-moi d'en douter.

ÉPILOGUE

CHARLOTTE

Vingt-six ans plus tard

DES LUSTRES ÉTINCELANTS éclairaient la villa rustique qui était décorée de centres de table imposants composés de fleurs luxuriantes. Les tentures au plafond complétaient l'ambiance de conte de fées.

Lorsque mes yeux se posèrent sur la piste de danse, je ne pus m'empêcher de me dire que j'aurais aimé qu'Iris soit là pour voir son arrière-petite-fille se marier.

Submergée par l'émotion, je saisis la main de Reed, et nous observâmes notre fille, Tenley Iris, et son nouveau mari, Jake, danser sur *What a Wonderful World* de Louis Armstrong.

Tenley avait indéniablement les gènes de son père – des cheveux et des yeux foncés –, tandis que notre fils, Thomas, avait pris de moi ses cheveux blonds et ses yeux bleus. Mon attention se porta sur la table d'honneur. Assis à côté de son oncle Max, Thomas souriait jusqu'aux oreilles en regardant sa grande sœur danser avec son mari. C'était bon de l'avoir ici pour le week-end, avant qu'il ne retourne à Brown.

Dans le coin de la pièce, mes deux frères, Jason et Justin, étaient assis avec leurs familles. Nous étions devenus proches au fil des années, et nous passions certaines de nos vacances au Texas. Je n'avais jamais pu découvrir qui était mon père. D'après ce que ma mère avait raconté à mes frères, c'était un garçon de passage en ville qui avait fini par déménager. Même en confiant l'affaire au détective privé de Reed, nous n'avions jamais pu le trouver.

Lorsque la chanson se termina, le DJ annonça qu'il était l'heure de la danse père-fille. J'eus la chair de poule.

Je baissai les yeux vers Reed.

— Tu es prêt ?

— Oui, répondit-il sans hésiter.

Tenley s'approcha et tendit ses mains à son père, qui se leva lentement et prudemment de son fauteuil roulant. Même si mon mari n'était pas cloué dessus en permanence, il avait besoin de faire des pauses fréquentes lorsqu'il était debout toute la journée. Je savais qu'il avait voulu garder toute son énergie pour cette danse. Sa performance à l'église plus tôt dans la journée lui avait déjà demandé beaucoup d'efforts, émotionnellement et physiquement parlant. Mon merveilleux mari nous avait tous surpris en donnant enfin cette représentation dont il avait toujours rêvé, en chantant à la chorale de l'église pendant la cérémonie du mariage. Il avait même interprété un petit solo.

Au fil des années, la sclérose en plaques s'était installée, mais elle n'avait pas eu raison du moral et de la détermination de Reed. Il y avait des bons jours où il se sentait plus fort que d'autres, et dans l'ensemble, ils étaient plus nombreux que les mauvais. Toutefois, nous ne pouvions plus ignorer la maladie, même si j'aurais préféré que ce soit le cas.

Lorsque *Dream a Little Dream* de Cass Elliot retentit, j'eus des frissons. Tenley avait choisi cette chanson car Reed avait l'habitude de la lui chanter quand elle était petite.

Leurs mains entrelacées, ils se balancèrent de droite à gauche au rythme de la musique. Il faisait tout ce qui était en son pouvoir pour ne pas montrer qu'il luttait. J'étais tellement émue qu'il soit capable de faire ça. Ça signifiait tellement, surtout à cause du dernier point qu'il avait ajouté à sa liste de souhaits : *Danser avec Tenley le jour de son mariage.*

Alors, cette danse représentait énormément.

Les larmes brouillèrent ma vision. Les invités applaudirent particulièrement fort quand la danse prit fin. Tenley et son père revinrent vers moi en se tenant la main, et nous nous enlaçâmes tous les trois.

Reed se réinstalla ensuite rapidement dans son fauteuil. Je savais qu'il avait utilisé toute l'énergie qu'il possédait pour cette danse, et qu'il avait besoin de se reposer. Il aurait dansé avec sa fille même si c'était la dernière chose qu'il aurait faite.

Tenley s'éloigna précipitamment, nous laissant seuls tous les deux.

— Tu t'es bien débrouillé, soufflai-je en me penchant pour l'embrasser.

Il m'offrit un sourire espiègle.

— Tu sais ce que j'aimerais pour finir cette journée ?

— Quoi ?

— Que tu me chevauches sur ce truc.

Certaines choses ne changeaient jamais.

— Du sexe sur roulettes ? répliquai-je en souriant.

Nous éclatâmes de rire. Reed m'avait raconté l'histoire du type de Central Park, qui l'avait marqué toutes ces années auparavant. Nous plaisantions souvent à propos de « sexe sur roulettes » dès qu'il devait utiliser le fauteuil. Et nous avions testé cette fameuse pratique à de nombreuses reprises.

Tenley courut vers moi en tenant le bas de sa robe.

— Maman, je ne veux pas danser avec le mot dans ma robe. Il pourrait lui arriver quelque chose. Est-ce que tu peux le garder pour moi ?

— Évidemment.

Je soulevai le tissu et dégrafai prudemment le papier.

Pour son « quelque chose de bleu », Tenley avait voulu agrafer le mot bleu que Reed m'avait donné le jour de notre mariage. Le même mot que j'avais porté sur ma propre robe.

— Merci, maman.

Elle se baissa pour embrasser son père, avant de repartir rapidement.

Alors que Reed fixait sa fille de l'autre côté de la pièce, je souris en voyant la fierté qui se lisait sur son visage. Avant de le ranger dans ma pochette parée de pierres, je me replongeai dans mes souvenirs en lisant le mot.

Bureau de Reed Eastwood

À mon grand amour et âme sœur, Charlotte,
Je n'ai pas besoin de l'aide d'un poète pour exprimer l'amour que je ressens pour toi. Toutefois, le résumer en quelques phrases ne rendra jamais justice à mes sentiments. Même dans mes rêves les plus fous, je n'aurais pas pu imaginer ressentir un tel niveau d'amour aujourd'hui. Tu es au-delà de mes rêves les plus fous. Je ressens pour toi un amour infini. Tu. Es. Tout. Pour. Moi.
Ton amour,
Reed

Chers lecteurs,

J'espère que vous avez aimé l'histoire de Reed et Charlotte ! Afin d'être informés de notre actualité, n'hésitez pas à rejoindre notre groupe Facebook!

Rejoignez le groupe des lectrices de Vi Keeland
(https://www.facebook.com/ groups/841227192640345)

Rejoignez le groupe des lectrices de Penelope Ward
(https://www.facebook.com/ groups/715836741773160)

Inscrivez-vous à sa liste de diffusion pour être informé·e de ses prochaines publications !
(https://www.subscribepage.com/vi-keeland-penelope-ward-french)

À PROPOS DE L'AUTEURE

Vi Keeland est une auteure de best-sellers n° 1 au classement du *New York Times*, n° 1 au classement du *Wall Street Journal* et figurant au classement de *USA Today*. Avec des millions d'exemplaires vendus, ses titres sont mentionnés dans plus d'une centaine de listes de best-sellers et sont actuellement traduits en vingt-cinq langues. Avec son mari et ses trois enfants, elle habite à New York où elle vit son propre conte de fées avec le garçon qu'elle a rencontré à l'âge de six ans.

À PROPOS DE L'AUTEURE

Penelope Ward est auteure de best-sellers au classement du *New York Times*, *USA Today* et *Wall Street Journal*.

Elle a grandi à Boston avec cinq grands frères et a été présentatrice de journaux télévisés quand elle avait une vingtaine d'années. Aujourd'hui, Penelope vit à Rhode Island avec son mari, leur fils et leur jolie fille atteinte d'autisme.

Auteure de plus de vingt-cinq romans, elle a vendu plus de deux millions de livres et a fait partie de la liste de best-sellers du *New York Times* vingt et une fois. Ses livres ont été traduits dans plus d'une douzaine de langues et sont disponibles dans les librairies du monde entier.

REMERCIEMENTS

Tout d'abord, merci à tous les blogueurs qui ont parlé avec enthousiasme de nos livres. Nous sommes éternellement reconnaissantes de ce que vous faites. Votre dur labeur est ce qui aide à susciter l'enthousiasme et à nous présenter aux lecteurs qui n'auraient peut-être pas entendu parler de nous autrement.

À Julie, merci pour ton amitié, ton soutien quotidien et tes encouragements. Nous avons hâte de lire tes prochains romans phénoménaux !

À Luna, que ferions-nous sans toi ? Merci d'être là pour nous jour après jour en tant qu'amie et bien plus encore, et de nous faire profiter de ton incroyable talent créatif.

À Erika, merci pour ton amitié, ton amour et ton soutien. Ton œil de lynx est vraiment génial, lui aussi.

À notre agent, Kimberly Brower, merci d'avoir travaillé sans relâche pour aider ce livre à voir le jour. Nous avons beaucoup de chance de pouvoir te considérer comme une amie, en plus de notre agent. Nous sommes impatientes pour l'année à venir et nous sommes reconnaissantes de t'avoir auprès de nous à chaque étape.

À notre incroyable éditrice de chez Montlake, Lindsey Faber, et à Lauren Plude, ainsi qu'à toute l'équipe de Montlake, merci de travailler si dur pour faire en sorte que ce roman soit le meilleur possible. Ce fut un immense plaisir de travailler avec vous.

À J. Iron Word, merci de nous avoir permis d'utiliser votre magnifique citation qui nous a inspiré cette histoire.

Et pour finir, merci à nos lecteurs. Nous continuons d'écrire grâce à votre soif de lire nos histoires. Nous adorons vous surprendre, et nous espérons que vous avez aimé ce livre autant que nous avons aimé l'écrire. Comme toujours, merci pour votre enthousiasme, votre amour et votre fidélité. Nous vous aimons !

Avec toute notre affection,
Penelope et Vi